MÉMOIRES

D'UN VOYAGEUR

QUI SE REPOSE.

—

TOME II.

MÉMOIRES
D'UN VOYAGEUR
QUI SE REPOSE;

CONTENANT des Anecdotes historiques, politiques et littéraires, relatives à plusieurs des principaux Personnages du siècle;

PAR M. DUTENS.

Dulcis inexpertis cultura potentis amici,
Expertus metuit.

HORAT. *Lib. I. Epist.* v. 18.

TOME II.

PARIS,

CHEZ BOSSANGE, MASSON ET BESSON,
IMPRIMEURS-LIBRAIRES, RUE DE TOURNON, N°. 6.

1806.

MÉMOIRES
D'UN VOYAGEUR
QUI SE REPOSE.

QUATRIÈME PARTIE.

CHAPITRE I.

Voyage à Spa et à Paris. — Portraits de mesdames de Boufflers. — Séjour à Paris.

L<small>E</small> duc de Northumberland me mena passer une partie de l'été, avec lui et la Duchesse, sur ses terres en Northumberland, où il avoit une propriété immense ; le tiers de la province lui appartenoit. Si l'on y joignoit ses autres biens en Yorkshire et Middlesex, il possédoit plus de la centième partie des terres du royaume. Le château d'Alnwick, qu'il avoit rebâti entièrement, est un édifice vaste et magnifique, meublé richement, où il tenoit un état de souverain. Comme je n'étois point désabusé de l'éclat de la grandeur, et que je jouois dans cette maison le rôle d'un favori, je me

livrois à cette famille avec tout le dévoue-
ment que peut inspirer l'engouement le
plus décidé. La Duchesse eut envie de faire
un tour en Ecosse; je l'y accompagnai, et
ne la quittai que pour aller faire une visite
à mon digne bienfaiteur M. de Mackenzie,
qui me reçut à bras ouverts. Je revins ensuite à Londres. La duchesse de Northumberland, désirant fort engager son mari à
aller avec elle à Spa, ne put y réussir qu'en
me priant de m'offrir au Duc pour l'accompagner : je me prêtai à son idée ; cela le
décida, et nous partîmes l'été suivant pour
passer la saison dans ce lieu charmant.

Spa est, sans exception, le rendez-vous
le plus agréable de la meilleure compagnie
en l'Europe; on y va autant pour son amusement que pour sa santé. Comme au tems
de la saison tout y est extrêmement cher,
on n'y voit guère que ceux qui peuvent soutenir la dépense qu'il faut y faire ; ce qui
en écarte assez les gens d'une fortune bor-
née. Il y avoit alors des personnes de la
première qualité de toutes les parties de
l'Europe; parmi les plus remarquables, la
princesse Esterhazi de Vienne; la princesse

Poniatowska, belle-sœur du roi de Pologne;
milady Spencer et sa fille, depuis duchesse
de Devonshire; la comtesse d'Egmont, fille
du maréchal de Richelieu; et la comtesse
de Boufflers, que je fus enchanté d'y rencontrer.

Elle étoit venue à Spa pour la santé de
sa belle-fille, la comtesse Amélie de Boufflers, qui avoit épousé son fils. Je ne crois
pas que la nature ait jamais produit un
composé plus singulier que cette jeune
personne; elle étoit d'une très-jolie figure,
avoit les traits agréables et le teint éclatant,
l'air enfantin, doux, ingénu, sous lequel
étoit cachée la ruse la mieux enveloppée;
elle étoit tantôt naïve, et tantôt pleine de
finesse; elle avoit un esprit naturel, aidé
d'une expression heureuse et tout-à-fait
originale; une adresse dans le raisonnement propre à confondre la logique la plus
expérimentée. Elle avoit la voix charmante,
beaucoup de goût dans le chant, jouoit de
la harpe avec une grâce et une manière
ravissante; elle paroissoit aimer sa belle-
mère avec passion, et lui causoit les cha-
grins les plus vifs. Un jour la Reine lui

demandoit, laquelle elle aimoit mieux, de
sa mère ou de sa belle-mère : elle refusa
quelque tems de s'expliquer là-dessus ; enfin, pressée de dire laquelle elle iroit sauver, si elle les voyoit toutes deux se noyer,
elle dit : *J'irois sauver ma mère, et me
noyer avec ma belle-mère*. Parlant un jour
en termes peu mesurés de son mari devant
la comtesse de Boufflers, celle-ci la reprit,
et lui demanda si elle avoit oublié qu'elle
lui parloit de son fils ? Ah ! reprit la comtesse Amélie avec vivacité, *je crois toujours qu'il n'est que votre gendre.*

Je fus assez heureux pour que ma conversation plût à la comtesse Amélie dès la
première fois que je la vis. La comtesse de
Boufflers en fut charmée, parce que je
pouvois alors être toujours auprès d'elle :
dès six heures du matin, j'allois prendre
les eaux avec ces Dames ; j'étois de leurs
promenades, je leur donnois la main à l'assemblée, et, si elles restoient au logis, je
leur tenois compagnie.

Le séjour que je fis à Spa augmenta le
goût que j'avois déjà pour madame la com-

tesse de Boufflers ; elle me donna des témoignages de bonté, m'invita à venir la
voir à Paris, et à loger chez elle : je le lui
promis. Je passai cependant encore quelque tems avec le duc et la duchesse de
Northumberland : je fus avec eux à Paris,
quand ils retournèrent en Angleterre ; je
pris congé d'eux, et résolus de rester auprès de la comtesse de Boufflers, dont la
connaissance et les liaisons m'offroient l'occasion que j'avois long-tems desirée, de
me répandre dans la bonne compagnie
de France, que je connoissois à peine. Je
passe sous silence un court voyage que je
fis à Londres, qui ne présente à ma mémoire rien de remarquable, pour en venir au
long séjour que je fis ensuite avec madame
de Boufflers et ses amis.

La bonne société de Paris est divisée en
deux classes (1), dont la Noblesse forme la
première ; la seconde est composée de la
Finance et de la Robe. Ceux de cette seconde classe qui se distinguent par leurs
richesses ou par un mérite éminent, sont

---

(1) Ceci s'écrivoit en 1777.

admis dans quelques sociétés particulières
de la première classe , et le tiennent à grand
honneur. Ils prennent le plus grand soin de
s'en rendre dignes (sur-tout les financiers),
en tenant maison ouverte pour les grands
Seigneurs et les Dames qui veulent bien les
favoriser de leur présence : ces derniers en
usent asez librement. Il y avoit entre autres
deux maisons à Paris sur ce pied-là ; celle
de M. de Trudaine , et celle de M. de la
Reynière. On ne peut imaginer tout ce qu'il
leur en coûtoit de peine et d'argent pour
inspirer aux personnes de qualité l'envie de
venir souper chez eux : quand une grande
Dame daignoit leur faire dire qu'elle vien-
droit un tel jour , on sait combien d'attentions on avoit pour lui procurer la compagnie qui pouvoit lui être agréable, sans
compter qu'on étoit enchanté qu'elle invi-
tât une demi-douzaine de ses amis d'être
de la partie. La récompense qu'ils en re-
cueilloient étoit d'apprendre que M. le Duc,
ou madame la Duchesse telle, avoient beaucoup loué l'élégance de leur table ; et , s'ils
entroient jamais dans les maisons de ces
mêmes personnes de qualité , qu'ils rece-
voient si bien chez eux, ils ne les trouvoient

plus les mêmes, sur-tout s'il y avoit d'autre
compagnie dont ils ne fussent pas connus.
Ils avoient alors un air si gauche, si honteux, qu'ils sembloient se rendre la justice
de se trouver déplacés; ils se croyoient heureux d'achever la visite sans essuyer d'ava-
nie. J'ai été témoin de ce manége pendant
trois hivers que j'ai passés dans les différentes classes de la société de Paris : je ne
me suis pas peu amusé de la morgue des
uns, et de la sottise des autres.

La Cour et les maisons des Princes du
Sang en ville sont les sources où l'on peut
connoître ce que l'on appelle le vrai ton de
la bonne compagnie, et où les modes prennent leur origine. Lorsque j'étois à Paris,
le Palais-Royal, et l'hôtel de Bourbon,
étoient les sources les plus pures et les plus
fréquentées. Les Dames et les Cavaliers qui
vouloient se maintenir dans le droit de servir de modèles à la ville, étoient obligés
de faire là leur cour pour autoriser leurs
caprices; de là naissoient tous les jours des
modes nouvelles et bizarres, qui prenoient
racine selon le degré de crédit de l'inven-
teur ou de l'inventrice : heureux celui, ou

celle, dont le génie supérieur en avoit su
créer une qui fût adoptée généralement
avant que de prendre fin. Le grand point,
dans ces occasions, étoit de frapper, de
surprendre l'attention du public. Je me rappelle un trait à cet égard qui pensa faire
mourir de chagrin deux jolies femmes ;
c'étoit au tems des coiffures hautes et des
grands plumets.

La duchesse de F...... et la vicomtesse
de L..... étoient, parmi les jeunes Dames
de la Cour, celles dont l'imagination étoit
la plus fertile à inventer de nouvelles modes,
et qui avoient la figure la plus propre à
leur donner cours. Un jour le duc de
Chartres et le duc de Lauzun, ayant aperçu
le carrosse de ces Dames chez une mar-
chande de modes, attendirent dans une
maison voisine qu'elles en fussent sorties ;
étant entrés aussitôt après, ils firent tant
par leurs discours et leurs libéralités, qu'ils
engagèrent cette femme à leur découvrir
le sujet qui avoit amené ces Dames chez
elle. Apprenant qu'il étoit question de produire le lendemain à l'opéra une nouvelle
coiffure, qui devoit faire une sensation ad-

mirable, ils en commandèrent deux exactement semblables, et l'on pense bien qu'elles
furent payées généreusement. La loge en
face de celle où devoient être ces Dames
fut ensuite retenue, et deux filles de joie
apostées pour se montrer précisément au
même moment où elles entreroient. Quel fut
l'étonnement de ces deux Dames, quand,
au lieu d'attirer tous les yeux du public,
elles virent les regards partagés des deux
côtés, et aperçurent vis-à-vis d'elles des
pendans d'un tel contraste, qu'il excita les
ris et les applaudissemens insultans de la
compagnie. Elles ne purent pas y tenir, et
sortirent outrées de dépit. Quelques jours
après, nouvelles idées et plus grande précaution; mais elles étoient trop bien ob-
servées. Il y eut, d'un autre côté, beaucoup de vigilance et nouvelle trahison, qui
furent suivies d'une seconde scène semblable à la première : je laisse au lecteur à
juger de l'état où se trouvèrent ces belles
persécutées; il est plus aisé de concevoir
leur chagrin qu'il ne l'est de le décrire.

Encore un mot sur les modes. J'étois une
fois chez madame la maréchale de Luxembourg, à Montmorency; il y avait alors tout

ce que la Cour et la ville pouvoient fournir de
plus élégant, de plus brillant, en cavaliers
et en jeunes dames. En France, à la campagne, la compagnie ne se rassemble guère
avant le soir ; les uns se lèvent tard, les autres ne dînent point, ou dînent au petit
couvert dans leur appartement ; mais le
soir, on est paré, et l'on se rend dans le
sallon de compagnie. Les imaginations
avoient fermenté depuis quelque tems, et
ce jour-là étoit celui précisément où le grand
effet devoit éclater. Je dois convenir que je
n'ai jamais vu de spectacle plus varié, plus
joli, plus enchanteur ; il me sembloit être
dans le palais de la fée Félicité. Il y avoit
là une douzaine de figures, dont chacune
étoit capable de bouleverser toutes les idées
du philosophe le mieux affermi : il y eut
quelques tables de jeu ; mais la grande oc-
cupation fut de faire une inspection exacte
de toutes les parties de l'ajustement des uns
et des autres, ce qui mena la compagnie
bien avant dans la nuit.

Celui qui a dit que Paris étoit le règne
des femmes, en avoit assez bien jugé, pourvu
qu'on restreigne cette opinion à la Cour et

parmi la Noblesse; car c'est dans cette classe sur-tout que leur influence est plus marquée sur les esprits. Elles s'expriment en général avec grâce et avec élégance. Ayant moins d'occupations que les hommes, s'il s'agit de former une intrigue de Cour, de produire quelqu'un avec succès dans le monde, de répandre une opinion, de solliciter un procès, ou de soutenir une pièce au théâtre, elles s'y livrent avec plus de zèle et plus de suite que les hommes ne mettent ordinairement à ces choses; et quoiqu'elles puissent être divisées entr'elles pour quelque querelle particulière, quand il s'agit de l'intérêt général du sexe, elles s'unissent pour l'avancer avec une ferveur dont les hommes ne sont point capables. Cela se voit sur-tout lorsqu'il arrive qu'un mari, selon elles, n'en agit pas noblement avec sa femme, comme lorsqu'il ne paie pas ses dettes sans murmurer, qu'il trouve mauvais qu'elle le ruine, ou qu'il trouve à redire aux visites qu'elle reçoit chez elle. J'ai connu une Dame dont le mari s'avisa, à trois heures du matin, d'entrer dans l'appartement de sa femme; il y trouva l'amant de la Dame, et s'en plaignit. Elle demanda à être séparée

de corps et de biens ; elle l'obtint, et le
mari fut blâmé et exclu de la société.
Un jour je faisois quelques questions sur
ce sujet à des personnes de la connoissance de cette Dame ; on me dit, qu'il étoit
bien vrai que cela s'étoit passé ainsi, mais
que le mari étoit un brutal qui ne savoit pas
le monde, et qu'on l'avoit hué dans toutes
les compagnies.

· J'ai connu aussi une jeune et jolie femme,
la Princesse de ***, qui ne permettoit jamais à son mari de la venir trouver dans
son appartement. Une Dame de ses amies
lui représentoit la nécessité d'avoir des enfans pour le soutien d'une famille illustre ;
elle ne répondoit jamais autre chose que :
Ah ! fi donc, Madame, fi donc ! et si l'on
insistoit encore, c'étoit : Ah ! ne parlez
donc point comme cela, Madame ; je vous
avoue, Madame, que voilà des discours
bien étonnans. L'autre vouloit-elle ajouter
quelque chose, elle étoit sans cesse inter-
rompue par un, Ah! fi donc, Madame, fi
donc ! et elle n'en put jamais tirer d'autre
réponse.

L'influence des femmes dans la société a
toujours été très-puissante en France... Un

petit nombre d'elles donnoit la première impulsion , laquelle , venant à s'étendre , formoit l'opinion publique. Les mœurs que je viens de peindre , étoient comme des principes dont on n'osoit pas s'écarter , crainte du ridicule. En réfléchissant sur cela , comment s'étonner des désordres arrivés dans cette nation !

CHAPITRE II.

*Suite du même sujet. — Prince de Conti,
son caractère.*

DE toutes les femmes de la Cour les plus
distinguées par l'esprit et les agrémens, madame la comtesse de Boufflers étoit certainement la plus remarquable : aucune n'avoit
plus d'amis, et avoit eu moins d'ennemis,
parce qu'elle unissoit à tous les dons de la
nature et à la culture de l'esprit une simplicité aimable, des grâces charmantes,
une bonté et une sensibilité qui la portoient
à s'oublier sans cesse, pour ne s'occuper
que des biens ou des maux de tous ceux
qui l'entouroient. Je ne puis mieux la faire
connoître qu'en rapportant ici son portrait,
fait par un homme à qui elle avoit rendu
le service important de le tirer du couvent,
et de le faire relever de ses vœux; il lui
dédia un ouvrage sans mettre son nom à la
tête de l'épître dédicatoire, parce qu'elle
n'avoit pas voulu le lui permettre. La délicatesse et l'esprit qui brillent dans ce mor-
ceau sont bien dignes du sujet qu'il traite;

voici comment il s'exprime : « Je dédie cet
» ouvrage à la personne à qui je dois le
» bien le plus précieux de la vie pour qui
» sait en jouir. Distinguée par le rang et
» la naissance, elle l'est infiniment plus par
» l'élévation et la délicatesse des sentimens,
» la beauté du génie, l'étendue des lumiè-
» res, la pénétration de l'esprit, la préci-
» sion et la vigueur du raisonnement, la
» pureté et l'élégance du langage, la jus-
» tesse et la finesse du goût. Sans le vou-
» loir, elle passe à la Cour, à la ville, chez
» l'étranger, et dans la république des let-
» tres, pour une des premières femmes de
» sa nation et de son siècle. Outre le droit
» qu'elle a sur mon admiration et ma re-
» connoissance , elle en a un tout particu-
» lier sur cet agréable travail (1), entrepris
» sous ses auspices : je lui en fais l'hom-
» mage avec mystère, parce que je ne puis
» le faire à découvert; ceux qui ont éprouvé
» le doux transport qu'excite dans l'occa-
» sion , le souvenir d'un bienfait signalé,
» ne désapprouveront pas que mon cœur

(1) C'étoit une traduction d'un ouvrage anglois, dont j'ai
oublié le titre.

» cherche à se soulager lorsqu'il ne peut se
» satisfaire ; ils ne seront pas surpris de me
» voir ajouter, que, dans mes regrets d'être
» obligé de taire l'illustre objet de sentimens
» si légitimes, si naturels, et qui ne deman-
» dent qu'à se produire, je me console quel-
» quefois par l'espérance qu'on le devinera,
» sans que j'aie couru le risque de tomber
» dans le malheur de lui déplaire. »

L'auteur de cette épître étoit un moine que
madame de Boufflers avoit rencontré dans
le jardin d'un couvent où elle étoit entrée
par hasard. Il profita de l'occasion pour l'intéresser par le récit de ses malheurs, et des
dégoûts qu'il avoit dans sa profession. Elle
le fit relever de ses vœux, prit soin de sa
fortune, et le rendit le plus heureux des
hommes par un changement aussi inopiné
dans son sort.

Madame de Boufflers, en entrant dans le
monde, avoit été Dame de madame la duchesse d'Orléans, sœur de M. le prince de
Conti, et cet attachement fut l'origine de
la liaison qui se forma entre elle et ce Prince.
Non-seulement elle avoit captivé son cœur

par les grâces de sa personne et par les charmes de sa figure, mais elle avoit aussi enchaîné son esprit par les agrémens du sien, par l'utilité dont il avoit trouvé que lui étoient ses conseils et sa conversation. En sorte que lorsque le comte de Boufflers mourut, on s'attendoit que le prince de Conti auroit épousé madame de Boufflers; il en fut question même pendant quelque tems, et j'ai lieu de croire que si madame de Boufflers l'eût absolument voulu, le Prince l'eût épousée : mais quoique ce mariage ne se fît point, leur liaison n'en a pas moins duré jusqu'à la mort de ce Prince.

M. le prince de Conti étoit l'un des plus aimables et des plus grands hommes de son siècle; il avoit la taille parfaitement belle, l'air noble et majestueux, les traits beaux et réguliers, la physionomie agréable et spirituelle, le regard fier ou doux, suivant l'occasion; il parloit bien, avec une éloquence mâle et vive, s'exprimait sur tous les sujets avec beaucoup de chaleur et de force; l'élévation de son âme, la fermeté de son caractère, son courage et sa capacité, sont assez connus en Europe pour que

je me dispense d'en parler ici. Quand il vivoit familièrement avec ceux qu'il aimoit,
il étoit simple dans ses manières, mais c'étoit
la simplicité du génie : dans la société il étoit
le premier à bannir toute contrainte; il s'en
trouvoit gêné lui-même, au point d'en témoigner de l'impatience. Je me rappelle
que, dès les premiers jours que j'eus l'honneur d'être admis auprès de lui, si je me
trouvois assis, et que le prince de Conti,
en se promenant de long en large dans la
chambre, s'approchât pour me parler, je
me levois sur-le-champ pour l'écouter, et
il me faisoit signe de me rasseoir; enfin à la
quatrième fois, fatigué de voir que je ne
saisissois pas assez son humeur, il me dit
d'un air à moitié fâché : Mais, mon Dieu,
Monsieur, laissez-moi donc en repos. Il ne
faisoit point de distinction de rang dans la
société; il en remplissoit lui-même les devoirs plus exactement que personne. Si
quelqu'un de ceux qu'il aimoit étoit malade, il ne manquoit pas de le visiter régulièrement; je l'ai vu, pendant six semaines,
aller tous les jours chez M. de Pontdevele,
et ne pas l'abandonner jusqu'au dernier
moment. Comme il soupoit trois ou quatre

fois la semaine chez madame de Boufflers,
et que j'étois logé chez elle, s'il ne me voyoit
pas au souper, il envoyoit demander de mes
nouvelles; si j'étois dans mon appartement,
incommodé, il venoit quelquefois en prendre lui-même.

M. le prince de Conti avoit joui long-
tems de la confiance de Louis XV, qui le
consultoit sur les affaires les plus importantes de l'Etat : il arrivoit souvent que par
son avis, le Roi avoit un Ministre secret
dans les Cours, lequel, à l'insu de son Ambassadeur, négocioit directement par d'autres moyens. Telle fut la chevalière d'Eon
à la Cour de Russie, qui, recommandée
par le prince de Conti, lequel ne connoissoit
pas encore son sexe, fut à Pétersbourg
pendant quelques mois, eut l'adresse de
s'introduire auprès de l'Impératrice Elisa-
beth en habit de femme, et conclut en
quinze jours une affaire que l'Ambassadeur faisoit traîner depuis long-tems. Ce
fut aussi le prince de Conti qui recommanda
M. de Vergennes à Louis XV, comme très-
capable de le servir dans les Cours étrangères; en effet, il se trouva au change-

ment du système établi en Suède, et fut
l'un des instrumens de la Révolution. Envoyé auparavant à Constantinople, il avoit
excité la Porte Ottomane contre la Russie,
pour servir les intérêts de la France dans
la guerre qu'occasionna l'élection du Roi
de Pologne.

Le prince de Conti avoit donné des preuves éclatantes de son courage dans la campagne qu'il fit en Piémont, où il gagna la
bataille de Coni en 1744. Il eut ensuite
le commandement d'une armée en Flandres ; ce fut lui qui prit Charleroi. Il est
vrai que cette place ne coûta pas beaucoup
de sang : il m'a raconté à ce sujet une
anecdote qui peut trouver place ici. Le
siége durant plus long-tems qu'on ne s'y
étoit attendu, le Prince craignit tellement
d'être obligé de le lever, qu'il songea aux
moyens de porter le Gouverneur à laisser
prendre la place ; on promit donc cinquante mille écus à un vieux valet-de-
chambre du Gouverneur qui commandoit
dans Charleroi depuis trente ans, s'il pouvoit décider son maître à se rendre. Le
valet-de-chambre, qui avoit beaucoup d'in-

fluence sur son esprit, lui représentoit à
tout moment qu'il ne pouvoit pas se défendre plus long-tems, que d'ailleurs, en se
rendant alors, il auroit l'honneur de capi-
tuler avec un Prince du sang de France ;
il lui disoit plusieurs autres belles raisons,
que lui inspiroit le désir d'avoir les cinquante mille écus. Mais, répondoit le Gouverneur, encore faut-il que je sois attaqué
plus vivement, et que j'aie l'air d'avoir fait
une belle défense. Eh ! Monsieur, dit le
valet-de-chambre, n'y a-t-il pas trente ans
que vous gardez cette place pour la maison
d'Autriche? peut-on faire une plus belle
défense ?

Quelque tems après cet événement, madame de Pompadour, voulant favoriser
M. le comte de Saxe, et lui faire donner le
commandement général des armées de
France, sentit bien que cela lui seroit difficile tant que le prince de Conti auroit un
corps d'armée en Flandres : afin donc de
l'obliger à se retirer, le ministre de la
guerre et cette Dame firent passer au Conseil des résolutions qui exigeoient la réunion de toutes les forces ; et faisant valoir

`les succès et l'expérience du Comte de Saxe,
il fut décidé qu'il commanderoit toute l'armée : le prince de Conti eut ordre de se
joindre à lui. Il sentit la conséquence de
cette mesure, quitta l'armée, et remit son
commandement entre les mains du Roi,
avec qui il eut une conversation assez vive. Ce
fut alors que madame de Pompadour, qui
étoit présente, eut l'impertinence de l'in-
terrompre pendant qu'il faisoit quelque assertion, en lui disant : Vous ne mentez
jamais, Monsieur ? Pardonnez-moi, madame, dit-il quelquefois aux femmes ; et
se retournant vers le Roi, continua sa conversation.

Quoique sa faveur fût diminuée par le
ressentiment qu'il fit voir du traitement
qu'il avoit reçu, le Roi l'estimoit tant,
étoit tellement accoutumé à l'aimer, qu'il
n'avoit pas de peine à obtenir ce qu'il vouloit de lui, et qu'il avoit même quelquefois
des entretiens secrets avec Sa Majesté. Un
jour entr'autres, qu'il étoit question du fameux M. de Silhouëtte, le Prince dit au
Roi qu'il étoit un fripon : le Roi en convint.
Cependant, dit le Prince, vous verrez qu'il

finira un jour par être votre Ministre. Jamais, répliqua le Roi. Eh bien, promettez-
moi, Sire, que s'il devient Contrôleur-général, mes affaires ne passeront point par
son département. Le Roi le lui promit. Quelque tems après, le Prince s'étant tout-à-fait
brouillé avec le Roi, et M. de Silhouëtte,
dans le même tems ayant été nommé Contrôleur-général, le Prince de Conti écrivit
au Roi pour lui rappeler sa promesse, de
le dispenser de s'adresser au Contrôleur-
général : le Roi lui tint parole.

M. le Prince de Conti ensuite se jeta entièrement dans l'opposition aux mesures de
la Cour, et acquit une telle influence dans
le Parlement de Paris, qu'aucune affaire
importante n'y passoit contre son avis. Connoissant très-bien la Constitution françoise,
soutenu par une éloquence mâle et vigou-
reuse, appuyé de la dignité de son rang,
il entraînoit tous les suffrages, et persuadoit
les autres Princes du sang de s'unir à lui.
Il fut ainsi le défenseur des lois, et soutint
la persécution des Ministres en place avec
une fermeté inébranlable : il fut la cause
du rappel du Parlement, en 1774, et sa

gloire parut ce jour-là dans tout son éclat. Le jeune Roi le rappela à la Cour, où il fut admiré et caressé; mais il ne voulut pas s'y montrer souvent, n'approuvant pas les idées du nouveau Contrôleur-général, M. Turgot, qu'il obligea la Cour de renvoyer, par les oppositions qu'il forma contre toute ses mesures. Comme il alloit rarement à Versailles, un jour que la Reine etoit venue à l'opéra, le prince de Conti se trouva sur son passage dans le corridor : Ah ! vous voilà, Monsieur, lui dit cette Princesse; que faites-vous ici ? Madame, lui répondit le Prince, je suis un Parisien qui vient voir la Reine. Quoique sa santé commençât à baisser, son amour pour les femmes, qui avoit toujours été sa passion dominante, n'en étoit pas moins vif; cependant, s'apercevant qu'il ne réussissoit pas autant qu'il avoit fait, il dit un jour : Il est tems que je me retire ; autrefois mes politesses étoient prises pour des déclarations d'amour, à présent mes déclarations d'amour ne sont plus prises que pour des politesses.

CHAPITRE III.

Lady Algernon Percy. — Madame de Trudaine et sa société.

V ERS ce tems milord Algernon Percy vint à Paris avec Milady son épouse, que je vis alors pour la première fois. Il étoit fort empressé de me présenter à elle, étant convaincu qu'elle avoit précisément ces mêmes qualités que je lui avois toujours dit que devroit avoir celle qui pourroit seule faire son bonheur. Ce ne fut qu'après une longue connoissance que je parvins à découvrir toute l'étendue du mérite de cette aimable et respectable Dame, l'ornement de son sexe, le modèle des femmes mariées, la gloire de sa propre famille, à l'élévation de laquelle elle a tant contribué, qui fut l'idole de l'illustre famille dans laquelle elle est entrée, qui la chérissoit, l'honoroit et la respectoit. Son exemple servira toujours à mettre dans leur tort les femmes qui trouvent de la difficulté à remplir leurs devoirs; celles qui ne sentent pas

quel avantage il en résulte pour les autres
et pour elles-mêmes, et qui ne voient pas
qu'en rendant heureux tout ce qui les en-
vironne, elles travaillent à leur propre
félicité : car il en est de ce soin comme de
celui que l'on prend d'un terrain fécond,
qui rend à proportion de l'attention qu'on
y donne.

Milady Algernon Percy (1) avoit la taille
élégante et bien prise, la démarche aisée,
l'air noble, les traits agréables, et la physionomie expressive de toutes les belles
qualités de son âme : à une gaieté naturelle, elle joignoit toute la solidité de l'esprit, la justesse des vues, la prudence de
la conduite ; elle avoit tant d'élévation
d'âme, qu'elle seule ne fut pas surprise du
changement de sa fortune, quoiqu'elle fût
souvent la première à se le rappeler : tout
cela se trouvoit réuni en elle avec une simplicité dans les manières, une affabilité dans
le commerce de la vie, qui enchantoient
par leur concours, et la faisoient aimer
dès le premier entretien. Elle étoit une des

---

(1) A présent lady Beverley.

quatre filles de M. Burrell, gentilhomme
assez riche, fort considéré dans sa patrie,
qui avoit donné une excellente éducation
à ses enfans : elle se trouvoit à Marseille
avec son père, lorsque lord Algernon y
vint ; il la vit, l'aima, et souhaita de
s'unir à elle. Connoissant le désir que le
duc et la duchesse de Northumberland
avoient de le voir marié, sachant qu'ils lui
permettoient de faire un choix, il leur fit
part de son penchant pour mademoiselle
Burrell, et demanda leur consentement
pour ce mariage, qu'il obtint.

Ils revinrent donc sur-le-champ en Angleterre pour se marier : le Duc et la Duchesse conçurent bientôt la plus vive tendresse pour leur belle-fille. Elle fit leurs
plus chères délices ; son esprit aisé, ses manières affectueuses, mêlées de respect, son
attention extrême pour son mari, les soins,
l'intelligence qu'elle fit éclater dans l'éducation des enfans qu'elle eut de lui ; tout
en elle devoit lui gagner, et lui gagna en
effet tous les cœurs.

Lord Algernon Percy, par ce mariage,
fit non-seulement son bonheur, mais celui

de plusieurs autres. Lady Algernon fut si
généralement admirée, que l'on commença
à faire attention à ses sœurs. Le duc Ha-
milton en épousa une; milord Percy, frère
aîné de lord Algernon, épousa l'autre. Lady
Algernon aida elle-même à placer ses deux
cadettes au-dessus d'elle. Elle vit, non-
seulement sans envie, mais même sans mor-
tification, que, par le mariage de l'une avec
l'héritier du titre et des biens de la maison
de Percy, ses propres enfans pouvoient être
privés des plus belles espérances que les
sujets d'un grand royaume pussent concevoir : elle entretint constamment, par son
exemple et ses discours, la bonne harmonie et l'amitié entre les deux frères. Je ne
flatte point lady Algernon en parlant ainsi
d'elle; flatter, c'est louer quelqu'un dans
ses vices, c'est donner à ses défauts un tour
spécieux et honorable : je la loue, il est
vrai, parce que louer, c'est publier hautement les vertus d'une personne qu'on ad-
mire : eh! qu'il est doux de pouvoir le faire!
Heureux ceux qui, dans la société, trouvent l'occasion de contempler de près un
mérite tel que celui dont je parle! Toute
l'Angleterre, qui le reconnoît, ne m'en

dédira pas : je veux bien n'être pas cru sur
tous les caractères que j'ai décrits, et qu'on
ne connoît pas, si ceux qui connoissent lady
Algernon Percy trouvent que j'ai exagéré
le sien.

Milord et milady Algernon Percy ne res-
tèrent que quelques jours à Paris ; elle étoit
fort avancée dans sa première grossesse, et
désiroit faire ses couches à Londres. Pour
moi, je continuai mon séjour en cette capitale, où je m'amusai à publier quelques
ouvrages qui eurent du succès. Je m'intro-
duisis dans quelques maisons de robe et de
finance, voulant apprendre à bien connoître toutes les classes de la société de
Paris ; je puis dire, que c'est dans celles-là
où l'on trouve, non pas le ton de la bonne
compagnie, que l'on nomme par excellence
le bon ton, mais certainement le ton le plus
naturel et le plus raisonnable. On y rencontre aussi plus de gens éclairés, une conversation plus sage et instructive, des manières douces, prévenantes et sociables.
J'excepte de cette définition ceux qui sont
entichés de la manie de voir les Grands,
lesquels, afin de pouvoir se parer aux yeux

de leurs égaux de la vanité ridicule d'être
admis à fréquenter quelques personnes de
la première Noblesse, s'exposent à des hu-
miliations mortifiantes que la morgue in-
flige à la présomption.

L'une des maisons la plus fréquentée
dans cette classe étoit celle de M. de Trudaine. Il étoit intendant des Finances, ayant
le département des Fermes, et des Ponts
et Chaussées, ce qui le constituoit une
espèce de Ministre : aussi en prenoit-il l'air
et l'importance. Il vouloit appuyer son existence du parti des soi-disant philosophes ;
il les caressoit et cherchoit à les attirer chez
lui : comme il prétendoit même être mis au
rang de leurs plus chers favoris, on lui
avoit donné le sobriquet de *garçon philo-*
sophe.

Madame de Trudaine auroit eu de l'esprit, si elle n'eût pas affecté d'être au-dessus de ce qu'elle appeloit les préjugés du
siècle. Cette singularité avoit gâté en elle
un jugement qui éclatoit souvent dans les
occasions étrangères à cette idée. Elle avoit
du goût, un grand fond de sensibilité, se

livroit aisément aux apparences de l'amitié,
et en étoit souvent la dupe ; elle avoit tous
les soins imaginables pour rendre sa maison
agréable , et y attirer la meilleure compagnie de Paris parmi les hommes. Deux
grands dîners par semaine , qu'elle prenoit
la peine d'arranger , et un souper tous les
soirs , lui assuroient en effet une société
d'autant plus intéressante , qu'elle étoit
très-bien diversifiée : les Ducs et Pairs , les
Ambassadeurs et autres étrangers de distinction , la première Noblesse , le simple
Gentilhomme, le poëte, les gens de lettres,
la robe et la finance , tout s'y trouvoit rap-
proché par l'esprit et les talens : les sots y
étoient rares, parce que, s'y trouvant déplacés , ils s'en excluoient eux-mêmes, en
sorte que cette maison étoit l'une de celles
où l'on trouvoit la conversation la plus solide et la plus piquante. Une chose seule y
déplaisoit : la maîtresse du logis elle-même
y parloit peu, et se contentoit d'écouter ;
mais elle montroit souvent un air dédai-
gneux qui en imposoit à ceux qui n'étoient
pas préparés à cette manière d'être écou-
tés. Avec tout cela , madame de Trudaine
étoit aimable ; on témoignoit beaucoup

d'empressement à être distingué d'elle :
j'étois moi-même des plus assidus à fré-
qnenter sa maison , et peut-être l'un de
ceux qui étoient le mieux dans son esprit.

CHAPITRE IV.

*Aventure singulière d'une Dame rappelée
à la vie.*

MADAME de Trudaine, qui avoit la santé
fort délicate, ne s'apercevoit que trop du
peu d'intérêt que prenoit à elle la plupart
de ceux qui venoient dans sa maison. Cou-
chée sur un canapé dans un coin de la
chambre, je l'ai vue souvent excédée des
conversations excessivement bruyantes de
la foule qui venoit souper chez elle. Une
révérence, un compliment froid, une fois
rendu en entrant, chacun s'empressoit de
s'informer des nouvelles du jour, ou de la
question qui agitoit Paris dans ce moment :
on discutoit; on prenoit un parti ; on s'é-
chauffoit ; cinq ou six voix à la fois se faisoient entendre, sans être comprises; on
cassoit la tête à la pauvre malade, qui me
disoit un jour à l'oreille : Il y a dix ans que
je prends bien de la peine pour rendre ma
maison agréable et me faire des amis; aux
égards et à l'intérêt qu'on fait voir pour
moi, voyez comme j'ai bien réussi. En-

II.   C

nuyée, enfin, d'être obsédée ainsi, et d'être
la dupe de ses soins et de sa complaisance,
elle prit le parti de garder sa chambre ;
mais sa maison n'étoit pas moins ouverte
à tout Paris : on venoit y souper, et l'on
s'en retournoit sans l'avoir vue ; quelques-
uns exceptés, qu'elle faisoit appeler pour
lui tenir compagnie, et j'étois de ce nombre. Elle aimoit les anecdotes ; j'en avois
recueilli beaucoup dans mes voyages : elle
aimoit aussi les caractères et les portraits,
et comme j'avois beaucoup vu d'originaux,
j'avois heureusement un fonds considérable d'amusement pour elle.

M. de la Mothe, son médecin, homme
d'esprit, et qui contoit bien, venoit quelquefois dîner avec elle, et l'amusoit du
récit de certains faits extraordinaires que
sa profession lui avoit fournis. Je m'en rappelle un, sur-tout ; qui me parut assez intéressant pour le mettre en écrit le jour
même qu'il nous le raconta. Il prit seulement la précaution de nous recommander
de n'en point parler à Paris, de crainte
qu'il n'arrivât qu'on eût pour auditeur
quelqu'une des personnes que cette anec-

dote regardoit directement ou indirectement. Il nous dit donc , qu'ayant occasion
de visiter souvent un malade, il rencontra
deux ou trois fois, par hasard , sur l'escalier ou dans la cour, une jeune Dame de
condition , très-jolie, qui occupoit le second étage de cette maison ; elle lui parla
même un jour, pour lui demander des nouvelles du malade qu'il voyoit, et lui parut
d'une grâce charmante. Le lendemain ,
quelle fut sa surprise d'apprendre qu'elle
étoit morte subitement! Ne pouvant pas se
persuader qu'une personne qui paroissoit
jouir d'une aussi parfaite santé fût morte
de cette manière , il demanda à la voir, et
la trouva en effet étendue sur la paille ,
couverte d'un drap mortuaire , avec un
prêtre à côté d'elle , qui prioit : il l'exa-
mine , elle étoit froide, sans pouls , sans
haleine ; il fait plusieurs expériences pour
connoître si elle étoit vraiment morte ,
mais en vain ; il a recours à tous les moyens
qu'on emploie pour faire revenir les personnes noyées ou suffoquées ; tout fut inutile. Le mari, les parens avoient déjà abandonné la maison : il s'informe si elle n'avoit
point quelques personnes de confiance ; on

lui nomma sa femme-de-chambre. Il veut
qu'on l'aille chercher en diligence. Elle
vient ; il la prend à part, lui demande :
Votre maîtresse n'avoit-elle point quelque
passion violente pour quelqu'un ? Monsieur,
ma maîtresse étoit très-vertueuse , elle aimoit beaucoup son mari. Faites attention,
reprit le médecin , qu'il s'agit ici de la vie
de votre maîtresse : j'ai peine à croire qu'elle
soit réellement morte ; cet accident peut
n'être qu'une léthargie hystérique ; décla-
rez-moi la vérité, et secondez mes intentions, si vous aimiez votre maîtresse. Monsieur, dit cet femme en le regardant d'un
air embarrassé , je ne puis rien vous dire.
Il comprit à son air qu'il y avoit quelque
grand mystère, et se confirma dans son idée
que cette femme n'étoit pas morte. Il revint
à lui donner des secours ; avec beaucoup
de difficulté il lui fait avaler quelques
gouttes d'eau de luce mêlée avec de l'eau :
un moment après il sent battre l'artère ; il
redouble la dose ; elle commence à s'alon-
ger, à bâiller ; elle revient à elle - même.
Tous les domestiques, tous les amis de la
maison , transportés de joie, accourent ; la
chambre se remplit : elle couroit risque de

retomber dans le même accident; le médecin les fait tous sortir : il reste seul avec la
femme-de-chambre. Cependant, cette jeune
Dame les regardoit toute étonnée ; elle demandoit ce que vouloit dire tout ce trouble,
et ce qui lui étoit arrivé. Le médecin la
regardant fixement, Vous avez des passions
bien vives, Madame, lui dit-il, et vous
leur laissez prendre beaucoup trop d'empire sur vous. Ah ! malheureuse, dit-elle,
en se tournant vers sa femme-de-chambre,
m'aurois-tu trahie? Madame, dit la femme,
je n'ai point parlé ; mais je crois que les
médecins sont des sorciers. Tranquillisez-
vous, Madame, lui dit l'honnête médecin,
votre secret n'est pas connu, il n'est que
soupçonné ; mais après l'intérêt que j'ai
témoigné pour vous, Madame, ne méritai-
je pas bien que vous ayez quelque confiance
en moi, et que vous me mettiez dans le cas
de continuer à vous être utile, en me faisant mieux connoître la cause de votre mal ?

Elle ne lui répondit que par un torrent de
larmes, qui dura une heure, et lui fut d'un
grand soulagement. Enfin, moitié devi-
nant, moitié expliquant le peu qu'elle lui

disoit, il se trouva au fait de la cause de
l'accident qui lui étoit arrivé.

Cette jeune personne, qui avoit environ
vingt-deux ans, étoit mariée depuis quatre
à un homme de condition qui l'adoroit et
se flattoit d'en être aimé ; il lui avoit, présenté son meilleur ami, élevé avec lui dès
l'enfance, qui vivoit presque toujours avec
eux. Cet ami, trop sensible, ne put se défendre contre les charmes de cette jeune
épouse. Il désapprouvoit sa passion, et ne
pouvoit soutenir l'idée de troubler le bonheur d'une si parfaite union ; il ne s'éloignoit cependant pas. Il crut qu'il pourroit
cacher son amour même à celle qui l'inspiroit, qu'il le tairoit du moins : il se trom-
poit ; la jeune Dame n'ignora pas long-tems
qu'il étoit combattu entre l'amour et le devoir : elle le plaignit au fond de son cœur,
s'attendrissoit de le voir amoureux, ver-
tueux et malheureux ; mais elle prenoit le
plus grand soin de ne pas lui laisser voir
qu'elle s'apercevoit de son état. Peu à peu
la pitié fit naître des sentimens dont elle
fut effrayée ; alors elle auroit voulu se les
cacher à elle-même ; elle étoit au désespoir ;

elle n'osoit s'ouvrir à personne ; elle ne savoit quelle conduite tenir pour éviter son
amant , sans donner de l'ombrage à son
mari. Un an se passe dans cette pénible
situation , tous deux s'apercevant de l'impression mutuelle qu'ils s'étoient faite, tous
deux travaillant à l'étouffer et ne pouvant
se déterminer à l'absence , le seul moyen
qui leur pût être utile. Enfin , un jour
qu'ils étoient à la campagne , le mari étant
à la chasse, et se trouvant seuls , il s'engagèrent dans une conversation , qui fut d'autant plus intéressante, qu'elle avoit été plus
long-tems contrainte. Ils ne purent pas
garder plus long-tems le silence sur les sentimens qu'ils avoient l'un pour l'autre ;
mais , dans le moment où elle lui faisoit
voir son amour, elle le conjuroit de n'en
pas abuser, et de trouver quelque prétexte
raisonnable pour s'éloigner d'elle : il y paroissoit quelquefois résolu. Cependant elle
lui permit de différer l'exécution de son dessein : et il se trouvoit souvent seul avec
elle, et , quels que fussent les sentimens de
vertu qui les animassent tous deux, l'occasion triompha ; en un mot , l'honneur et
le devoir furent oubliés dans un jour mal-

heureux. Dès ce jour-là , les remords, l'accablement , le désespoir , s'emparèrent du
cœur de cette jeune infortunée ; elle ne
pouvoit plus soutenir la présence de son
mari ; elle souffrit encore quelquefois les
empressemens de son amant , mais sans
cesser de se faire les reproches les plus san-
glans. Elle éprouvoit un sentiment tyran-
nique , mêlé de beaucoup d'amertume et
de peu de douceur ; la jalousie même s'en
mêla ; elle crut être négligée par celui à qui
elle avoit tant sacrifié. Quoiqu'elle souhai-
tât la fin de cette passion criminelle , un
tel surcroît de déplaisir mit le comble à ses
peines : enfin, incapable de résister à une
situation aussi violente, un jour qu'elle dé-
ploroit avec sa femme-de-chambre l'horreur de son état , elle s'évanouit sur son
siége ; on la crut morte , et, si le médecin
ne fût heureusement survenu , douze heures après elle étoit enterrée.

Déjà le mari étoit arrivé ; transporté de
la joie la plus vive , il baise les mains de
celui qui lui avoit rendu la femme la plus chérie ; il le prie de ne pas la perdre un moment
de vue jusqu'à ce qu'elle fût parfaitement

rétablie. L'amour excessif qui éclatoit dans
toutes les expressions de son mari, la tou-
chèrent si sensiblement qu'elle ne fut plus
maîtresse de ses sens; elle retomba dans le
même accident dont elle venoit d'être dé-
livrée, mais il fut moins long et moins
fort, parce que les remèdes furent plutôt
appliqués.

Monsieur, dit-elle au médecin, un jour
qu'elle étoit seule avec lui, mon état est
trop insupportable; j'aime mieux mourir,
à moins qu'il n'y ait un secours dans la
médecine pour m'en tirer, comme vous
avez fait d'un autre moins funeste pour
moi : elle le pressa tant de lui prêter son
assistance contre la passion malheureuse
qui la possédoit, qu'enfin il s'y résolut. Le
premier remède avoit été de ne point permettre l'accès de sa chambre à son amant,
qui s'étoit souvent présenté pour la voir ;
il la saigna, la fit baigner, et diminua
tellement ses forces, qu'elle se trouva plus
tranquille; mais le remède le plus efficace
qu'il employa, fut celui de parler, avec sa
permission, à son amant. Il lui remontra
si bien la nécessité, pour lui, de s'éloigner,

s'il avoit à cœur de réparer ses torts avec
son ami, et de conserver les jours de celle
dont il avoit fait le malheur, que le jeune
homme, touché des maux qu'il avoit occa-
sionnés, et se repentant de sa faute, entreprit un voyage de plusieurs années. A son
retour, il prit un train de vie qui l'éloignoit nécessairement de la maison de son
ami. Cette Dame vivoit encore, faisant le
bonheur de son mariqu'elle aimoit et qu'elle
estimoit, remplissant exactement tous ses
devoirs, mais n'ayant jamais pu se délivrer
d'un fond de mélancolie qui s'étoit emparé
d'elle, et qui probablement l'aura accompagné au tombeau.

CHAPITRE V.

Anecdotes sur Louis XV.

Il n'y avoit pas long-tems que Louis XV étoit mort lorsque j'arrivai à Paris, et que je fus descendre chez madame de Boufflers. Je trouvai qu'il étoit bien peu regretté, pour un Prince à qui l'on avoit donné le surnom de *Bien-aimé ;* il est vrai que l'attachement extraordinaire qu'il avoit conçu pour madame Du Barry avoit fort indisposé la nation contre lui. Ceux qui avoient intérêt de le gouverner abusèrent tellement de ce moyen honteux qu'ils avoient mis en œuvre, que tous les honnêtes gens en furent indignés, et que le Roi et toute sa Cour en étoient tombés dans le plus grand discrédit. La manière dont cette personne si fameuse fit son début à la Cour de France est si peu connue, que je crois faire plaisir à mes lecteurs de les en instruire ici.

Louis XV avoit un valet-de-chambre nommé Le Bel qui étoit en grande faveur auprès de lui. Il donnoit un soir à souper

à M. de Saint-Foix, qui étoit ami de mademoiselle Lange ; c'étoit alors le nom de
madame Du Barry : elle étoit du souper,
ainsi que quelques autres femmes, liées avec
Saint-Foix et Le Bel. Le Roi, instruit de
cette partie, eut la curiosité d'en être le
spectateur ; ce qui lui étoit facile de faire,
au moyen d'une fenêtre secrète pratiquée
dans le mur de la chambre à manger de Le
Bel, laquelle donnoit dans son appartement. Mademoiselle Lange parut si jolie
au Roi, qu'il fit le lendemain plusieurs questions sur son compte à Le Bel. Celui-ci
voulut en dégoûter le Roi par plusieurs
raisons ; mais le Roi persista à la voir, et
s'emporta même contre le valet-de-chambre
de ce qu'il s'opposoit à ses désirs. Enfin,
mademoiselle Lange fut amenée au Roi ;
elle plut extrêmement à ce Prince, qui la
goûtoit tous les jours davantage, et voulut
l'envoyer au Parc aux Cerfs ; mais M. Du
Barry, le plus grand intrigant de la France,
qui avoit long-tems entretenu mademoiselle Lange, dirigeoit encore ses actions ;
il voulut mettre à profit cette inclination du
Roi : il lui fit comprendre que, si elle alloit
au Parc aux Cerfs, elle seroit confondue

QUI SE REPOSE. 45

dans la foule de celles qui habitoient ce
séjour, et seroit bientôt oubliée : il lui persuada d'épouser sur-le-champ son frère,
qui devoit aussitôt après se retirer en province, et lui fit prendre le nom de comtesse
Du Barry. En cette nouvelle qualité, elle
représenta au Roi qu'elle n'étoit point faite
pour loger au Parc aux Cerfs, et parut à
Compiègne avec un équipage propre, une
belle livrée, et tout l'attirail d'une femme
de la première qualité. M. le maréchal de
R**, qui la connoissoit, s'en mêla ensuite,
et détermina le Roi à la faire présenter à la
Cour. Ce Prince répugnoit cependant à
donner une telle scène. Le maréchal de R**
lui demanda souvent, s'il ne vouloit pas faire
venir madame Du Barry à Versailles ; à quoi
il répondit toujours qu'il falloit attendre,
et la voyoit cependant en particulier. Enfin,
M. de R** s'y prit autrement ; et comme si
c'eût été une affaire arrangée, il demanda
au Roi un soir, à quelle heure il vouloit
qu'on présentât madame Du Barry le lendemain, et le Roi fixa l'heure.

Madame Du Barry une fois présentée,
ne trouva plus d'obstacle à son crédit. Ceux

ou celles qui voulurent conspirer contre sa
faveur en furent punis par la disgrâce, ou
par l'exil ; et son beau-frère, M. Du Barry,
qui la dirigeoit, l'établit si bien dans le
poste brillant qu'elle occupoit, que selon
toutes les apparences, elle s'y fût mainte-
nue très-long-tems, si la Providence n'eût
mis fin au règne de Louis XV. Elle avoit
encore beaucoup de fraîcheur ; elle étoit
jolie, remplie de vivacité, de gaieté, et
avoit si bien l'art d'animer les plaisirs du
Roi, qu'avec elle il lui sembloit goûter une
nouvelle vie. Il s'en falloit beaucoup qu'elle
eût de l'inclination pour les affaires, ou
pour cette politique que l'on peut appeler
avec plus de propriété les intrigues de la
Cour ; mais sentant que sa conservation en
dépendoit, elle se prêta à tout ce que l'on
voulut, et consentit à être le ressort principal que les Ministres ses amis faisoient
jouer pour exécuter leurs desseins. L'un
d'eux, M. le duc d'Aiguillon, soit qu'il
aimât madame Du Barry, ou qu'il crût qu'il
étoit de son intérêt de s'en faire aimer, parut être amoureux d'elle ; il osa devenir le
rival de son maître, et fut, dit-on, fa-
vorisé.

Un nommé Morande composa vers ce tems
à Londres les Mémoires de madame du Barry, dont il fit tirer six mille exemplaires : il
en envoya un à monsieur le duc d'Aiguillon , et un autre à l'héroïne des Mémoires
elle même , leur proposant d'acheter l'édition entière. Alarmés de l'effet que pouvoit
produire une telle publication, ils expédiè-
rent Beaumarchais à Londres pour la prévenir à quelque prix que ce fût. Beaumarchais
négocia cette affaire avec M..., qui convint
avec lui de supprimer toute l'édition , à
condition qu'il recevroit trente-deux mille
livres comptant, et qu'on lui assureroit, à
Londres, une pension de quatre mille livres,
dont la moitié reversible à sa femme après
sa mort. Tous les exemplaires furent ensuite
consumés dans un four à briques, à quelque
distance de Londres ; un seul exemplaire fut
épargné, dont on coupa les feuilles en deux
moitiés , et chacune devoit rester cachetée
entre les mains de Beaumarchais et de M... ,
afin de s'assurer contre une nouvelle publication de cet ouvrage , auquel cas les
conditions de l'accord devoient être nulles.
Je tiens ceci de Beaumarchais même , qui
m'a assuré que la Vie et les Mémoires de

madame du Barry, qui ont paru deux ans
après, n'avoient aucun rapport avec cet ouvrage.

Une autre raison qui fit qu'on regretta
moins Louis XV, fut le peu de sensibilité
qu'il témoignoit pour tout ce qui l'environ-
noit. Il ordonna lui-même les apprêts des
funérailles de madame de Pompadour, qu'il
avoit tant aimée, et fut à la chasse le jour
qu'elle fut enterrée. Le marquis de Chauvelin, qui faisoit sa partie, soupoit avec lui
tous les jours, et lui étoit devenu nécessaire par les agrémens de sa compagnie,
mourut d'apoplexie en sa présence : le Roi
en fut un peu frappé, plus par la nature de
l'accident que par le chagrin de la perte
qu'il faisoit. Deux jours après, allant à
Trianon, son carrosse fut arrêté tout d'un
coup, parce qu'un des chevaux tomba
roide mort : *C'est comme Chauvelin*, dit
le Roi.

Un autre trait de son défaut de sensibilité
éclata à l'égard du marquis d'Ecquevilly,
qui étoit de la vénerie du Roi, et vivoit
beaucoup avec lui. Étant dangereusement

malade, le Roi envoyoit tous les jours savoir
de ses nouvelles ; le Marquis flatté de cette
attention, et pénétré de reconnoissance,
n'attendoit que le moment de pouvoir aller
faire sa cour, pour exprimer combien il
étoit sensible à tant de bontés. Il anticipa
même sur le tems de sa convalescence, pour
aller voir le Roi ; il se fit porter dans la galerie, où, au moment que le Roi passoit
pour aller à la messe, il se jetta à ses pieds,
et, dans les termes de la plus vive reconnoissance, commençoit déjà à le remercier
de l'honneur qu'il lui avoit fait d'envoyer
savoir de ses nouvelles, lorsque le Roi l'in-
terrompant : Ah ! vous voilà, d'Ecquevilly ;
je vous dirai franchement que je croyois
que vous deviez mourir de cette maladie,
et j'avois dessein de vous faire ouvrir pour
voir lequel de vos médecins avoit mieux
jugé sur la cause de votre mal.

Madame la maréchale de Mirepoix faisoit tous les soirs la partie du Roi et de
madame Du Barry ; c'étoit la seule Dame de
la Cour qui voulût se prêter à cette complaisance ; cela n'empêchoit pas qu'elle ne
reçut quelquefois des complimens assez durs

de Louis XV. Un jour une personne de
grande considération ayant dit au Roi, qu'il
étoit le père de ses sujets, la Maréchale,
croyant lui faire plaisir, releva cette expression, et lui fit remarquer combien il étoit
flatteur d'être appelé le père de ses sujets.
Au moins, repartit le Roi, ce n'est pas de
vous dont je suis le père; car vous seriez
bien ma mère.

Plusieurs traits de cette nature, la faveur
de madame Du Barry, l'abus d'autorité de
ceux qui se soutenoient par elle, le renvoi
de M. le duc de Choiseul et du Parlement,
la mauvaise administration des finances,
tout cela détachoit peu à peu les François
de leur affection naturelle pour leur Roi.
L'abbé Terray, contrôleur-général des Finances, étoit un homme sans mœurs, sans
âme, sans principes. Obligé de subvenir
non-seulement aux dépenses excessives du
Roi, mais encore de sa favorite et de son
beau-frère le comte Du Barry, il employoit
toutes sortes de moyens, même les plus illé-
gitimes, pour trouver de l'argent. Des dé-
putés d'un corps lui représentant un jour
l'injustice qu'il leur faisoit, et lui ayant dit,

Monsieur, c'est comme si vous nous preniez
notre argent dans nos poches ; il répondit
brusquement : Où voulez-vous donc que je
le prenne ? Enfin , un mécontentement général régnoit dans tous les esprits, lorsque
le Roi mourut de la petite vérole : on fut si
loin de le regretter, que, lorsque le carrosse
qui portoit son corps au lieu de la sépulture ,
vint à passer dans un endroit où il y avoit
une grande foule de peuple , on le salua par
son cri favori de la chasse, de *tayau ! tayau !*
Et quand il arriva à St. Denis, on entonna
le cri de la mort du cerf, *Alalli ! Alalli !*

CHAPITRE VI.

Particularités du commencement du règne de Louis XVI.

Le jeune Roi, successeur de Louis XV, monta sur le trône sous les auspices les plus favorables. Il avoit toujours montré des dispositions constantes vers le bien ; on lui attribuoit même un mot lorsqu'il étoit encore Dauphin, lequel, pris dans son véritable sens, sembloit promettre les plus grands avantages durant son règne. Ses courtisans passant en revue devant lui les surnoms de ses prédécesseurs, *Louis-le-Juste*, *Louis-le-Grand*, *Louis-le-Bien-aimé*, il dit : Et moi je veux être appelé *Louis-le-Sévère*. Mais la sévérité en lui ne fut qu'une fermeté inébranlable dans l'amour de la justice et dans tout ce qui tendoit au bien du peuple : il en donna bientôt des preuves en réformant les abus sans nombre qui s'étoient glissés vers la fin du règne de son grand-père, et ses intentions furent bien secondées par les Ministres vigilans et habiles qu'il appela auprès de lui. Heureu-

sement pour Louis XVI , qui n'avoit point
eu la petite-vérole , tous les Ministres de
son grand-père avoient été auprès de lui
pendant sa maladie ; en sorte qu'il ne put
voir aucun d'eux dans les premiers momens.
Madame Adelaïde , sa tante , lui conseilla
alors d'envoyer chercher M. de Maurepas qui
avoit été autrefois ministre d'État; mais qui,
depuis vingt ans, vivoit en sage loin de la
Cour, quoiqu'encore dans le monde. C'é-
toit un homme d'un jugement sain, et qui
devoit avoir le désir bien naturel d'éterni-
ser son nom , en profitant d'une circonstance aussi favorable. Le Parlement fut rappelé ; l'Administration du royaume fut for-
mée des plus honnêtes gens et des plus
habiles parmi les sujets du Roi. M. de
Muy fut placé au département de la
guerre , et après sa mort, le comte de
Saint-Germain , qui vivoit dans une retraite obscure , fut appelé à la Cour pour
lui succéder. M. de Vergennes eut le département des affaires étrangères. M. de
Malesherbes fut tiré de l'exil où il étoit,
pour remplacer le duc de la Vrillière, lequel
étoit extrêmement décrié , et avoit le cœur
si dur , qu'étant malade de la pierre , Piron

disoit : *Que le cœur lui étoit tombé dans
la vessie*. M. de Sartine, qui avoit si bien
administré la police de Paris, eut la ma-
rine, et fit voir qu'un homme de capacité
est propre à tout ce qu'il entreprend. M. Turgot, dont la droiture et les talens sont connus, fut mis à la tête des finances ; mais,
dévoué aux économistes et aux faux philosophes, il se pressa trop de mettre leurs
principes en action, et pensa bouleverser
tout, en voulant rétablir l'ordre. Dès que le
Roi et M. de Maurepas s'aperçurent du danger de son administration, M. Turgot fut
renvoyé de la manière que je vais le dire.

M. de Malesherbes n'avoit pas été long-
tems sans s'apercevoir qu'il ne pouvoit pas
faire, dans sa place, tout le bien que lui
dictoient ses lumières et sa vertu. Ayant le
département des affaires internes et de la
maison du Roi, il auroit voulu y faire une
réforme qui devenoit odieuse à la Noblesse.
Le cri général qui s'éleva contre ses idées,
lui devint à charge ; il demanda sa démission ; mais on différoit de la lui accorder,
parce que l'on n'étoit pas d'accord sur celui qu'on devoit mettre à sa place. M. de
Maurepas vouloit que ce fût M. Amelot :

mais M. Turgot s'y opposoit fortement,
parce que M. Amelot avoit été son émule,
et même, depuis que M. Turgot étoit Contrôleur-général, M. Amelot ayant été nommé Intendant des finances, celui-là ne lui
renvoyoit aucune affaire, en sorte qu'il
n'avoit pas assez de travail pour occuper
un secrétaire. M. de Maurepas auroit voulu
aussi placer M. de Sartine au département
de M. de Malesherbes ; mais M. de Sartine
exigeoit, avant tout, que l'on renvoyât
M. Albert, lieutenant de police et créature
de M. Turgot, qui s'y opposoit fortement.
Tous ces différens occasionnoient des dé-
bats un peu vifs, dans lesquels M. Turgot
montroit de la mauvaise humeur au Roi,
et lui écrivit même une lettre conçue
en termes peu ménagés. M. de Maurepas profita alors du moment pour perdre
M. Turgot dans l'esprit du Roi. On renouvela l'affaire d'un de ses commis, qui avoit
reçu de l'argent pour accorder une grâce,
et une autre d'un premier commis qui avoit
été accusé, par une lettre publique, de
quelques malversations, et qui, ayant pu
poursuivre en justice l'auteur de la lettre,
ne l'avoit pas fait. Le lendemain, une heure

après que M. de Malesherbes eut donné sa
démission , M. Bertin fut trouver M. Turgot, pour lui dire que le Roi n'avoit plus
besoin de ses services. Il revint à Paris le
même jour ; et le parti philosophique , qui
avoit conçu tant d'orgueil et de si hautes
espérances de la faveur de ces deux Ministres, se vit privé de leur appui dans le
même jour.

Je regrettai la sortie de M. de Malesherbes
du ministère ; j'avois entrepris une affaire
importante , que je négociois avec lui.
Etant allé voir une sœur que j'avois à la
Rochelle, les principaux Protestans de cette
ville , sachant que j'étois connu de ce Ministre , me proposèrent de me charger de
solliciter pour eux auprès de lui. J'acquies-
çai à leurs demandes ; mais j'exigeai que ce
fût au nom de tout le parti en France. Ils
écrivirent en Guienne, en Languedoc,
pour réunir tous les suffrages , et je fus
chargé d'agir au nom de tous les Protestans de France , pour demander que l'on
fixât leur état , que l'on ne les inquiétât
point sur la validité de leurs mariages , la
légitimité de leurs enfans , et sur plusieurs

autres priviléges, non-seulement compa-
tibles, mais même devenus nécessaires au
bien de l'État en général.

  Je revins donc à Paris, muni des pou-
voirs convenables, et j'eus quelques con-
férences avec M. de Malesherbes, à qui
je présentai quelques mémoires à ce sujet.
Il m'écouta avec plaisir ; me dit : Qu'il étoit
bien aise que je fusse chargé de cette affaire ; qu'elle entroit dans ses vues, et qu'il
se réjouissoit d'avoir à la traiter avec moi.
Il en parla même au Roi en son Conseil,
qu'il trouva dans les dispositions les plus
favorables. Il commença par écrire une
lettre circulaire à quelques Intendans et
Evêques de France, dont il me communiqua la copie que voici :

            A Versailles, ce 11 mai 1776.

  « Il a été rapporté au Roi, que l'exécu-
» tion de la déclaration de 17·4 est sou-
» vent occasionnée par le zèle imprudent
» de quelques curés, qui ne veulent don-
» ner, sur leurs registres, aux enfans des
» Protestans, que la qualité d'enfans na-
» turels : cet usage a été désapprouvé par

» tout le Conseil, et par le Roi lui-même.
» Un curé n'est, à cet égard, qu'un té-
» moin ; ce n'est point à lui à discuter la
» légitimité des enfans qu'on présente au
» baptême ; il ne fait que constater la qua-
» lité sous laquelle ils lui sont présentés. Je
» l'ai mandé de la part du Roi, à M. l'E-
» vêque de la Rochelle, et j'ai cru néces-
» saire de vous en faire part. ».

Le lendemain de la date de cette lettre,
M. de Malesherbes donna sa démission ; et,
comme je ne prévoyois pas trouver les
mêmes facilités auprès de M. Amelot, que
je ne connoissois pas , j'abandonnai cette
affaire , qui fut reprise ensuite par d'autres
sur le même principe.

CHAPITRE VII.

Suite du même sujet. — Affaire de M. de Guines. — Beaumarchais.

Un peu avant la retraite des deux Ministres dont je viens de parler, M. de Guines revint de son ambassade en Angleterre. On a parlé si diversement des causes de son rappel, que l'on ne sera pas fâché de trouver ici ce que j'en ai appris de la meilleure source. Un homme d'esprit définit très-bien cet événement une petite affaire d'Etat, et une grande tracasserie de Cour. M. de Vergennes dit alors à M. le duc d'Orléans, à qui M. de Guines étoit attaché : Que le Roi avoit des mécontentemens personnels contre lui. Quelques jours après qu'il fut revenu, il dit : Qu'il avoit des torts ; que lui-même ne pouvoit rien lui dire ; que c'étoit le secret du Roi. Cependant, Monsieur, lui répondit M. de Guines, vous m'avez toujours loué sur ma conduite dans vos dépêches. C'est que j'écris poliment, repliqua M. de Vergennes. Les Ministres qui n'aimoient pas M. de Guines, sur-tout

M. Turgot, prirent occasion de quélque affaire qu'il avoit eue à traiter à Londres, pour le perdre dans l'esprit du Roi. M. Turgot fut le premier à lui dire que M.' de Guines courroit risque de perdre les deux Cours, et le représenta comme un homme peu propre à rester à Londres, dans les circonstances où se trouvoit la France, et il fit si bien entrer M. de Malesherbes dans ses vues, qu'enfin on le rappela. M. de Guines arriva donc à Paris. Tous ses amis étoient invités à souper, ce soir-là, chez madame de Boufflers, où il descendit à une heure après minuit. On y convint de la conduite qu'il devoit tenir. Le lendemain il fut à Versailles; il mit, dans cette affaire, tout le courage et toute la suite possible. Il ne quitta pas la Cour; il se présenta tous les jours devant le Roi, jusqu'à ce qu'il eût obtenu une audience; il demanda à se justifier, présenta des copies de ses dépêches, et des réponses du Ministre. D'un autre côté, il fut si bien appuyé de la Reine, si bien servi par la duchesse de Polignac, la Princesse de Chimay; il se conduisit avec tant de circonspection et de prudence, qu'enfin, le 9 mai, la Reine l'envoya cher-

cher pour lui remettre la lettre suivante
du Roi.

« Lorsque je vous ai fait écrire , Mon-
» sieur , que le tems que j'avois réglé pour
» votre ambassade étoit fini , je vous ai fait
» remarquer en même tems que je me ré-
» servois de vous accorder les grâces dont
» vous étiez susceptible. Je rends justice à
» votre conduite , je vous accorde les hon-
» neurs du Louvre , et vous permets de
» prendre le titre de Duc : je ne doute pas
» que ces grâces ne servent à augmenter,
» s'il est possible , le zèle que je vous con-
» nois pour mon service. »

Quelques jours après , M. de Guines me
dit que M. Turgot l'avoit accusé d'avoir agi
contre ses instructions, d'une manière criminelle ; mais qu'il avoit prouvé le contraire au Roi , et fait voir qu'il avoit exactement suivi les ordres qu'il avoit reçus.

Comme M. Turgot avoit été le premier
auteur du rappel de M. de Guines , et qu'il
fut renvoyé deux jours après que celui-ci
fut fait Duc , on peut croire que la pensée

qu'eut le Roi d'avoir été trompé par ce Ministre au sujet de M. de Guines, et la mauvaise
humeur que M. Turgot témoigna sur le dé-
placement de M. de Malesherbes, contribuèrent à sa disgrâce. La Reine fit usage
d'une raison, et M. de Maurepas d'une
autre, pour satisfaire à leurs objections
contre le Contrôleur-général; mais, quelles
que fussent leurs idées, Louis XVI montra,
dans le cours de cette affaire, un esprit
ouvert à la raison et à la justice, et parut
tout-à-fait impartial dans sa décision.

Ce Prince faisoit éclater, en ses discours
et ses actions, un sens droit, un cœur excellent, et un grand amour pour la vertu;
ses moindres propos indiquoient ce qu'il
étoit : madame de Boufflers m'en rapporta
un de ce genre. Il lui disoit un jour, qu'il
ne se connoissoit pas en tableaux. C'est bien
dommage, lui répondit cette Dame, Votre
Majesté en a de si beaux ! *Eh bien*, lui répliqua le Roi, *ils ne sont pas perdus pour
cela.* Il désiroit fort continuer à vivre en
famille avec ses frères, qu'il aimoit beaucoup; mais je ne sais par quelle raison ce
désir ne fut pas satisfait : je sais seulement

que ce n'étoit pas faute d'indulgence et de
tendresse en lui. Je me rappelle, à propos
de cela, une réponse de M. de Maurepas,
qui me plut fort alors. Le Roi, dans les premiers jours de son règne, eut une petite
altercation avec M. le comte d'Artois; et
celui-ci lui dit plusieurs fois : Que pouvez-
vous me faire? Demandez à M. de Maurepas, lui dit le Roi. Le comte d'Artois,
s'adressant à M. de Maurepas : Eh bien,
Monsieur, que peut-il me faire? Vous pardonner, reprit le Ministre. .

Malgre l'envie qu'on avoit de réformer
les abus introduits dans le Gouvernement
par l'indolence du feu Roi et la conduite
criminelle de quelques-uns de ses Ministres,
non-seulement on prit les ménagemens nécessaires pour épargner sa mémoire, mais
on usa aussi de clémence envers les cou-
pables. Madame Du Barry fut renfermée,
il est vrai, dans un couvent; mais ce fut
pour assurer le secret de l'Etat, l'obliger
à régler ses affaires et à payer ses dettes;
encore n'y fut-elle qu'un an. Et comme
quelques personnes blâmoient, fort mal à
propos, cette mesure, qu'ils trouvoient

trop sévère, madame de Boufflers observa
très-bien qu'on avoit grand tort ; car, disoit-elle, puisqu'on renferme bien une fille
de joie, parce qu'elle fait du train, pourquoi trouver mauvais qu'on ait renfermé
celle-ci, qui en a certainement fait plus
que toute autre.

Son attention pour la mémoire du feu
Roi fut jusqu'à faire des recherches de ses
correspondances secrètes, et à retirer ses
lettres des mains de ceux à qui il avoit écrit.
Le célèbre Chevalier d'Eon, entr'autres,
en avoit plusieurs que l'on désiroit supprimer. Pendant que les Ministres de France
fulminoient contre lui, et faisoient leur
possible pour l'attirer en France par promesses ou par menaces, Louis XV entretenoit une correspondance avec lui, lui
donnoit une pension de douze mille francs,
et lui écrivoit : « Gardez-vous bien de venir
» à Paris ; ils veulent vous perdre. » A l'a-
vénement de Louis XVI sur le trône, M. de
Vergennes représenta au Roi, qu'il ne convenoit pas que les lettres de son grand-père
restassent entre les mains du Chevalier
d'Eon ; et l'on choisit M. de Beaumarchais

pour aller à Londres les retirer. Il entra
donc en négociation avec le Chevalier, qui
consentit à rendre les lettres, pourvu qu'on
lui accordât la liberté de revenir en France,
et la continuation de sa pension. Mais madame de Guerchi, qui attribuoit la mort de
son mari au chagrin qu'il avoit conçu du
ridicule dont l'avoit couvert le chevalier
d'Eon, fut trouver M. de Maurepas, pour
le prévenir que, s'il osoit revenir en France,
son fils l'attendroit à Calais pour lui casser
la tête ; et que, s'il périssoit dans l'entreprise, elle avoit un gendre qui la tenteroit.
D'Eon, ayant appris cela, ne fit qu'en rire :
Allons, je veux mettre fin à tout ceci ; je
déclare que je suis femme. Beaumarchais
m'a dit depuis, qu'en effet il s'étoit assuré
de la vérité du sexe de cette femme extraordinaire, qui fut vérifié ensuite en Angleterre par des procédures trop longues à
détailler. Beaumarchais revint à Paris, fit
part de tout ceci au Roi et à M. de Vergennes, par qui il fut renvoyé sur-le-champ.
Il retira les lettres de Louis XV, moyen-
nant cinq mille louis, qu'il donna pour
remboursement d'un contrat de rente de
douze mille livres, et un sauf-conduit où

l'on faisoit mention des services politiques
et militaires rendus par le chevalier d'Eon,
et on lui accordoit la permission de porter
la croix de Saint-Louis. On lui donnoit
aussi le choix de vivre en France ou dans
les pays étrangers, l'Angleterre exceptée.
Cela fait, le chevalier d'Eon mit en avant
d'autres prétentions ; il demanda quatre
mille louis de plus pour payer ses dettes.
Cette somme lui fut accordée ; mais Beaumarchais la remit entre les mains de lord
Ferrers, qui mourut quelque tems après.
Enfin, la chevalière d'Eon revint en France
et fut obligée de reprendre les habits de son
sexe. Elle vint ensuite en Angleterre pour
retirer ses quatre mille louis des mains de
la famille de lord Ferrers, mais elle n'en
étoit pas encore venue à bout en 1803.

J'ai beaucoup connu Beaumarchais : il
étoit fils d'un horloger de Paris ; mais son
esprit, ses talens et sa figure le firent bientôt connoître avantageusement dans la société. Il composoit de très-jolies chansons,
les mettoit lui-même en musique, les chantoit et s'accompagnoit de la harpe ; il paroissoit exceller dans chacun de ces talens ;

joignez à cela beaucoup de gaieté, de présence d'esprit, de vivacité, et d'assurance :
il n'en falloit pas davantage pour le faire
rechercher dans plusieurs cercles, et il le
fut. M. le Prince de Conti, qu'il amusoit,
lui accorda sa protection dans une affaire
qu'il eut dans le Parlement-Maupeou ; c'est
ainsi qu'on appeloit ce Parlement formé
par le Chancelier, quand l'ancien fut exilé.
Les mémoires qu'il écrivit à ce sujet cou-
vrirent de ridicule quelques-uns des membres de ce Parlement ; ils ne contribuèrent
pas peu à l'avilir aux yeux de la nation, et
à faire rappeler l'autre. Ces mémoires pé-
tillent d'esprit et de gaieté ; il y a quelques
morceaux d'éloquence. Beaumarchais avoit
l'esprit de ne pas rougir de sa naissance ;
il étoit le premier à parler des bonnes mon-
tres que faisoit son père. Un jour qu'il fut
renfermé plus d'une heure dans le cabinet
d'un Ministre, pendant que quelques personnes de considération attendoient, l'un
d'eux, indigné que Beaumarchais fût cause
qu'il attendît si long-tems, résolut de le
mortifier. Il l'arrêta à son passage, et lui
dit tout haut : M. de Beaumarchais, faites-
moi le plaisir de me dire un peu ce qu'il y

a à ma montre ; elle s'arrête quelquefois ,
et je sais que vous vous y connoissez. Sûrement, Monsieur, dit celui-ci ; car j'ai
fait mon apprentissage chez mon père. En
disant cela, il prend la montre, et feignant
de la maladresse, la laisse tomber sur le
carreau, et s'en va en faisant mille excuses
de l'inadvertence à ce Seigneur, qui eut les
rieurs contre lui. Lorsqu'il revint à Londres, il disoit qu'il y avoit observé une
petite différence entre Paris et Londres,
qui cependant avoit de grands effets ; c'é-
toit que là on avoit la liberté de la presse ;
au lieu qu'à Paris la liberté étoit en presse.

CHAPITRE VIII.

Philosophes de ce Siècle.

Dans la revue que je faisois des classes
les plus remarquables de la société de Paris,
je n'avois garde d'oublier les philosophes.
Je voulus les connoître de près, et ma qualité d'auteur exigeoit que je ménageasse
leur appui, parce que, si leur suffrage ne
faisoit positivement pas les réputations pour
long-tems, il contribuoit pourtant beaucoup
à les accélérer ou à les retarder, selon que
l'on étoit bien ou mal avec eux. J'avois
déjà connu M. d'Alembert, plusieurs années avant le séjour que je faisois alors dans
la capitale. Le célèbre de la Grange m'a-
voit mis en liaison avec lui, et je ne venois
jamais à Paris sans le voir. Il m'invita au
cercle qu'il tenoit chez son amie mademoiselle de l'Espinasse, où étoit le rendez-vous
de toute la secte philosophique, des beaux
esprits qui s'appuyoient à cette secte, et de
tous ceux qui s'imaginoient acquérir un
relief en s'y attachant. Les grâces et les
agrémens de l'esprit de mademoiselle de

l'Espinasse, un ton naturel, aisé, l'usage du grand monde qu'elle avoit appris chez madame du Deffant, et l'assiduité de M. d'Alembert chez elle, rendirent bientôt son assemblée célèbre : une conformité singulière de naissance, de goûts et d'humeur, sembloit cimenter l'union qui régnoit entre ces deux personnes. M. d'Alembert étoit fils naturel de madame de Tencin, sœur du Cardinal de ce nom, et de M. Destouches. Il fut exposé à sa naissance, et recueilli par la femme d'un vitrier, qui en prit soin comme de son propre fils. Cependant M. Destouches, qui ne l'avoit pas perdu de vue, pourvut à son éducation, et fit parvenir secrètement les moyens nécessaires pour y subvenir. Quand il devint célèbre par son esprit et son savoir, il fut introduit dans le monde par madame la marquise du Deffant: Madame de Tencin, qui aimoit les beaux esprits, eût bien voulu le reconnoître ; mais il se refusa à son désir, en disant qu'il ne reconnoissoit point d'autre mère que celle qui avoit pris soin de son enfance. En effet, il regarda toujours la pauvre vitrière comme sa mère, et continua d'avoir pour elle les plus grandes

attentions jusqu'à sa mort. Il connut mademoiselle de l'Espinasse chez madame du Deffant, qui l'avoit fait venir de province pour
lui tenir compagnie : elle étoit fille naturelle
du marquis du Deffant, d'une humeur et
d'un esprit si agréables, qu'elle faisoit les
délices de la société de cette Dame. Mais,
s'étant brouillée avec elle, M. d'Alembert
épousa sa querelle ; et tous deux ayant pris
un appartement dans la même maison, ils
y établirent une assemblée de beaux esprits,
qui enleva à Madame du Deffant une grande
partie de ceux qui fréquentoient sa maison.

C'étoit proprement là le temple où la
fausse philosophie dictoit ses oracles :
M. d'Alembert en étoit le grand-prêtre, mademoiselle l'Espinasse la prêtresse ; le baron
d'Holbach, Diderot, Helvétius et plusieurs
autres en étoient les suppôts : il y avoit encore quelques autres maisons dans Paris,
comme celles de madame Géoffrin, de madame Necker, etc. où se rendoient les
beaux esprits de toute secte et de tout rang ;
mais ces rendez-vous étoient subordonnés
à celui dont je parle, et l'on s'y régloit par
ses décisions. Les Condorcet, les Marmontel, les La Harpe, et une infinité d'esprits

subalternes, dérivoient de là leur existence
et leur réputation, alloient y puiser leurs
opinions et leur croyance, pour les répandre, avec soin, dans les petits tourbillons
dont ils étoient les soleils. C'étoit là qu'on
examinoit les productions du tems, que l'on
distribuoit les brevets de l'immortalité au
génie qui montroit de la soumission à leurs
jugemens, ou que l'on juroit la perte des
indociles, selon la maxime religieusement
observée parmi eux,

Et nul n'aura d'esprit hors nous et nos amis.

Voltaire même les flatta, et fut bien payé
de ses louanges par le culte qu'ils lui rendirent : il devint le Dieu auquel on brûla
l'encens du temple; jamais, en aucun pays,
en aucun siècle, on ne vit se répandre une
manie aussi vive et aussi générale que la
manie philosophique. A la honte du trône,
quelques Princes puissans firent la cour à
ces fanatiques, et parurent mendier leur
approbation. Pour la mériter il n'étoit pas
nécessaire d'avoir des talens; il suffisoit de
fronder la Religion et le Gouvernement,
et de n'avoir aucun égard au rang, à la
naissance, ou à l'autorité : ceux qui pou-

voient persécuter, et qui le faisoient, étoient
mis au nombre des élus. Madame du Deffant, qui ne les aimoit pas, les caractérisa
par ce couplet :

On appelle aujourd'hui l'excessive licence
    liberté ;
On prétend établir à force d'insolence
    l'*égalité ;*
Sans concourir au bien, prôner la bienfaisance
    se nomme *humanité.*

M. d'Alembert, petit et fluet, fut un jour
confondu par la répartie d'une Dame de
beaucoup d'esprit ; il défendoit avec vivacité l'état de nature, pour établir son système favori de l'égalité. M. d'Alembert,
lui dit cette Dame, je ne vous conseille pas
de tant désirer l'état de nature ; vous cour-
riez risque que l'on vous y fît votre part
bien petite.

La suite et l'application que ces prétendus philosophes mirent à faire des prosé-
lytes, les rendirent maîtres des esprits pendant quelque tems : ils en profitèrent pour
répandre quelques ouvrages où leurs principes étoient établis d'une manière plus ou
moins enveloppée, selon les gens qui se

trouvoient en place. Ils vinrent à bout enfin
de mettre au jour l'*Encyclopédie*, où,
parmi des choses utiles et bonnes, se trouve
une quantité innombrable d'erreurs et de
bévues grossières. Il s'élevoit en même tems
une autre secte, qui étoit une subdivision
des Encyclopédistes; c'étoit celle des Eco-
nomistes. M. le duc de Choiseul les appeloit
les Capucins de l'Encyclopédie. Une foule
d'écrivains médiocres parut sur la scène,
sûrs d'être bien accueillis, s'ils ornoient
leurs ouvrages de quelque lieu commun
contre les choses les plus saintes et les plus
respectables.

La république de lettres se trouva inon-
dée de ces faux monnoyeurs, qui substi-
tuoient le cuivre à l'or. Voltaire fut mis
au-dessus de Racine et de Corneille; La
Harpe crut pouvoir prendre la place de
Boileau; Marmontel, *Bélisaire* à la main,
prétendoit occuper celle de l'auteur de Télémaque; et Thomas s'imagina que celle
de Bossuet lui étoit due. Peu à peu l'Académie des Sciences et l'Académie françoise furent infectées de ce venin. A force
de cabale, M. d'Alembert, mademoiselle de

l'Espinasse et leurs amis vinrent à bout de
remplir ces deux compagnies de leurs créa-
tures ; et j'ai moi-même été témoin de la
manière dont les candidats étoient admis
par eux, dans leurs sanctuaires.

CHAPITRE IX.

Portraits de quelques-uns des soi-disant
Philosophes.

Les liaisons que j'avois avec madame de Boufflers, M. le prince de Conti, plusieurs autres personnes de la plus haute naissance et de grande autorité, en imposoient peut-être à la secte philosophique, qui me traita assez bien pendant quelque tems. Ils me vouloient un peu de mal, à la vérité, de ce que dans mon ouvrage *De l'Origine des Découvertes attribuées aux Modernes,* j'avois fait voir mon respect pour la religion. Mais, comme j'étois assez pacifique dans la conversation, et que j'avois l'attention de ne pas heurter de front leurs opinions trop ouvertement, on me laissa tranquille jusqu'à ce que j'eusse fait paraître le *Tocsin,* sous le nouveau titre de *l'Appel au Bon sens :* alors la patience leur échappa, et l'un d'eux prit sur lui de me dénigrer moi et mon ouvrage.

Mon critique étoit homme de condi-

tion (1), et de plus, géomètre; il s'avisa
un jour de s'affubler du bonnet doctoral,
pour faire passer une mauvaise satyre contre tous les écrivains qui se trouvoient loués
par un auteur qu'il n'aimoit point, et qu'il
intitula : *Lettre d'un Théologien.* Le docteur, oubliant qu'il étoit géomètre, se crut
dispensé de prouver, et se contenta de dire
que mon ouvrage étoit une sortie contre les
modernes, et qu'il y avoit bien peu de philosophie. Mais, n'étant pas de ces théolo-
giens dont les assertions sont reçues sans
preuve, on ne l'écouta seulement pas; sa
lettre ayant été trouvée fort plate, malgré
les traits de fureur dont il l'avoit remplie
pour la rendre piquante, il demeura avec
la honte d'avoir laissé percer à travers le
camail, quelques indices d'une existence
dont il parut un peu honteux, et qu'il fut
bien fâché de n'avoir pas mieux déguisée.

Cet homme de condition, géomètre,
théologien, se trouva tout d'un coup chimiste; il crut du moins être en état de décider du mérite de quelques chimistes dans
les éloges qu'il publia de plusieurs acadé-

_____

(1) Le marquis de Condorcet.

miciens ; mais les gens de métier assurèrent qu'il avoit dit autant de bévues que
de mots. Il parla aussi des anatomistes, en
homme qui n'entendoit pas mieux l'anato-
mie que la chimie et la philosophie. Il dit,
dans ces mêmes éloges, que les savans
étoient très-propres à gouverner des Etats;
sans doute, parce qu'il se croyoit savant,
et qu'il se sentoit un grand désir de gouverner : mais, ajoutoit-il, le mal est, que les
savans ne sont pas propres aux intrigues.
Cependant, pour remédier à cet inconvénient, il forma une petite intrigue contre
les revenus de l'Académie des Sciences, en
vertu de laquelle il ne se proposoit rien
moins que de s'en approprier la moitié.
Voici le fait.

L'Académie des Sciences avoit demandé
au Roi de lui rendre douze mille livres de
rente que l'abbé Terray lui avoit ôtées.
M. d'Alembert et M. de C** avoient signé
la résolution prise d'approprier ces fonds à
l'encouragement des arts et sciences. Malgré cela M. Turgot, en accordant cette demande, disposoit de cinq mille livres par
an en faveur de M. de C**, au grand éton-

nement de l'Académie , qui se plaignoit qu'une somme , originairement destinée aux usages de la compagnie pour le bien public , fût ainsi employée à favoriser un particulier sans aucun fondement. Il arriva dans ce même tems que M. d'Alembert ayant emprunté les registres de l'Académie à M. de Fouchy , Secrétaire perpétuel de l'Académie des Sciences , celui-ci , après les avoir plusieurs fois redemandés inutilement , les envoya chercher un matin, avec ordre de ne pas revenir sans les apporter. En les renvoyant à la hâte, M. d'Alembert y laissa , par oubli , l'ébauche d'un mémoire qu'il avoit présenté au Contrôleur-général , par lequel on le prioit de distraire cinq mille livres de douze mille à rendre à l'Académie , pour l'usage de M. de C**, adjoint-secrétaire de l'Académie ; et d'en donner mille seulement au bon homme de Fouchy , qu'on renverroit comme incapable d'exercer davantage les fonctions de sa charge. M. de Fouchy , qui trouva ce papier , surpris de se voir traiter d'imbécille , et indigné de la trame qui s'ourdissoit secrètement contre lui , dénonça M. d'Alembert à l'Académie , comme coupable d'avoir détourné les fonds

destinés à l'usage de la compagnie, pour
l'avantage de sa créature et son ami M. de C.
Et quant à l'incapacité dont il étoit accusé,
il demanda que désormais l'on nommât des
commissaires pour juger des extraits qu'il
faisoit des mémoires de l'Académie, et que
cet établissement fût conservé par la suite.
M. d'Alembert et M. de C. sentirent qu'il
seroit prudent d'étouffer cette affaire ; et,
malgré les justes clameurs qui s'élevèrent
contre eux, quelques Académiciens hono-
raires, entr'autres M. de Trudaine, s'en
étant mêlés, on apaisa l'orage qui s'élevoit,
et il ne resta plus que l'impression faite sur
les esprits ; que, quoi qu'en dit mon critique, les savans sont aussi propres aux
intrigues que les gens du monde.

Enfin, après avoir été géomètre, théologien, chimiste, anatomiste, etc. le bon
C. changea tout-à-coup de décoration et devint économiste, ou plutôt il pensa qu'il
suffisoit de vomir un torrent d'injures
contre M. Necker, qui avoit osé être d'une
opinion contraire à celle de ses amis, pour
se faire une réputation d'économiste ; mais
tout ce qu'il gagna à cela fut de s'attirer

le surnom de *mouton enragé*, qui rendoit
à merveille le contraste de sa physionomie
avec celle de son caractère : tel étoit le dé-
nigreur de mon ouvrage , que je quitte
pour achever de peindre les philosophes
ses amis.

J'ai déjà dit que le but de la philosophie
du tems étoit de dégager les esprits des entraves de la religion , et comme le chantoit
madame du Deffant, d'établir l'égalité à
force d'insolence , et de substituer la licence à la liberté. On se paroit du beau
nom d'humanité; mais malheur à qui se
trouvoit réfractaire aux principes de la
secte ! Un petit *Junto* le jugeoit prévôtale-
ment ; il étoit dénoncé à tous les satellites;
Voltaire le couvroit de ridicule ; il étoit
hué, bafoué, persécuté, écrasé ; témoin
M. le Franc de Pompignan, homme de
condition, et magistrat respectable ; témoin
tant d'autres qu'il est inutile de nommer.
Ces idées , ces principes devinrent tellement à la mode, qu'un ouvrage ne pouvoit plus paroître en public sans en être
farci. Toutes les pièces qui se lisoient à
l'Académie avec un vernis de philosophie

étoient assurées d'un succès , au moins
bruyant quoique court , et prônées dans
tous les cercles. Les histoires parsemées de
réflexions philosophiques contre le préjugé
de la religion et de l'autorité étoient re-
commandées à la jeunesse : ouvrages didac-
tiques , tragédies , comédies , pièces fugi-
tives , tout étoit marqué au coin de la nouvelle philosophie ; peu importoit que la
morale régnante se trouvât déplacée , il
suffisoit qu'elle s'y trouvât, c'étoit le but général auquel toutes les productions étoient
subordonnées ; les faits de l'histoire , les
mœurs des tems , les usages des nations ,
étoient déguisés pour les faire servir au
dessein principal, et pour amener une belle
maxime philosophique.

Lorsque j'étois à Paris , il arriva une
scène assez plaisante , dont le récit n'est
pas hors de propos ici. M. de la Harpe avoit
composé une tragédie sur les malheurs de
la famille Menzikow , remplie de ces traits
sophistiques dont je veux parler. Tous ceux
qui connoissent l'histoire savent que Menzikow joua un très-grand rôle en Russie au
commencement de ce siècle. L'auteur lut sa

pièce devant plusieurs sociétés de Paris, où se rencontrèrent, par hasard, quelques seigneurs Russes. Je demandai un jour au comte Schouvalow comment il avoit trouvé la tragédie de M. de la Harpe. Il me répondit : A faire mourir de rire. Et sur ce que je lui marquai mon étonnement, qu'une tragédie, dont on disoit du bien, pût faire cet effet. Le moyen qu'il en puisse être autrement, répliqua le Comte, quand on voit un auteur débiter avec emphase, comme maximes reçues chez nous, des choses tout-à-fait opposées à nos usages et à nos mœurs, et citer, comme loix fondamentales de l'Empire de Russie, des loix tout-à-fait contraires à celles qui y sont établies de tout tems? D'ailleurs, l'histoire même du sujet y est entièrement altérée, les faits les plus connus y sont déguisés, les personnages y sont si peu les mêmes, que nous, qui les avons vus, ne les reconnoissons nullement. On y fait mourir un Prince (Alexandre Menzikow) en Sibérie dès l'âge de quinze ans, que j'ai vu vivre jusqu'à l'âge de soixante et dix ans à Pétersbourg. Quant à la jeune princesse Menzikow, morte dans la tragédie à l'âge de cinq ans, à qui l'on

élève en Sibérie un tombeau de marbre
que ses parens arrosent de leurs larmes,
elle étoit à Paris il y a deux ans, jouissant
d'une parfaite santé; et peu s'en est fallu
qu'elle n'ait assisté à la lecture de cette tragédie, où elle auroit été fort surprise d'entendre son oraison funèbre de la composition de M. de la Harpe.

CHAPITRE X.

*Manie philosophique. — Histoire ridicule
de Poinsinet.*

Quoique mon éloignement pour le parti
philosophique fût assez connu, et que je
condamnasse librement leurs absurdités et
leur intolérance, ils ne me firent jamais,
comme je l'ai dit, une guerre ouverte. Je
vivois dans une certaine intimité avec quelques-uns, dont j'aimois l'humeur et le caractère, lorsqu'il n'étoit point question de
leurs principes ; car, touchoit-on cette
corde-là, les plus doux en apparence de-
venoient les plus furieux. Je rendis même
service, dans l'occasion, à quelques individus. M. d'Alembert m'ayant recommandé
Diderot, qui désiroit obtenir une pension
de mille livres, pour entretenir un secrétaire pendant sa vie, et la faire passer à sa
femme après sa mort, je m'engageai à la lui
procurer ; et je portai M. le prince de Conti
à lui accorder cette pension. Diderot vint
me remercier, et me pria de le présenter

à son généreux bienfaiteur. Je l'y condui-
sis : nous trouvâmes ce Prince au lit ; et,
après lui avoir témoigné sa reconnoissance,
mon philosophe se mit si bien à son aise,
qu'il se trouva bientôt assis sur le lit. Un
moment après, ayant été d'un avis différent du Prince, il lui dit qu'il étoit *têtu*,
et raconta ensuite comment il avoit eté
reçu à Pétersbourg d'où il venoit ; que l'impératrice de Russie consacroit deux heures
de son tems par jour pour causer avec lui.
Il se ressouvint de tout ce qu'il avoit dit à
l'Impératrice, et de tout ce qu'elle lui avoit
répondu. Il parla avec la plus grande vo-
lubilité, et avec un enthousiasme qui gla-
çoit à mesure qu'il s'échauffoit. Je ne me
rappelle qu'un seul trait de toute sa conversation, qui me plut assez pour le conserver dans ma mémoire.

L'Impératrice vouloit qu'il fît représenter à
Pétersbourg, une comédie qu'il avoit composée, et dont il lui avoit fait la lecture. Il
s'en excusoit, et prioit Sa Majesté qu'elle
ne fût jouée qu'après son départ. Comment
donc ! lui dit l'Impératrice, craignez-vous
de tomber ? j'ai bien fait représenter quatre

de mes pièces de théâtre, et je me suis vue
siffler sans en être plus mortifiée. Le cas
est bien différent, répondit l'auteur : si Diderot, auteur, tombe, il tombe tout entier; mais quand même Votre Majesté tom-
beroit comme auteur, l'Impératrice de
toutes les Russies ne reste pas moins avec
toute sa gloire.

A la manie de passer pour philosophe,
se joignoit aussi, dans la capitale, celle de
passer pour bel esprit, pour esprit fort; car
c'étoit tout un, et cette manie avoit gagné
insensiblement toutes les classes du peuple.
Le clerc de procureur, le garçon de bou-
tique, ne manquoient ni de mémoire ni de
bonne volonté pour se bien mettre dans la
tête des vers de Voltaire, tels que ceux-ci
d'OEdipe :

> Les prêtres ne sont point ce qu'un vain peuple pense :
> Notre crédulité fait toute leur science.

Aussi bien que cent autres passages dans
ce genre, qui mettoient chacun à son aise.
Le chevalier de la Luzerne me raconta un
jour une scène assez plaisante à cet égard,
tout-à-fait propre à donner une idée de la

tournure d'esprit des François, et de l'empire de la mode jusque chez l'artisan.

Le chevalier fut chargé de la part d'une Dame, qui étoit à la campagne, de lui procurer du fameux cordonnier Charpentier, quelques paires de souliers sur un modèle qu'elle lui envoyoit. Il va lui-même trouver le cordonnier; on lui indiqua sa demeure à une belle maison, où se trouvoient deux domestiques en livrée à la porte. Il demande Charpentier le cordonnier : on lui dit, C'est ici; et l'un des laquais s'empresse à lui montrer le chemin, quoique le Chevalier le priât de n'en rien faire. Voyant qu'on l'introduisoit dans un bel appartement, il crut qu'il y avoit de la méprise, et répéta qu'il cherchoit Charpentier le cordonnier. C'est ici l'appartement de mon maître, répliqua le laquais; donnez-vous la peine de passer ici, je vais l'avertir. Le chevalier de la Luzerne traverse une belle antichambre, un salon richement meublé, une chambre à coucher, et de là fut introduit dans un cabinet charmant, où, en attendant M. Charpentier, il ne se lassoit point de regarder une commode, du travail le plus riche et le plus élégant, garnie, dans ses compartimens,

des portraits des premières Dames de la
Cour, de la princesse de Guémené, de madame de Clermont, etc. ; et pendant qu'il
étoit à examiner avec étonnement tout ce
qui se présentoit à sa vue, M. Charpentier
entre dans un négligé de petit-maître. Ah !
Monsieur Charpentier, dit le Chevalier, en
montrant la commode, j'étois dans l'admiration de tout ce que je vois ici. Monsieur,
vous êtes bien bon de faire attention à ces
choses-là. Ah ! disoit le Chevalier, quel
goût, quelle élégance ! Monsieur, vous
voyez, c'est la retraite d'un homme qui
aime à jouir ; je vis ici *en philosophe*. Mais,
M. Charpentier, à ce que je vois, vous êtes
bien traité des Dames. Ma foi, Monsieur,
il est vrai que quelques-unes de ces Dames
ont des bontés pour moi ; elles me donnent
leur portrait, vous voyez que je suis reconnoissant, et que je ne les ai pas mal placés.
Mais, M. le Chevalier, puis-je savoir ce
qui me procure l'honneur de faire votre
connoissance ? Monsieur, voici un modèle
de souliers qu'une Dame de mes amies m'envoie. Ah ! je sais ce que c'est, je connois ce
joli pied ; on feroit vingt lieues pour le voir :
savez-vous bien qu'après la petite Guémené,

votre amie a le plus joli pied du monde ?
Fort bien, Monsieur, je ferai son affaire.
Le Chevalier vouloit se retirer, lorsque
M. Charpentier lui dit : Sans façon, si vous
n'êtes point engagé, restez à manger ma
soupe ; j'ai ma femme qui est jolie, et j'at-
tends quelques autres femmes de notre société qui sont fort aimables ; nous jouons
OEdipe après dîner, et vous pourriez
bien ne pas vous repentir d'être resté avec
nous. Je n'en doute pas, M. Charpentier ; mais je suis malheureusement en-
gagé aujourd'hui ; ce sera pour une autre
fois.

Ce récit me parut si extraordinairement
ridicule, que j'aurois hésité à le croire, si
le chevalier de la Luzerne ne m'avoit pas
assuré que cela lui étoit arrivé à lui-même.
Quelques années après, étant à Paris avec
une Dame angloise, nous envoyâmes chercher Charpentier, qui me confirma dans
l'idée qu'on m'en avoit donnée. Il fit le bel
esprit, il récita, devant nous, des tirades
philosophiques, prises des tragédies de Voltaire ; il me dit qu'il *étoit philosophe*, et me
donna des preuves suffisantes que la manie

à la mode l'avoit atteint, et lui avoit presque brouillé la cervelle.

J'avois connu le comte d'Albaret à Turin ;
c'étoit un gentilhomme Piémontois , qui
avoit beaucoup d'esprit et étoit d'une gaieté
charmante. Je le rencontrai à Paris chez le
comte de Viry, ambassadeur du roi de Sardaigne ; il me parut plus sérieux , et je lui
en demandai la raison. Il me dit, qu'il s'étoit
retiré du monde et vivoit en philosophe. Il
m'engagea à aller le voir près de Mont-
martre , où il avoit une fort jolie maison.
J'y fus , il me présenta une jolie fille qu'il
entretenoit là ; il donnoit des concerts, faisoit grande chère , lisoit Voltaire , Marmontel , Émile , le *Système de la Nature* ,
entretenoit une fille , et disoit , *Je vis en
philosophe ;* car aussitôt qu'un homme avoit
réussi à se mettre au-dessus de son état, ou
bien cessoit de respecter les mœurs et les
lois, il se croyoit un génie, un philosophe.

Le comte d'Albaret étoit le garçon le plus
amusant que j'aie connu , avant qu'il se fût
entiché de la philosophie. Sa gaieté inépuisable , et une tournure d'esprit originale ,

lui fournissoient des saillies d'esprit extrêmement réjouissantes. Il avoit été le plus
grand persiffleur du monde ; mais il avoit
renoncé à tout cela : d'ailleurs, il me dit
que ce ton-là n'étoit plus d'usage, que l'on
ne persiffloit plus, mais que l'on s'amusoit
à mystifier. Comme ce terme-là n'étoit pas
dans le dictionnaire de l'Académie, je le
priai de me l'expliquer. Persiffler est, comme on le sait, rendre quelqu'un victime de
la plaisanterie par les choses qu'on lui fait
dire ingénument; mystifier étoit faire croire
à quelqu'un des choses absurdes, et le rendre la dupe de sa crédulité. Il me le fit mieux
entendre par un tour qui avoit été joué à
un pauvre diable de poëte, que l'on avoit
trouvé un objet très - propre à cette sorte
d'amusement.

Préville le comédien et quelques autres,
parmi lesquels étoit, je crois, le comte d'Albaret, s'amusoient souvent de la simplicité
du poëte Poinsinet, lequel, en d'autres occasions, ne manquoit cependant pas d'esprit. Un jour Préville vint le trouver à la
hâte, pour lui apprendre que la charge
d'écran du Roi venoit de vaquer; et ajouta,

qu'il feroit bien de postuler pour l'obtenir.
Poinsinet demanda ce que c'étoit : on lui
dit, que le Roi ne se servoit point d'écrans
ordinaires comme les simples particuliers,
mais qu'il avoit toujours un homme d'esprit, lequel avoit l'attention de se placer
entre le Roi et le feu, dans quelque partie
de la chambre que fût Sa Majesté, pour lui
éviter la peine de remuer son écran ; que,
de plus, quand le Roi s'ennuyoit, ou qu'il
étoit fatigué de l'application au travail, il
se délassoit en causant avec son écran, qui
avoit souvent par-là occasion de placer un
mot en faveur de ses amis, et de ceux qu'il
vouloit servir ; ce qui rendoit cette charge
importante et lucrative. Poinsinet, enchanté, demande ce qu'il faut faire. Rien,
lui dit-on, que d'essayer si vous êtes propre
à remplir les fonctions d'écran. Jour pris,
on ordonne un dîner chez un traiteur : six
amis communs s'assemblent; on fait grand
feu, et, pendant le dîner, on fait tenir le
pauvre Poinsinet debout devant la cheminée, l'encourageant fort à bien soutenir la
grande chaleur du feu, que l'on tisonnoit
impitoyablement, en l'entretenant de tous
les avantages de la charge, chacun le sollici-

tant déjà pour lui procurer des grâces ; et l'on ne mit fin à cette cruelle plaisanterie , que lorsque le petit homme , à moitié rôti , déclara , à son grand regret , qu'il désespéroit d'être jamais en état de bien remplir la fonction d'écran du Roi.

CHAPITRE XI.

L'Abbé Barthelemy. — Duc et duchesse
de Choiseul.

JE voyois, d'un autre côté, des savans aimables et respectables, qui joignoient au plus grand savoir toute l'aménité et la politesse que peuvent donner l'usage de la bonne compagnie, les bonnes mœurs et la raison. L'abbé Barthelemy étoit de ce nombre, et je liai avec lui l'amitié la plus étroite ; il étoit savant dans les langues orientales, dans lesquelles il avoit fait même de belles découvertes, et il possédoit très-bien la grecque et la latine. Ayant toujours vécu dans le grand monde, il y avoit acquis un ton aisé et des manières honnêtes. Il joignoit au mérite d'un savant, le dehors agréable d'un homme du monde, un jugement solide., un cœur droit, un caractère liant; ce qui le rendoit un des hommes les plus aimables et les plus estimables que j'aie jamais connu. Ecrivain profond dans les connoissances de l'antiquité, autant élégant que poli dans son style, il savoit

présenter au lecteur les matières les plus
abstraites , sous le point de vue le plus
agréable et le plus intéressant. Plusieurs
dissertations, insérées dans les Mémoires
de l'Académie des Inscriptions et Belles-
Lettres , font foi de ce que je dis ici ; mais
le meilleur de ses ouvrages, et qui n'a pas
encore vu le jour , est le *Voyage d'un
petit-fils d'Anacharsis* (1) , dans lequel il
explique, avec l'érudition la plus consommée , et avec toutes les grâces dont est susceptible la langue françoise , les lois, les
mœurs, les usages , la politique et l'histoire
des meilleurs tems de la Grèce.

Vers ce tems-là le docteur Askew , savant Anglois, et de l'Académie des Inscriptions et Belles-Lettres , étant venu à mourir, quelques Membres de l'Académie me
proposèrent pour le remplacer comme Anglois. Quoique né en France , j'étois passé
fort jeune en Angleterre , j'avois été Ministre du Roi de la Grande - Bretagne en
pays étrangers , et me trouvant ainsi attaché à cette nation, par plusieurs liens, on

---

(1) Cet ouvrage a été publié depuis avec le plus grand
succès.

me regardoit comme Anglois. Je fus proposé et reçu comme tel à l'Académie des Belles-Lettres ; cela resserra encore davantage les nœuds d'amitié qui m'unissoient à l'abbé Barthelemy. Il passoit ordinairement l'été avec le duc et la duchesse de Choiseul, à Chanteloup : il souhaita vivement que je pusse y venir aussi ; et, dans l'espérance que ses illustres amis m'y inviteroient, il me fit l'honneur de me présenter à madame la duchesse de Choiseul. Le désir extrême que j'avois d'admirer de plus près une Dame dont le mérite et la vertu étoient justement célèbres par toute l'Europe, me fit apporter le plus grand soin de lui plaire. Soit par bonté pour moi, ou par complaisance pour l'abbé Barthelemy, dont elle connoissoit toute l'amitié qu'il m'avoit vouée, elle m'invita d'aller la voir à Chanteloup : je promis d'y aller, bien résolu de tenir parole. Ayant pris congé pour quelque tems de madame de Boufflers, je me rendis à Chanteloup, où je reçus l'accueil le plus obligeant, et fus introduit chez M. le duc de Choiseul, dont la réputation et le grand rôle qu'il avoit joué en Europe, justifioient bien l'avidité que j'avois de l'entendre. Etant au fait de

la politique de l'Europe , et instruit de tout
ce qui s'y étoit passé de plus intéressant
pendant son ministère , il ne me fut pas
difficile d'engager son attention. Je fis , à
dessein , tomber la conversation sur quelques particularités qui le regardoient , dont
il fut surpris de me voir si bien informé. Je
m'insinuai peu-à-peu dans sa confiance.
N'ayant pu rester alors que peu de jours à
Chanteloup , il m'engagea à y retourner;
ce que je fis , et je passai à diverses reprises
la meilleure partie de l'été dans ce séjour
charmant , où je goûtai tous les agrémens
que peuvent faire éprouver l'amitié et l'admiration des grands talens.

Chanteloup est un château magnifique ,
situé sur les bords de la Loire ; le duc de
Choiseul y avoit trouvé beaucoup à faire ,
et s'étoit occupé , avec le plus grand succès ,
à améliorer sa retraite et à l'embellir : il y
avoit fait des abords superbes , des jardins,
des prairies artificielles , et une pièce d'eau
d'un demi-mille, d'où l'on voyoit sept allées
à perte de vue , qui percent la forêt d'Am-
boise adossée au jardin. Le noble possesseur
de cette terre a donné , le premier , le plus

bel exemple des heureux fruits de l'attention d'un grand Seigneur à ses possessions.
Tout autour de lui prit une nouvelle face :
Chanteloup étoit un lieu délicieux, où se
trouvoit l'établissement le plus complet et
le plus magnifique que j'aie vu chez un
grand Seigneur de l'Europe.

M. le duc de Choiseul étoit d'une taille
au-dessus de la médiocre, et fort bien fait ;
il avoit la jambe belle, le port élevé, l'air
noble, vif, ouvert et riant, la physionomie
spirituelle ; tous ses traits annonçoient en
lui les belles et aimables qualités de son
âme. En effet, il étoit généreux, magnifique ; il avoit beaucoup d'élévation dans les
sentimens, la noble franchise d'un vrai
Chevalier, de l'esprit infiniment, beaucoup
de vivacité, une gaieté si naturelle, si
agréable et si remplie de traits piquans,
qu'elle seroit venue à bout de vaincre le
flegme de l'Espagnol le plus grave : il joignoit à tout cela une simplicité dans les
manières, et une facilité si douce dans le
commerce de la vie, qu'il n'est pas étonnant
si M. de Choiseul a eu tant d'amis et si peu
d'ennemis; aussi, dans la perte de sa faveur

à la Cour , il eut la gloire de voir plusieurs
de ces derniers n'oser même se déclarer
tels , et briguer l'honneur d'être crus ses
amis en venant le visiter dans sa retraite.

Lorsqu'il recherchoit madame de Choiseul en mariage , elle n'avoit presque que
des espérances ; son bien , qui étoit très-
considérable , lui étant disputé par ses parens. M. de Choiseul ne voulut pas attendre
la décision du procès pour l'épouser , et le
lendemain du mariage ils perdirent ce procès ; en sorte que M. de Choiseul , qui n'é-
toit pas riche , se trouvoit marié avec une
Dame qui n'avoit rien. Il ne perdit cependant point sa gaieté : il dit à sa belle-mère
qui s'affligeoit , de ne pas s'inquiéter , qu'il
ne quitteroit pas la partie qu'il n'eût été en
ambassade , et n'eût acquis une terre de
deux cents mille livres de rente. Il a été
plus loin ; il étoit si bien fait pour réussir ,
que le marquis de Carraccioli m'a dit qu'é-
tant à Paris dans une compagnie où l'on
étoit surpris que M. de Choiseul, peu avancé
alors à la Cour, eût été nommé Ambassadeur
à Rome, un homme d'esprit dit : Messieurs,
vous êtes étonnés de voir M. de Stainville

(c'étoit alors son nom) aller comme Ambassadeur à Rome ; et moi je ne le serai point du tout de le voir un jour premier Ministre.

Cependant le duc de Choiseul, et le duc de Gontaut qui avoit épousé une sœur de madame de Choiseul, appelèrent de la sentence rendue , et obtinrent une révision du procès. Le duc de Gontaut étoit alors fort amoureux de madame Rossignol, femme de l'Intendant de Lyon ; il en parloit sans cesse à M. de Choiseul, qu'il avoit mis dans sa confidence, et son refrain ordinaire à son beau-frère étoit toujours : Mon frère , croyez-vous que madame Rossignol m'aime ? Le jour que l'on jugea leur procès, ils étoient ensemble, où ils entendîrent la sentence prononcée contre eux, qui donnoit encore gain de cause à leur partie adverse et les ruinoit. Pendant qu'on lisoit la sentence , M. de Choiseul disoit tout bas à M. de Gontaut : Mon frère, croyez-vous que madame Rossignol vous aime ? Ce mot produisit un éclat de rire entr'eux , qui n'étonna pas peu les Juges et l'assemblée, et fait voir que la gaieté de M. de Choiseul

ne l'abandonnoit pas dans les momens propres à l'inspirer. Un arrêt de la Grand'-
chambre ou du Grand-Conseil, rendit cependant à M. de Choiseul les biens de sa
femme. Lorsqu'il fut dans le ministère, l'é-
lévation de son âme parut avec éclat dans
toutes les parties de son administration,
sur-tout en s'opposant aux menées dange-
reuses du chancelier Maupeou ; et, soute-
nant les Parlemens que ce Magistrat vouloit détruire, il fit voir aussi la noblesse
de ses sentimens, et sa fermeté dans le refus
qu'il fit de se maintenir dans son crédit par
la faveur de madame Du Barry, qu'il avoit
connue dans un état trop méprisable pour
justifier la cour que lui faisoient ceux qui
cherchoient à s'élever par des moyens si
indignes d'un grand cœur. Ces deux personnes, qui redoutoient l'esprit et le courage du duc de Choiseul, s'unirent pour
le perdre. Il eut ordre du Roi de se retirer
à Chanteloup ; mais ce fut un triomphe
pour lui. Il fut non-seulement regretté généralement, mais toute la première Noblesse de France se fit un devoir d'aller le
voir. On en demandoit la permission au
Roi, par le canal du comte de Saint-Flo-

rentin, qui répondoit : Le Roi ne vous le
permet, ni ne vous le défend; et l'on y alloit. Le Roi fut surpris d'apprendre que le
sallon de Chanteloup fût souvent plus brillant que celui de Versailles, et que ses
capitaines des gardes même se relevassent
pour y aller. M. de Chauvelin demanda directement à Sa Majesté la permission d'aller
voir M. de Choiseul : le Roi lui dit, Il n'é-
toit pas de vos amis. —C'est à cause de cela,
Sire, lui dit le Marquis; et il y alla. Pendant quatre ans que dura l'exil de ce Ministre, il y eut un si grand concours de Noblesse, qu'il n'y avoit presque pas de jour
où il n'arrivât quelqu'un de la Cour, ou
ne partît de Chanteloup. On y savoit aussi
bien le secret du Cabinet qu'à Versailles
même; et l'on y jugeoit si sainement les
fautes du nouveau-Ministre, que le sallon
de Chanteloup étoit un tribunal redouté.
Le Roi même devint curieux d'apprendre
ses décisions; il demandoit souvent à ceux
qui en revenoient : Que dit-on à Chanteloup ?

L'empire que M. de Choiseul avoit sur
son esprit n'étoit pas la moindre de ses

grandes qualités ; le jour qu'il vint à Chanteloup il étoit aussi gai et plus tranquille
que jamais il l'eût été. Le lendemain de son
arrivée il fit appeler son intendant, et fixa
avec lui les heures qu'il vouloit donner à la
régie de ses terres : il s'occupa de l'embel-
lissement de sa retraite , voulut conduire
lui-même une ferme de douze cents arpens
pour s'amuser ; et , par la manière dont il
s'y prit, il fit voir qu'un véritable génie est
propre à tout.

Madame la duchesse de Choiseul , qui
aimoit la campagne , fit son unique étude
du bonheur d'un mari qui avoit toujôurs
été l'objet de son amour et de son admiration. La raison, la douceur, les talens, la
modestie, l'attention scrupuleuse à ne rien
faire , à ne rien dire qui pût causer de la
peine, et à prévenir, au contraire, les désirs de tous ceux qui l'environnoient ; une
charité animée et bien entendue , une patience à toute épreuve , étoient les principaux traits du caractère de cette aimable
et respectable Dame ; un enjouement in-
génieux et modeste , un esprit cultivé ,
l'art de bien écouter et de faire valoir les

autres dans la conversation, en étoient les ornemens.

La société de Chanteloup étoit variée par un choix de la meilleure compagnie en France ; il y en avoit moins l'année que j'y fus, parce que le duc de Choiseul venoit d'être rappelé sous le nouveau règne, et que ceux qui se faisoient un devoir auparavant d'aller tenir compagnie au duc de Choiseul exilé, ne voyoient plus la même raison de le faire, lorsqu'il restoit par goût sur ses terres. Cependant il avoit toujours un petit nombre d'amis qui ajoutoient à l'agrément que répandoient les maîtres de ce charmant et magnifique séjour. Parmi les personnes les plus remarquables que j'y trouvai, étoient madame la duchesse de Grammont, madame la comtesse de Brionne, madame la princesse de Carignan et la princesse de Lorraine ses filles. Je remets à un autre tems le plaisir que j'aurai de parler d'elles. J'y connus aussi M. le Maréchal de M —, qui étoit depuis peu créé maréchal de France, et n'étoit pas encore revenu du contentement que lui avoit causé cette promotion : c'étoit le meilleur homme du monde ; brave, honnête homme, bon père, bon mari, bon ami ; mais sa vanité jetoit sur son caractère un vernis de ridicule, que l'on étoit fâché d'y trouver quand on le connoissoit. Je ne puis m'empêcher de rire encore d'un mot que me dit à son sujet , le prévôt de la Maréchaussée de la province de Touraine. Il étoit venu prendre ses ordres pour l'escorter le lendemain à son départ de Chanteloup ; le Maréchal lui répéta plusieurs fois avec emphase : Au moins , Monsieur , je ne me soucie point qu'on me rende les honneurs dûs à mon rang ; souvenez-vous que je ne veux point d'honneurs. Là dessus le prévôt se tournant vers moi , me dit à l'oreille : *Il dit qu'il ne veut point d'honnèurs; il en mange comme un goulu.*

CHAPITRE XII.

Vie de Chanteloup. — Aventure de M. Bertin , et autres événemens étranges.

J'AI dit que Chanteloup étoit l'établissement le plus magnifique d'un grand Seigneur que j'aie vu en Europe : on en jugera. Il y avoit près de quatre cents personnes qui vivoient dans le château et les communs de la paie du maître , dont cinquante-quatre gens de livrée : quoique la plus grande partie ne fussent pas nourris , on peut s'imaginer la consommation qui se faisoit dans cette famille par le seul article du pain , qui étoit de trois cents livres par jours. Outre la table du Duc , un Chevalier de Saint-Louis , écuyer de madame la Duchesse , tenoit une seconde table , servie comme la sienne , pour recevoir les personnes d'un certain rang qui venoient pour affaire , et n'étoient pas de ceux qu'il admettoit à sa table ; il y avoit, de plus, trois autres tables , sans compter les gens de livrée qui avoient leur argent à dépenser ;

enfin, il y avoit équipage de chasse, un
théâtre, etc.

La vie qu'on y menoit étoit des plus ai-
sées : on ne se voyoit point le matin, à
moins de s'être donné rendez-vous ; à trois
heures le dîner étoit servi, y venoit qui
vouloit ; sinon, on se faisoit servir dans son
appartement. Après dîner, on se trouvoit
dans le salton, on y faisoit une partie, ou
bien la lecture pendant la grande chaleur ;
chacun y restoit ou se retiroit, suivant
l'humeur où l'on se trouvoit ; on ne vous
disoit point : Pourquoi ne restez-vous pas ?
Où allez vous donc ? Point de questions gê-
nantes.

Il y avoit un maître-d'hôtel, unique pour
l'habileté, l'attention et l'activité. Il s'appeloit *Le Sueur;* et son nom mérite bien
d'être connu, à cause de la réponse qu'il
fit à son maître. Lorsque le Duc quitta le
ministère, voulant réformer une partie de
son train, il dit à *Le Sueur,* qu'il alloit re-
trancher sa dépense, et n'auroit pas besoin
d'un homme dont le talent, distingué dans
son état, ne devoit pas être enseveli à la

campagne. Le Sueur, qui ne s'étoit pas enrichi avec le duc de Choiseul, malgré les
occasions qu'il en avoit eues, lui répondit
sur-le-champ : Cependant, M. le Duc, il
vous faut au moins un marmiton ; et je vous
demande la préférence.

Vers le soir, madame la duchesse de
Choiseul alloit à la promenade avec le Duc,
et chacun se faisoit un plaisir de l'accompagner ; on se retiroit ensuite jusqu'au
souper, ou bien l'on jouoit ; ceux que le
souper pouvoit incommoder, s'excusoient
de souper, ou restoient plus ou moins tard,
sans qu'on le trouvât mauvais.

Un jour que M. de Jarente de la Bruyère,
Evêque d'Orléans, étoit à Chanteloup,
après avoir fait une lecture amusante, quelqu'un remarqua que les romans contenoient
beaucoup d'événemens dénués de vraisem-
blance, ce qui diminuoit le plaisir, en
sortant du naturel ; sur quoi je soutins
qu'au contraire, il arrivoit dans la vie des
faits si extraordinaires, que l'on n'oseroit
hasarder de leur donner place dans un roman, de crainte de choquer la vraisem-

blance. On me contesta la proposition ; je
l'appuyai du récit d'un cas singulier arrivé
en Angleterre , dont je ne pouvois douter ,
parce que je le tenois de l'évêque de Dur-
ham , qui connoissoit les personnages.

Un mari jaloux vivoit dans une guerre
continuelle avec sa femme ; poussé à bout
par sa passion aveugle , il l'empoisonna un
jour. Le poison s'étant manifesté par des
douleurs d'estomac insupportables , la pauvre femme envoie chercher des médecins :
en attendant qu'ils vinssent , le mari , touché des maux cruels qu'il lui voyoit souffrir , se jette aux pieds de sa femme , lui
avoue que c'est lui qui l'a empoisonnée ,
lui exprime les regrets du crime que sa passion lui a fait commettre , et la prie de lui
pardonner. Là-dessus le médecin étant arrivé , la femme , outrée contre son mari ,
prend à témoin le médecin et les domestiques de l'aveu qu'il avoit fait , lui déclare
qu'elle aime mieux mourir , afin qu'il soit
pendu , que d'échapper à la mort en prenant les remèdes qu'on lui propose. Le médecin eut beau l'exhorter d'avoir recours
aux antidotes , le mari eut beau essayer de

la fléchir par ses larmes ; elle étoit inexo-
rable, elle vouloit mourir empoisonnée,
afin que son traître de mari fût pendu. Enfin, les douleurs, venant à augmenter,
furent plus puissantes que les représentations du médecin et les prières du mari,
et la forcèrent à prendre les soulagemens
qu'on lui présentoit. Elle guérit, mais ce
fut pour survivre à sa beauté ; les cheveux,
les sourcils, les dents lui tombèrent ; son
teint se flétrit, et il ne lui resta rien qui
pût lui attirer ces attentions de la part des
hommes, qui avoient rendu son mari si mi-
sérablement jaloux. Mais ce qu'il y eut de
plus singulier, c'est que le mari l'en aima
davantage ; que, n'ayant rien de mieux à
faire, elle donna son affection toute entière à son époux ; et tous deux vécurent
ensuite dans la plus parfaite union.

Voici un autre empoisonnement, ajoutai-
je, aussi ridicule quoique moins extraordinaire, que je tiens d'un Pair d'Angleterre qui en avoit été témoin. Lord Orford
entretenoit une jolie femme, extrêmement
capricieuse. Une nuit qu'ils dormoient ensemble, après s'être querellés, il est ré-
veillé par les cris de sa maîtresse, qui se

battoit le visage, s'arrachoit les cheveux,
et donnoit les marques du plus grand désespoir. Il la questionne, la presse de lui
dire le sujet de sa douleur; enfin il apprend
d'elle, que, pour se venger de la querelle
qu'ils avoient eue ensemble le jour auparavant, elle l'avoit empoisonné à souper,
et s'étoit empoisonnée avec lui. Effrayé de
cette déclaration, il appelle ses gens, envoie chercher toute la faculté ; on vient;
les antidotes sont administrés promptement
et à propos; après avoir vomi copieusement
tous les deux pendant quelques heures, on
est surpris par les violens éclats de rire de
cette femme, laquelle, renversée sur un
fauteuil, fut plus d'un quart-d'heure avant
de pouvoir expliquer la cause d'une gaieté
si déplacée. Enfin, elle assura que ni lord
Orford ni elle-même n'avoient été empoi-
sonnés ; qu'elle avoit voulu seulement se
venger de lui par la peur qu'elle lui avoit
faite, en quoi elle avoit si bien réussi. Lord
Orford trouva la raillerie un peu forte ; et,
comme après l'effet des vomitifs il étoit possible qu'elle eût pris le parti de donner cette
tournure à son caprice, il résolut de ne plus
souper avec elle ; et il fit bien.

M. ** a raison, dit madame la Duchesse
de Choiseul; je fournirai une preuve de sa
thèse, en rapportant un fait que M. Bertin
m'a assuré lui être arrivé. Ayant voulu revoir sa patrie (le Périgord), où il n'étoit
pas allé depuis long-tems, il fut rendre visite à un de ses anciens amis, dont il n'avoit
point eu de nouvelles depuis plus d'un an.
Arrivé au château, il fut reçu par le fils de
son ami, qui lui dit que son père étoit mort
il y avoit environ un an. Quoique frappé
d'une nouvelle si peu attendue, il ne laissa
pas que d'entrer; il s'entretint avec le fils
de l'état de ses affaires, et interrompit souvent la conversation pour regretter la perte
de son vieil ami. Le soir on le conduisit à
son appartement, qu'il reconnut avoir été
celui qu'occupoit le défunt; ce qui ne contribua pas peu à entretenir sa tristesse, et
à l'empêcher de se livrer au sommeil. Il ne
dormoit pas encore à deux heures après
minuit, lorsqu'il entendit ouvrir la porte
de sa chambre; à la foible lueur d'un lampe
de nuit et du feu qui brûloit encore, il
aperçoit une figure de vieillard pâle, défait,
d'une maigreur extrême, la barbe longue
et sale, qui, saisi de froid, se traînoit d'un

pas lent vers la cheminée. Quand il fut près
du feu, il parut se chauffer avec empressement, en disant : Ah ! il y a long tems
que je n'ai vu de feu. A la voix, à la figure,
à la démarche, M. Bertin, saisi de frayeur,
crut reconnoître son ancien ami, le maître
de la maison ; il ne se sentoit pas la force de
parler, ni de sortir du lit, lorsque le vieillard, se tournant vers le lit, dit en soupi-
rant : Ah ! mon lit ! que de nuits j'ai pas-
sées sans me mettre au lit ! en disant cela,
il s'avance pour se jeter sur le lit. L'épou-
vante où étoit M. Bertin l'en fit sortir avec
précipitation, en criant : Qui êtes-vous ?
que voulez-vous ? A sa voix, le vieillard
étonné le regarde ; et, le reconnoissant,
Que vois-je ? s'écria-t-il, M. Bertin, mon
ami M. Bertin ! Et qui êtes-vous donc ?
s'écrioit M. Bertin. Le vieillard se nomme :
et l'autre revenant peu à peu de sa frayeur,
apprend avec horreur que son ami avoit
été renfermé depuis un an dans un caveau
de son château par son fils, aidé d'un domestique, qui lui apportoit tous les jours
à manger, et l'avoit fait passer pour mort,
afin de s'emparer de son bien. Ce jour-là
même, comme on l'apprit ensuite, l'arri-

vée de M. Bertin, qui n'étoit pas attendu, ayant jeté du trouble et de la confusion dans la maison, le domestique, qui portoit la provision au malheureux vieillard, avoit mal refermé la porte du caveau : celui ci, qui s'en étoit aperçu, attendit que tout fût tranquille dans le château, et, dans l'obscurité, chercha à s'évader ; mais n'ayant pas trouvé les clefs à la porte de la cour, il prit tout naturellement le chemin de son appartement, qu'il trouva aisément, quoique dans l'obscurité. M. Bertin, sans perdre de tems, appelle ses domestiques, dit qu'il veut partir sur-le-champ, sans éveiller le maître du château ; part et emmène le vieillard à Périgueux, où il arriva à la pointe du jour. On envoya aussitôt arrêter le fils dénaturé, à qui l'on fit éprouver la peine qu'il méritoit, en le faisant renfermer pour le reste de ses jours dans le même caveau où il avoit détenu son père.

Puisqu'il est question de caveau, dit le duc de Choiseul, je dirai ce qui m'est arrivé. Lorsque j'étois en place, je reçus une lettre que l'on eut assez de peine à déchiffrer. Celui qui l'écrivoit m'informoit qu'il étoit Chartreux, qu'ayant voulu s'opposer au désordre qui régnoit dans les mœurs et la conduite des moines de son couvent, il avoit été renfermé, par ses confrères, dans un cachot obscur, sous un petit escalier qu'il indiquoit, où il avoit passé plusieurs années. Après beaucoup de tentatives inutiles, il avoit enfin réussi à gagner celui qui lui apportoit sa pitance, au point de lui fournir de quoi écrire cette lettre, et de me la faire parvenir ; il concluoit par me prier de ne pas perdre de tems à le tirer de cet affreux séjour. J'envoyai sur-le-champ, continua le Duc, des exempts du guet déguisés, qui, ayant demandé, comme étrangers, à voir la maison, furent conduits par l'un des Pères ; lorsque, par les renseignemens qui leur étoient donnés, ils aperçurent la petite porte sous l'escalier indiqué, ils produisirent l'ordre du Roi de la faire ouvrir, et trouvèrent, en effet, le malheureux moine, qu'ils tirèrent de là plus mort que vif. J'obtins pour lui un changement d'ordre, et je le fis passer dans celui des Bénédictins.

J'ai aussi une histoire, dit l'Evêque d'Or-

léans, qui n'est pas si fâcheuse que celles
que l'on vient de rapporter ; mais, autant
que je puis en juger, il me semble qu'elle
ne dépareroit pas un roman. Je reçus un
jour une lettre d'une religieuse, qui m'apprenoit qu'elle avoit eu le malheur de devenir enceinte des suites d'une intrigue ,
et que dans le désespoir où la jetoit la
honte de sa situation , elle étoit prête à se
donner la mort , si je n'avois la bonté de
la tirer de l'état affreux où elle se trouvoit.
J'envoyai sur-le-champ au couvent où elle
étoit , une lettre-de-cachet pour la faire
venir à Paris, sans en donner de raison à
l'Abbesse ; et comme il étoit beaucoup
question alors de disputes sur le Jansé-
nisme, on crut que cette religieuse en étoit
accusée. Lorsqu'elle fut arrivée, je la con-
duisis dans une maison particulière , où
elle fit secrètement ses couches. Quand elle
fut rétablie , nous convînmes qu'elle seroit conduite dans une province éloignée,
comme une religieuse qui avoit voulu se
mêler des discussions du tems, et qui ,
revenue à elle - même , étoit résolue d'y
renoncer. Je l'envoyai donc dans un autre
couvent en la recommandant à l'Abbesse ;

elle y fut bien reçue , et mena une vie
exemplaire , dont une rigueur hors de
propos eût privé la maison où elle finit ses
jours.

CHAPITRE XIII.

Histoire de M. Holker. — Anecdotes du Prétendant.

Il y avoit parmi la compagnie un Anglois nommé Holker, qui portoit la croix de St.-Louis, que M. de Choiseul lui avoit donnée. Il étoit inspecteur-général des manufactures de la France ; et comme il devoit sa fortune à M. de Choiseul, il venoit de tems en tems lui faire sa cour. Aussitôt que l'évêque d'Orléans eut fini, il prit la parole en disant : S'il ne faut que quelque aventure extraordinaire pour figurer dans un roman, je crois prétendre à pouvoir faire insérer une des miennes, que je dirai si on me le permet. Madame de Choiseul le pressa de le faire ; ce qu'il fit en très-mauvais françois. Je vais rapporter son aventure telle qu'il nous la raconta, au style près.

M. Holker étoit né à Manchester, dans la province de Lancashire, et élevé dans les principes des Jacobites : il suivit le parti du Prétendant lorsqu'il fit sa descente en Écosse,

et vint avec lui à Carlisle, où il fut fait
prisonnier, avec soixante autres officiers,
amenés à Londres, et renfermés dans la prison de Newgate avec un de ses amis nommé
Moss. Il apprenoit tous les jours, que quelques-uns de ceux avec qui il avoit été pris
à Carlisle sortoient de la prison pour aller
au gibet, et il s'attendoit lui-même à subir
bientôt le même sort. Plusieurs personnes
de ses amis et de ceux de Moss venoient le
voir. Il étoit souvent question des moyens
de se sauver de la prison, et même on leur
apportoit peu à peu des cordes, des limes
et des informations exactes de la situation
des environs de la prison. Ils furent enfin
condamnés à mort, et le jour même étoit
fixé, lorsque la veille, ils vinrent à bout
de s'évader. Ils avoient, par degrés, limé
les fers qu'ils avoient aux pieds, jusqu'au
point de pouvoir casser le reste au moment
nécessaire; ils étoient logés au plus haut
étage dans la prison, ayant des fenêtres
grillées qui donnoient sur les gouttières :
ils limèrent aussi deux barres des grilles
d'une des fenêtres. Pour se sauver, il étoit
nécessaire d'aller le long des gouttières
gagner la maison d'un marchand de bas;

mais il falloit, auparavant, traverser une
petite cour de la prison, de huit pieds de
large, qui séparoit cette maison de la prison; et on les avoit informés, qu'avec leurs
draps, qu'ils couperoient pour s'en servir
au lieu de cordes, ils pourraient descendre
dans la cour de ce marchand de bas, d'où
ils sortiroient facilement dans la rue, en
grimpant par-dessus un mur haut de sept
ou huit pieds. Ils imaginèrent donc de rompre une table qu'ils avoient dans leur chambre, et d'en lier fortement les planches en
trois morceaux, lesquels, mis au bout l'un
de l'autre, formoient un pont, bien foible
à la vérité, de huit pieds et demi de long,
sur sept à huit pouces de large. Ils l'essayè-
rent souvent, en mettant les deux bouts de
la planche composée sur deux chaises; et
ils trouvèrent que, quoiqu'elle pliât considérablement sous le poids d'un homme ;
elle pouvoit cependant y résister; sur-tout
de la manière dont ils se proposoient de
traverser, à genoux et sur leurs mains. En
effet, à une heure après minuit, ils com-
mencèrent à travailler à leur évasion. Moss
passa le premier, et étoit déjà dans la gouttière, lorsqu'Holker, beaucoup plus gros

que lui, cria, qu'il lui étoit impossible de
passer par l'ouverture qu'ils avoient faite.
Moss ne voulant point abandonner son ami,
remonte dans la chambre, l'aide à passer le
premier, le suit ; et tous deux gagnent le
bord de la gouttière, d'où ils devoient fran-
chir la petite cour, pour passer sur le toit de
la maison voisine. Si la lueur de la lune les
favorisoit, elle leur faisoit voir aussi plus
clairement l'horreur du danger qu'ils couroient en traversant le pont fragile, sur lequel ils devoient passer à une élévation aussi
effrayante : cependant, ils en vinrent heureusement à bout. Celui qui resta du côté de
la prison, tint la planche assurée pendant
que son ami passoit; et l'autre, après l'avoir
passée, l'affermissoit du côté de la maison.
Ils marchèrent ensuite le long des toits de
la maison, et, ayant attaché leurs draps à
la gouttière, ils se laissèrent glisser dans la
cour du marchand de bas ; mais ils ne purent le faire assez doucement, pour ne pas
éveiller un gros chien, qui, par bonheur
pour eux, et contre l'ordinaire, étoit renfermé cette nuit-là dans la maison. Moss,
qui étoit descendu le premier, effrayé par
le bruit des gens de la maison, qui crioient

au voleur ! franchit le mur sans attendre
Holker, et se sauva. Holker, en se laissant
glisser, trouva malheureusement une grande cuve pleine d'eau, dans laquelle il entra
jusqu'au col ; ce qui ajouta au bruit qu'il
avoit déjà fait, et augmenta les cris du marchand de bas et de son chien. Cependant,
il ne fut pas long-tems sans en sortir, aussi
bien qu'à passer par-dessus le mur : il se
trouva bientôt dans la rue, et il prit le chemin de la maison d'un de ses amis dans *Car-
naby-Market*, lequel avoit promis de le recevoir. Il étoit deux heures et demie, lorsqu'il arriva à la porte de son ami : il frappa
pendant long-tems, sans qu'on lui répondit;
enfin, il jette une pierre à la fenêtre, laquelle, cassant les vitres, entra dans la
chambre où couchoit son perfide ami, qui
s'imagina bien que c'étoit Holker, mais qui
feignit de ne pas l'entendre, pour n'être
pas obligé de courir le risque de le recevoir.
Enfin, Holker, craignant que le jour ne le
surprît, fut réclamer la protection d'un gentilhomme qu'il avoit vu un moment dans
la prison avec Moss, et qui le reçut avec
beaucoup d'humanité. Il fut conduit chez
milady Bishop, au coin de Grosvenor-Squa-

re, où il resta quelques jours. Il se déguisa ensuite, et fut passer six mois à la campagne chez un homme dévoué au parti; d'où, quand les recherches qu'on faisoit de lui se ralentirent, il passa en France.

Le récit d'Holker fut trouvé très-intéressant par les circonstances de son évasion; nous lui fîmes ensuite plusieurs questions sur le Prétendant. Il nous raconta, que ce malheureux Prince étoit venu lui - même à Londres en 1747, déguisé, et qu'il y avoit vu plusieurs de ses amis principaux, avec lesquels il avoit pris quelques mesures. Leur avis étoit qu'il marchât droit à Londres, avant que l'on pût former un corps d'armée suffisant pour l'arrêter; et on lui promettoit que sa présence détermineroit un parti considérable à se déclarer en sa faveur. Mais revenu à Carlisle, il fut dissuadé de ce dessein. Là-dessus M. le duc de Choiseul nous apprit, qu'en 1759 M. le maréchal de Belle-Isle avoit projeté de se servir encore du Prétendant, pour faire diversion aux forces de l'Angleterre, et qu'il le chargea de le voir à cet effet. Le duc de Choiseul n'approuvoit pas les idées du Maréchal là-

dessus : cependant il vit le Prétendant, qui
vint le trouver à minuit avec M. Alexander
Murray, frère de milord Elibank ; mais ce
Prince avoit tellement bu à souper, qu'il
étoit ivre au point de ne pouvoir pas parler
d'affaire. Il demandoit qu'on l'envoyât droit
à Londres avec une armée. On vouloit, au
contraire, l'envoyer en Amérique, où il ne
se soucioit pas d'aller. Le mépris que cette
entrevue fit naître pour ce Prince, mit fin
au dessein qu'on avoit de se servir de lui.
Depuis ce tems-là, M. le duc de Choiseul
m'a assuré, qu'en 1761 le Prétendant avoit
eté présent au couronnement du roi d'Angleterre; que le Ministre le savoit, mais que
l'on fit semblant de l'ignorer. Lorsque le
Prince revint à Paris, après avoir manqué
son expédition en Écosse, on disoit : Le
Prétendant est accouché d'une prétention.

CHAPITRE XIV.

Retour à Paris.

Tout ce que l'imagination la plus active
et la plus délicate peut inventer d'agrémens
et de plaisir à désirer se trouvoient réunis
à Chanteloup. Des promenades délicieuses,
une forêt superbe, une campagne riante
au - dehors ; au - dedans une maison commode, une bibliothèque nombreuse, l'abondance, l'aisance d'une société aimable, des
conversations variées, intéressantes et ins-
tructives : tout conspiroit à me faire couler
à Chanteloup les jours les plus heureux que
j'aie passés de ma vie. Madame la duchesse
de Gramont, sœur de M. de Choiseul, y
étoit la plus grande partie du tems ; M. le
comte de Stainville, leur frère, y étoit aussi
souvent. C'étoit un homme d'un vrai mérite, plein d'honneur, de raison et de jugement ; mais sérieux et froid, entièrement
opposé, pour l'humeur, à celle du duc de
Choiseul : aussi le comte d'Affry disoit - il
d'eux, que M. le comte de Stainville étoit
une traduction allemande de son frère. Il n'y

avoit pas de jour que l'on ne reçût des nouvelles de Paris et de Versailles. Gazettes,
journaux, lettres particulières, bulletins,
annonçoient de bonne heure tout ce qui se
passoit dans les différentes parties du globe,
et l'on prenoit part à tout. Il fallut pourtant
quitter un séjour si plein d'attraits, parce
que l'hiver approchoit. Je partis de Chanteloup, et revins chez madame de Boufflers, que je trouvai fort inquiète de la santé
de M. le prince de Conti, qui baissoit de
jour en jour.

Pleine de sensibilité et d'attention pour
son illustre ami, madame de Boufflers ras-
sembloit tous les soirs un petit nombre de
personnes choisies, pour tenir compagnie
à M. le prince de Conti : quoique je ne sou-
passe point, elle me prioit de m'y trouver,
parce que cela faisoit plaisir au Prince, qui
s'informoit toujours où j'étois, quand il ne
me voyoit pas. Ceux qui s'y trouvoient le
plus souvent, étoient, madame la maréchale de Luxembourg, la duchesse de Lauzun, la princesse de Poix, madame d'Hu-
nolsthein ; la comtesse de Vauban ; en
hommes, le comte Donnezan, le vicomte

de Ségur, le prince de Poix, le marquis de la Fayette, le duc de Guines, et l'archevêque de Toulouse. Madame la princesse de Beauvau y venoit aussi, mais plus rarement. J'y vis une fois le comte de Broglie que l'on m'avoit annoncé comme un homme d'une éloquence et d'une pénétration rares, et dont je serois enchanté; mais il n'ouvrit pas la bouche. Madame de Boufflers me dit le lendemain, que j'avois été la cause de son silence, parce qu'il ne me connoissoit pas; en sorte que je la priai de m'avertir quand il devroit souper avec elle, afin de m'abstenir de m'y trouver. Il n'y avoit pas long-tems que le comte de Broglie avoit été rappelé de son exil. Il avoit été fort bien avec le feu Roi; il entretenoit même une correspondance secrète avec lui, et n'étoit pas sans espérance de devenir premier Ministre. Il avoit été nommé pour aller recevoir madame la comtesse d'Artois sur les frontières, lorsque le duc d'Aiguillon, apprenant ses menées contre lui, s'y prit à tems pour le perdre, et le fit exiler sur ses terres. En y allant, il ne passa pas loin de Chanteloup, et M. le duc de Choiseul, ayant appris que le comte de Broglie

alloit en exil, dit : Il prend le ministère par
la queue.

Le chevalier de Boufflers, dont j'ai déjà
parlé, le plus aimable poëte du siècle, et
d'une gaieté charmante, étoit aussi de ces
soupers : il avoit moins de philosophie,
mais plus d'esprit et d'enjouement que La
Chapelle et Chaulieu. Je l'avois beaucoup
connu pendant mon séjour à Vienne, où
il étoit venu prendre des informations sur
l'état des confédérés en Pologne, pour qui
il vouloit aller se battre ; mais le renvoi de
M. de Choiseul, qui favorisoit son projet,
vint y mettre fin. Dès l'âge de seize à dix-
sept ans, il avoit écrit *La Reine de Gol-
conde*, conte en prose très-agréable et piquant, aussi bien que plusieurs jolies pièces
de vers : il étoit encore enfant, qu'il annonçoit tout l'esprit qu'il a fait voir ensuite.
Etant écolier, il vint un jour avec son frère
dîner chez une Dame de sa connoissance ;
mais, étant arrivés trop tard, on leur prépara promptement un autre dîner du mieux
qu'on put le faire ; on leur donna un gigot
qui n'étoit pas fort tendre, avec une poule
très-dure. Tous deux, ayant appétit d'éco-

lier, vinrent à bout, malgré les difficultés, de ce qui étoit sur la table; le chevalier de Boufflers appeloit assez plaisamment ce dîner, le combat des *voraces* contre les *coriaces.*

Il y avoit aussi de tems en tems, chez madame de Boufflers, de petits concerts, où la comtesse Amélie faisoit briller le talent le plus enchanteur sur la harpe : personne n'en jouoit avec plus de grâce et de douceur qu'elle , et quand elle accompagnoit sa voix , qui étoit des plus séduisantes , avec cet instrument mélodieux , dont elle jouoit parfaitement bien , elle ravissoit ses auditeurs, et gagnoit sans peine tous les cœurs; mais ses caprices les mettoient bientôt en liberté. Entre ceux qui venoient admirer sa figure et ses talens, le comte d'Adhémar me frappa par la beauté de sa voix, et son goût pour le chant. Il s'y étoit livré même , à ce que l'on me dit, plus que ne le permettoit son rang et sa naissance ; pour m'en donner une preuve, on me cita un trait qui lui étoit arrivé. Après avoir pris tous les soins possibles pour se perfectionner dans le chant, il voulut consulter

M. de la Garde , chef de la musique du
Roi; il s'informe de sa demeure, et on lui
indique sa maison dans la place Vendôme.
Ayant demandé M. de la Garde , il fut introduit dans un très-bel appartement, où
étoit le maître de la maison , qui s'avança
vers lui , et lui demanda fort poliment ce
qu'il souhaitoit de lui. M. d'Adhémar lui
dit, qu'il avoit une faveur à lui demander,
qui étoit qu'il voulût bien l'entendre chan-
ter, et lui donner son avis. Volontiers,
Monsieur , lui dit l'autre un peu surpris.
M. d'Adhémar chanta , et quand il eut fini,
M. de la Garde lui donna tous les éloges
qu'il méritoit. Vous me flattez, dit M. d'Adhémar. Non, répondit M. de la Garde ;
quoique je ne sois pas musicien , je puis
cependant juger que vous chantez parfaitement bien. Comment ! vous n'êtes pas
musicien ? N'est-ce pas à M. de la Garde à
qui je parle? Oui , Monsieur ; M. de la
Garde fermier-général : le musicien demeure dans la maison voisine.

CHAPITRE XV.

Lieutenant de Police à Paris. — Retour à Londres. — Troisième voyage en Italie.

Madame de Boufflers, voulant donner un grand souper à ses amis, et désirant d'avoir une table de Pharaon pour les amuser, envoya un de ses amis chez le Lieutenant de Police, afin de lui en demander la permission ; mais le Lieutenant de Police, qui étoit M. Albert, au lieu d'accorder la requête, reçut le messager brusquement ; et, quoique l'on lui représentât que c'étoit pour amuser M. le prince de Conti, il dit qu'il feroit châtier le banquier qui oseroit tenir la banque chez madame de Boufflers. Elle fut fort piquée de ce refus, s'en plaignit au Ministre, et M. Albert, qui avoit fait son devoir, fut réprimandé. Il est vrai qu'il avoit manqué dans la forme ; et la haute Noblesse, en France, met de la morgue jusque dans les sollicitations. Un Juge, qu'une grande Dame va solliciter pour son

procès, a plus l'air d'un suppliant qu'elle.
J'ai entendu le duc de Liancourt raconter
une scène qu'il avoit eue avec ce même
lieutenant de Police, M. Albert ; il alloit
pour le prier de lui rendre un service , et,
parce qu'il ne le reçut pas assez poliment,
il finit par lui laver la tête.

Cependant je ne recevois point d'argent
d'Angleterre ; mon homme d'affaires avoit
vu ma mort annoncée dans la gazette ; j'a-
vois beau lui écrire, et lui faire parler par
mes amis, il produisoit la gazette, et soutenoit que j'étois mort. Je me vis donc
obligé de quitter Paris, malgré les agrémens
que j'y goûtois. Madame de Boufflers voulut me retenir ; mais quelque regret que
j'eusse de la quitter, je ne pouvois me dispenser de partir. La maladie de M. le prince
de Conti augmentoit ; les médecins déses-
péroient de son rétablissement. Il est vrai
que , dans cette circonstance, je ne pouvois me résoudre à abandonner une personne à qui je devois tant, et à qui j'étois
aussi vivement attaché qu'à madame de
Boufflers. Un jour pourtant que l'on assembla plusieurs médecins pour consulter

ensemble sur le mal de ce Prince, ils conclu-
rent unanimement qu'il étoit hors de danger.
Madame de Boufflers fut transportée de
joie ; je crus alors pouvoir saisir ce moment
pour quitter Paris ; je pris congé d'elle et
du prince de Conti , avec promesse de revenir bientôt après. Je partis pour Londres,
où j'étois à peine arrivé , que j'appris que
le prince de Conti étoit mort (2 août 1776),
et que madame de Boufflers étcit plongée
dans la plus vive affliction. Ce Prince n'a-
voit pas encore soixante ans , et je me rap-
pelai alors une observation singulière faite
sur les Princes de la maison de Bourbon :
c'est que , de plus de deux cents , il n'y en
a eu que trois ou quatre qui aient vécu au-
delà de soixante ans ; Louis XIV, Louis XV,
roi d'Espagne, et le comte de Clermont.
Une autre chose unique dans l'histoire arrivée à cette Maison est , que les deux plus
longs règnes connus sont de ces deux rois
de France qui se suivent ; en sorte que , dans
cent trente ans, depuis 1643 jusqu'en 1774,
il n'y a eu , en France , qu'un seul avénement au trône.

Je retournai donc à Londres, où venoit
d'arriver la princesse d'Aschkow , avec qui

je fis connoissance, et à qui je fus très-utile
dans le dessein qu'elle avoit d'aller s'établir
pour quelques années à Edimbourg, afin
d'achever l'éducation de son fils. Je la rencontrai cinq ans après à Turin, et j'eus occasion de la mettre sur le chapitre de ce qui
s'étoit passé en Russie à l'avénement de l'impératrice Catherine au trône. Elle me raconta que, lors de la révolution, non-seulement il régnoit un très-grand mécontentement parmi la nation Russe, contre le
gouvernement de Pierre III, mais que l'on
avoit découvert le dessein qu'il avoit de
faire enfermer l'Impératrice et la princesse
d'Aschkow sa confidente et son amie. Celle-
ci n'avoit alors que dix-huit à dix-neuf ans,
et me dit qu'elle avoit tout lieu de croire,
qu'elle et l'Impératrice couroient risque de
perdre la vie, si elles n'eussent prévenu
l'Empereur; ce qui la porta à entrer dans
le complot qui se forma pour prévenir les
desseins de ce Prince. L'Empereur étoit à
neuf lieues de Pétersbourg, à Oranienbaum,
et l'Impératrice dans une autre maison de
plaisance, à sept lieues de la capitale et à
deux lieues de son mari, lorsque la princesse d'Aschkow apprit que le complot étoit

découvert, et qu'un traître de leur parti
avoit dépêché, à huit heures du soir, un
courrier à l'Empereur, pour l'avertir de ce
qui se passoit. Aussitôt elle fait appeler
(le 9 juillet 1762) le comte de Panin son
oncle, le comte de Rosamouski, le maréchal
Butterlin et les frères Orlows, chefs de la
conjuration, pour les informer de la trahison, et pour concerter ensemble sur le parti
qu'ils avoient à prendre ; on décida, par
les vives instances de la princesse d'Aschkow, que l'on feroit venir sur-le-champ,
l'Impératrice à Pétersbourg ; que les com-
mandans des Cosaques et les gardes lui as-
sureroient les douze mille hommes de garni-
son qui étoient alors dans la ville, et que
l'on se saisiroit de la personne de l'Empereur.

La princesse d'Aschkow étoit d'avis, que
le Grand Duc fût proclamé Empereur, l'Impératrice sa mère, tutrice et régente seulement. Mais l'avis du comte de Panin et des
Orlows prévalut, ce fut de proclamer l'Impératrice *Autocratrice* , régnant en son
propre droit. La nuit se passa à faire venir
l'Impératrice à Pétersbourg, à prendre les

mesures nécessaires pour l'exécution d'un
si grand dessein, et le lendemain à neuf
heures du matin, Catherine fut proclamée
Impératrice-autocratrice. Elle fut aussitôt
après, à la tête de dix mille hommes, se
saisir de la personne de l'Empereur : il signa
une abdication du trône, fut gardé à vue,
et huit jours après il mourut. Le public,
toujours empressé à chercher des raisons
secrètes de tous les grands événemens, prétendit que la fin de ce Prince n'avoit pas été
naturelle. On fut même jusqu'à avancer que
le comte Alexis Orlow, dit le *Balafré*,
(le même qui commanda ensuite la flotte
russe, laquelle brûla celle des Turcs dans
la dernière guerre) avoit contribué à sa
mort. Je ne rapporterai point la manière
dont la Princesse s'expliqua à cet égard,
quoiqu'elle le fit avec quelque réserve ; je
dirai seulement que les Orlows, qui auroient
voulu jouir d'une autorité absolue, s'apercevant du crédit qu'elle avoit auprès de
l'Impératrice, et de l'influence que le comte
de Panin acquéroit par le canal de sa nièce et
par ses propres talens, tentèrent de les perdre tous deux. La Princesse éprouva mille
vexations, de la part sur-tout du prince

Grégoire Orlow, que l'Impératrice fit nommer Prince de l'Empire, qu'elle combla d'honneurs et de richesses : cependant elle se soutint par son esprit et son courage. Deux ans après la révolution, elle devint veuve. Nommée tutrice de la personne et du bien de son fils, elle trouva que le revenu de ses biens suffisoit à peine pour payer l'intérêt des dettes de son mari. Elle se retira à la campagne, où elle vécut avec une si grande économie, qu'elle paya les dettes de son mari. Lorsque son fils eut atteint l'âge de douze ans, elle obtint la permission de l'amener en Angleterre, où je la vis pour la première fois. Elle avoit aussi avec elle madame de Scherbinin sa fille, alors âgée de seize ans, qu'elle avoit mariée au fils d'un général Russe, et à qui elle donna pour dot cent mille écus, le seul bienfait, disoit-elle, qu'elle eût reçu de l'Impératrice, si l'on en exceptoit son portrait enrichi de diamans pendant au collier de l'Ordre, qu'elle ôta de son col pour le mettre à celui de la Princesse.

Ce qui m'étonna extrêmement fut que la princesse d'Aschkow, en me parlant de tout ceci à Turin, sembloit ignorer de quelle manière l'Empereur étoit mort. Je lui racontai ce dont un fameux musicien Italien, alors avec ce Prince, m'avoit souvent entretenu à Vienne, à Londres et à Paris, où je l'avois rencontré. Elle en témoigna beaucoup de surprise, et s'informa où étoit ce musicien; je le lui dis, et comme elle alloit dans cette même ville, je ne doutai point qu'elle ne le cherchât pour le faire parler sur ce sujet. Je vis ensuite la princesse d'Aschkow à Rome; n'ayant pas besoin là de mes services, elle paya de retour ceux que je lui avois rendus à Londres et à Turin, en me faisant une tracasserie qui me causa le plus vif chagrin, et me fit regretter de l'avoir jamais connue.

Je demandai à la Princesse des nouvelles d'un certain Auda de Nice, qu'elle avoit protégé en Russie, et que j'avois connu à son retour de ce pays. Elle me dit qu'il avoit demeuré dans la maison de son père en arrivant à Pétersbourg; que dans le tems de la révolution, lui trouvant de l'esprit, elle avoit fait usage de lui, mais d'une manière vague, sans le mettre dans le secret; qu'a-

près l'événement, il se mit dans l'esprit qu'il
avoit été l'un des principaux instrumens
de la révolution ; qu'enfin, l'Impératrice
l'ayant fait l'un de ses secrétaires particuliers, lui ayant donné trente mille roubles,
et l'ayant traité avec sa générosité ordinaire,
la tête lui en tourna. Il se crut fait pour être
premier Ministre, et pensant pouvoir sup-
planter le comte de Panin, il se jeta dans le
parti des Orlows ; mais voyant qu'il ne réussissoit pas, il se crut trop heureux de se retirer chez lui, sous quelque prétexte, avec
une partie de sa fortune. Ce même Auda
s'étant établi à Nice, y fut tué par la foudre
quelques années après.

A mon arrivée à Londres, je trouvai que
le duc de Northumberland et sa famille,
ainsi que M. de Mackenzie et la plupart de
mes amis, étoient déjà partis pour la campagne. Je fus dans le nord de l'Angleterre
passer l'été avec le Duc ; il me pressa ensuite de venir le trouver dans l'automne,
lorsque j'aurois arrangé les affaires de mon
bénéfice, à une autre terre qu'il avoit dans
le midi de l'Angleterre en Devonshire.
J'étois tellement dévoué à ses désirs, que,
quoique ces courses me fussent onéreuses,

je traversai l'Angleterre pour aller passer
là quelques jours avec lui et la Duchesse,
et je revins à Londres avec eux. Trois mois
après, la duchesse de Northumberland
mourut, lorsque nous nous y attendions le
moins : j'avois passé la journée avec elle ;
il y avoit compagnie, et elle fut, à son
ordinaire, fort gaie et fort amusante. Le
lendemain matin je fus la voir, et, en la
quittant, elle me fit promettre de venir
passer la soirée avec elle. Je lui dis que je
viendrois à neuf heures. Vers les sept heures
un domestique vint, de sa part, me prier
de venir la voir sur-le-champ : j'y courus,
un peu alarmé de cet empressement. Sitôt
que je fus arrivé, elle me fit asseoir, et me
dit : Je me trouve mal ; je suis persuadée
que je ne vivrai pas long-tems ; je craignois
de perdre connoissance avant que d'avoir
pu prendre congé de vous, et de vous charger de quelque commission que je veux vous
confier. Étonné d'un tel langage, je lui dis
ce que je pus, pour lui ôter cette idée de
l'esprit ; mais elle y étoit tellement fixée,
que tous mes discours furent inutiles. On
m'a prédit, dit-elle, que je ne passerai pas
soixante ans, et je les aurai jeudi ; je sens

que la prédiction va s'accomplir, ainsi ne
perdons pas de tems en vains raisonnemens.
Elle me dit ensuite tout ce qu'elle avoit à
me confier, et prit congé de moi, comme
si elle n'avoit plus dû me revoir.

Pour moi, qui ne pouvois me persuader
qu'elle fût si près de sa fin, je témoignai
moins de regret. Je la vis le lendemain,
mais elle étoit tellement accablée, qu'elle
ne connoissoit presque plus personne. Dans
un moment de connoissance, cependant,
elle leva les yeux sur moi, et me dit, Adieu
pour jamais. Le jeudi au soir, elle demanda
quelle heure il étoit : on lui dit, six heures.
J'ai donc encore deux heures à vivre, dit-
elle, car je suis née à huit heures, et, en
effet, elle mourut à environ huit heures,
ayant soixante ans accomplis.

Je perdis non-seulement en elle une véritable amie, mais une puissante protectrice;
je la perdis dans un moment où le crédit
que son mari venoit de recouvrer à la Cour
alloit être mis en œuvre, par elle, pour
mon avancement. Le Duc fut sensiblement
affligé de cette perte ; il eut sujet d'éprou-

ver, en cette occasion, mon zèle et mon
affection pour lui. Quelque riche et magnifique qu'il fût, quelque considération qu'il
eût à la Ville et à la Cour, l'idée qu'il n'a-
voit jamais rien fait pour ses amis, les avoit
écartés de lui peu à peu : dans un tems où
il avoit besoin de consolation, il ne trouva
que moi pour rester auprès de lui. Je ne le
quittai point pendant trois mois; je fus le
seul dont les assiduités furent à l'épreuve
de l'ennui de ce devoir. Je puis dire même
que je ressentois une satisfaction parfaite
à lui témoigner la pureté de mon attachement, qui devoit lui paroître bien désinté-
ressé, puisque je lui avois rendu des services
qui restoient encore sans récompense.

M. de Mackenzie, dans ce tems-là, me
fit part du dessein qu'il avoit d'aller à Naples avec son épouse; ajoutant que cela ne
pouvoit avoir lieu que dans le cas où je
voulusse être de la partie. Je n'hésitai pas
à accepter sa proposition, charmé d'avoir
une occasion de lui être utile, et de reconnoître, en quelque partie, les obligations
que je lui avois. Il fit, en conséquence, les
préparatifs convenables pour son voyage,

qu'il me pria de tenir secret. Nous n'étions pas loin du tems de notre départ, lorsque le duc de Northumberland, convaincu de plus en plus combien je lui étois nécessaire, me fit proposer, par milord Algernon Percy, de m'attacher entièrement à lui, et d'accepter sa table, sa maison, et douze mille livres de rente, pour compensation du tems que je lui donnerois. Il m'assuroit, de plus, qu'il me traiteroit comme un autre lui-même, et que je serois la personne qu'il présenteroit partout comme le meilleur de ses amis.

Cette offre avoit de quoi me flatter, quoique je comprisse bien, en la réduisant à sa juste valeur, que le Duc me proposoit de renoncer à mon existence pour doubler la sienne, à un prix considérable pour moi, à la vérité, quoique modique pour lui. Peut-être aurois-je acquiescé à cette proposition en tout autre tems; mais, ayant promis à M. de Mackenzie de faire le voyage d'Italie avec lui, et sachant qu'il ne voudroit pas l'entreprendre sans moi, je ne pouvois pas prendre sur moi de manquer à mon premier ami; et je donnai cette excuse

de mon refus au duc de Northumberland.
Il savoit que M. de Mackenzie, quatorze
ans auparavant, m'avoit déclaré de ne plus
rien attendre de lui, pour ne pas me tenir
en suspens, ni me bercer de vaines espérances. Il ne put s'empêcher de louer la
générosité de mon procédé, et cela l'engagea encore plus fortement à m'attacher
à lui, s'il étoit possible. Il me dit donc :
Que lui-même me verroit partir avec regret ; mais qu'il me prioit de lui promettre
de revenir à lui aussitôt que je serois de
retour de ce voyage, qui ne devoit durer
qu'un an. Je ne m'engageai pas absolument,
et je partis sans informer M. de Mackenzie
de ce que je refusois à cause de lui, pour
ne pas blesser sa délicatesse.

Je n'entrerai point dans le détail de ce
nouveau voyage ; je visitai encore Paris,
Turin, Rome et Naples, dont j'ai déjà
parlé amplement ailleurs. Je revins en Angleterre, résolu de me reposer, de jouir
tranquillement de moi - même, et de renoncer au monde, aux espérances qu'on ·
y nourrit, et que j'avois vu tant de fois
frustrées. J'avois près de cinquante ans :
n'étoit-il pas tems de vivre pour moi-même,

après avoir vécu si long-tems pour les autres?
Qu'avois-je gagné depuis quinze ans que
j'avois fait ma cour aux grands, aux gens
en place et en crédit? Au contraire, ne
m'étois-je pas endetté en vivant avec eux?
Avoient-ils songé seulement à entrer dans
les circonstances où je me trouvois, et à
procurer quelque addition à mon revenu?
Ce revenu, d'ailleurs, n'étoit-il pas plus
que suffisant pour moi, si je voulois vivre
comme il convenoit à un homme de mon
âge, qui avoit des ressources dans son esprit, qui ne manquoit pas d'amis de son
rang, lesquels n'exigeoient point de devoirs
qu'ils ne fussent eux-mêmes prêts à rendre?
Ces réflexions sages, et appuyées de tant
d'années d'expérience, m'empêchèrent de
donner une réponse décisive au duc de
Northumberland à mon retour. Je priai
seulement milady Algernon Percy, qui alloit le trouver à la campagne, de lui dire,
que, si j'étois assez riche pour acheter le
plaisir d'être avec lui, je n'aurois point
d'autre ambition ; et que, sans prendre
aucun autre engagement, je serois pour lui
le même que j'avois toujours été. Il vint à
Londres, et il ne fut plus question de rien.

CHAPITRE XVI.

Aventure tragique du vicomte Du Barry
à Bath.

La saison où le duc de Northumberland
alloit prendre les eaux de Bath étant venue,
il me proposa, à son ordinaire, d'y aller
avec lui. Bath est un séjour très-agréable :
c'est le Spa de l'Angleterre, mais plus commode et plus magnifique. J'aimois beaucoup
y passer quelques semaines de l'hiver, sur-
tout avec le duc de Northumberland, qui y
voyoit grande compagnie. J'acceptai la partie, et j'y fus. Nous y trouvâmes une famille
françoise, le vicomte et la vicomtesse Du
Barry, que madame Damer avoit connue
à Spa, et engagée à venir prendre les eaux
de Bath. Je fis connoissance avec eux, et
je fus témoin de la catastrophe qui leur arriva, et que je vais rapporter.

Le vicomte du Barry étoit fils Du célèbre
comte Du Barry, dit *Le Roué*. Dans le tems
de la grande faveur de madame Du Barry
auprès de Louis XV, il épousa la fille du

comte de Tournon, d'une famille illustre,
branche de la maison du fameux Cardinal
de ce nom. Le prince de Soubise leur allié,
et même assez proche parent de cette Dame,
la tira du couvent pour faire ce mariage;
et je fus témoin de l'indignation de la noblesse françoise contre une alliance aussi
honteuse pour lui.

La vicomtesse Du Barry étoit d'une taille
charmante et d'une beauté éblouissante;
elle avoit l'air noble, beaucoup de douceur,
jointe à beaucoup d'aisance et de dignité
dans ses manières; sa conduite paroissoit
irréprochable.

Le Vicomte fut appelé à la Cour; il étoit
cornette des chevau-légers : le Roi l'admit
à ses parties, et lui faisoit beaucoup de
caresses. Il se conduisit avec tant de prudence et de modestie, qu'il ne partagea
point la haine que l'on portoit à son nom :
il fut cependant enveloppé dans la disgrâce
de sa famille, à la mort du Roi; car, après
l'accession de Louis XVI, il ne parut plus
à la Cour.

En 1778 il fut à Spa avec son épouse et
sa belle-sœur, mademoiselle de Tournon,

âgée d'environ quinze ans, jolie, pleine
de grâces, sur-tout dans l'exercice de la
danse qu'elle aimoit passionnément.

Ils pressèrent instamment le comte de
Rice, gentilhomme Irlandois, de venir avec
eux. Le comte de Rice étoit neveu à la mode
de Bretagne, du maréchal Lascy. Il avoit
beaucoup vécu dans les pays étrangers, où
il avoit été répandu dans les meilleures compagnies, et il se trouvôit, depuis huit ans,
lié avec le vicomte Du Barry. Ils étoient
aussi accompagnés de M. Toole, Irlandois
de nation, mais au service de France. A
leur arrivée à Bath, ils louèrent une belle
maison; madame Damer vint leur rendre
visite, et les présenta à ses amis. Ils tenoient
table ouverte; ils donnoient à jouer, faisoient grande dépense, et l'on disoit qu'ils
avoient de grandes ressources.

En effet, outre un crédit considérable
qu'avoit le Vicomte sur un banquier de Londres, il étoit heureux au jeu, sur-tout au
Pharaon, lequel, quoique défendu en Angleterre, se jouoit quelquefois chez lui.

J'étois alors à Bath ; je fus introduit chez
madame Du Barry, et je trouvai sa maison

si agréable, que je ne passois guère de jours sans y aller.

Un soir, que madame Du Barry avoit beaucoup de monde, je remarquai de l'inquiétude en elle, et je lui en demandai la raison ; elle se plaignit d'un mal de tête. Le Vicomte ne paroissoit point : je m'informai de ses nouvelles ; il étoit indisposé, disoit-on, et le comte de Rice lui tenoit compagnie. Elle sortit vingt fois de la chambre, sous prétexte de prendre l'air ; enfin elle ne parut plus, laissant mademoiselle de Tournon pour faire les honneurs de sa compagnie.

Le lendemain, à neuf heures du matin, l'on me dit que le vicomte Du Barry venoit de se battre avec le comte de Rice ; qu'il avoit été tué, et le Comte dangereusement blessé. La situation de la Vicomtesse se présenta tout-à-coup à mon esprit dans toute sa perplexité. Privée, dans un moment, de son mari et de ses amis (car M. Toole avoit été l'un des seconds), jeune, étrangère et sans expérience, sans la connoissance de la langue du pays, environnée de domestiques

étrangers, tout concouroit à augmenter sa
détresse. Je courus chez elle, pour lui offrir
mes services, et demandai à parler à son
valet-de-chambre. Sa maîtresse ne savoit
encore rien; les deux amis étoient sortis à
deux heures après minuit, malgré ses efforts et ses larmes. Sous prétexte de descendre avec elle dans la salle à manger, ils
gagnèrent précipitamment la rue : elle courut après eux, en les appelant à grands
cris; ils n'en alloient que plus vite, et l'obscurité de la nuit les déroba bientôt à sa vue.
Que l'on se représente cette charmante personne seule, à deux heures après minuit,
errante dans Bath, sans guide, et livrée à
son désespoir. Son valet-de-chambre, qui la
cherchoit, la trouva appuyée contre un mur,
presque évanouie, et la ramena au logis.

On avoit envoyé de tous côtés, sans pouvoir entendre parler du vicomte et du comte de Rice.

Les domestiques venoient d'apprendre le
bruit général du duel; mais on ne savoit
rien de certain. Je ne jugeai pas encore à
propos de demander à voir la Vicomtesse.

On disoit que le comte de Rice avoit été
transporté dans un hôtel garni ; j'y allai :
il fut bien aise de me voir. Il me raconta
le sujet de leur querelle. L'origine n'en
étoit pas importante ; mais la manière dont
il dit qu'elle avoit été amenée l'avoit rendu
telle. Il avoit voulu faire des représentations au Vicomte sur quelque imprécation
choquante, qui lui échappoit assez souvent. Celui-ci avoit mal pris la remontrance,
et dans la chaleur de la dispute, lui avoit
donné le démenti. Le Vicomte, très-vif,
ne pouvoit soutenir le sang-froid de son
ami, et s'en échauffoit davantage : enfin,
les choses en vinrent au point, que les deux
partis convinrent de se battre au pistolet
et à l'épée à toute outrance.

On prétend que ceci ne fut qu'un prétexte, et que M. Du Barry commençoit à
haïr le comte de Rice, qui en avoit même
témoigné de l'inquiétude à une Dame à
Bath. Mais j'ai lieu de croire que ce soup-
çon n'étoit point fondé. Il envoya chercher
pour seconds, M. Toole et un certain Ro-
gers, gentilhomme Irlandois ; et prenant
avec eux un chirurgien, ils sortirent tous

ensemble hors de la ville. Ils attendirent,
pendant quatre heures, la pointe du jour
dans un carrosse qu'ils avoient pris à Bath;
et, en attendant, on stipula les conditions
du combat. Le Vicomte, impatient de se
battre, sortit du carrosse à la pointe du
jour; et le champ ayant été marqué, il tira
le premier pistolet, blessa le comte de Rice
à la cuisse. Celui-ci tire le sien, qui ayant
blessé le Vicomte à la poitrine, et coupé
la grande artère, le fait tomber, perdant
tout son sang. Le comte de Rice s'avançoit
sur lui l'épée à la main, lorsque le Vicomte
se sentant affoibli, lui cria : Je vous demande la vie. Je vous la donne, répondit
son adversaire; mais en disant ces mots,
il le vit se rouler par terre, vomir le sang,
et expirer un moment après. Le comte de
Rice ne pouvant plus se soutenir, s'assit
par terre : le chirurgien pansa sa blessure :
la balle avoit percé le haut de la cuisse jusqu'à l'os; la blessure pouvoit être mortelle;
on le transporta avec peine à Bath.

Cependant, la Vicomtesse avoit envoyé
de tous côtés. Un bruit sourd de la mort
du Vicomte s'étoit répandu; mais ses domestiques n'osoient la lui annoncer. En

sortant de chez le comte de Rice, je trouvai son maître-d'hôtel qui me cherchoit.
Il venoit pour m'informer que sa maîtresse
étoit dans la plus vive inquiétude ; qu'elle
vouloit absolument sortir pour apprendre
des nouvelles de son mari, et qu'il ne savoit plus de quel prétexte se servir pour la
retenir. Je courus aussitôt chez madame
Macartney, l'une des Dames de Bath en qui
elle avoit le plus de confiance, et la priai
de se rendre, avec moi, chez la Vicomtesse.
Elle entra la première : elle lui dit, que je
lui apportois la nouvelle que son mari s'é-
toit battu avec le comte de Rice, et qu'il
avoit été mortellement blessé. J'entrai un
quart-d'heure après, et la trouvai dans une
affliction qui peut s'imaginer plus aisément
qu'elle ne peut se décrire. J'achevai d'y
mettre le comble, en lui apprenant la conclusion funeste du combat ; elle se livra aux
accès d'une douleur qui me parut profonde
et réelle, malgré les attentats cruels de la
calomnie la plus atroce, qui osa l'attaquer
dans une circonstance si digne de compassion.

On prétendoit que le comte de Rice avoit
excité la jalousie du Vicomte, et qu'elle

étoit la cause première de leur querelle.
Elle lui écrivit même ; mais, comme il étoit
hors d'état de répondre par écrit, je m'of-
fris de porter le billet, et d'en recevoir une
réponse verbale. Ne m'ayant pas mis au fait
du sujet de sa lettre, j'en prévins le comte
en la lui remettant, et je l'avertis de me
faire une réponse en termes généraux, qui
ne pussent être compris que de la Vicomtesse.

Il me chargea de lui dire, qu'il avoit déjà
donné ordre à ce qu'elle désiroit ; et me
pria de lui envoyer le valet-de-chambre de
la Vicomtesse, à qui il avoit quelque chose
à communiquer. Il lui écrivit, cependant, par ce valet-de-chambre ; et l'on s'é-
tonna d'un commerce de lettres établi aussi
promptement entre deux personnes qui devoient avoir si peu de communication ensemble.

Je passai toute la journée à consoler la
Vicomtesse. On envoya un exprès à Londres
à madame Damer, qui étoit partie de Bath
quinze jours auparavant, afin de la prier
de se rendre au plutôt auprès de son amie ;

et je m'occupai des préparatifs de son départ pour le moment où madame Damer
seroit arrivée. J'allois de tems en tems voir
le comte de Rice, pour tirer de lui des
éclaircissemens sur les affaires du Vicomte.
J'appris, de lui, que la lettre de la Vicomtesse et sa réponse n'avoient eu d'autre
objet que l'état de ses affaires. Le Vicomte
avoit pourvu à tout, et réglé ses comptes.
Il attendoit de son banquier une remise de
quatre cents louis; il en avoit approprié
l'usage pour le paiement de ses dettes; il
avoit tiré une lettre de deux cent cinquante
louis, qu'il avoit remise à son maître-d'hôtel; l'on disoit qu'il y avoit deux cents louis
dans son porte-feuille, et cent cinquante
louis dans sa bourse, dont son second,
M. Toole, s'étoit emparé avant de l'abandonner. Mais M. Toole ne se montroit
point; il craignoit les poursuites de la justice, si le procès-verbal, qui alloit se dres-
ser, n'étoit pas favorable au comte de Rice.
Il y avoit à craindre qu'il ne le fût pas; car
il paroissoit, par toutes les circonstances,
que les seconds étoient tombés d'accord,
qu'un des deux devoit rester sur la place.
Ils avoient marqué une espèce de vingt-

cinq pas, hors duquel ils ne pouvoient pas
sortir, et ils étoient convenus d'avancer
l'un sur l'autre comme il leur sembleroit
bon. Chacun avoit deux pistolets et son
épée : il étoit stipulé, de plus, que le vain-
queur pourroit, sans quartier, achever son
antagoniste, quand même il seroit tombé
par terre. Or, il étoit difficile, selon les
loix d'Angleterre, de faire passer cela pour
une rencontre.

Vingt-quatre heures après le départ du
courrier, madame Damer arriva à Bath :
je la prévins que le comte de Rice désiroit
la voir, et la conseillai de ne point se prêter
à une démarche qui pouvoit justifier les
soupçons injurieux du public sur la Vicomtesse.

Elle se contenta donc d'envoyer lui dire,
qu'à moins qu'il n'eût quelque chose à lui
communiquer, absolument essentiel aux
intérêts de la Vicomtesse, elle ne pouvoit
aller le voir ; et elle exigea qu'il donnât sa
parole d'honneur qu'il ne la feroit point
venir chez lui qu'à cette condition. Il répondit qu'il ne vouloit point compromet-

tre la Vicomtesse , et qu'il espéroit pouvoir
écrire dans peu. Tout étant arrangé , je
pressai madame Damer d'emmener la Vicomtesse , les assurant que je me charge-
rois de faire ensevelir le Vicomte , et mettre
ordre aux affaires. Elles partirent , suivies
de mademoiselle Tournon et de tout l'é-
quipage. Le lendemain , la justice se transporta au lieu du combat , et déclara , dans
le procès-verbal , la mort du Vicomte être
un homicide , occasionnée par une querelle
dans la chaleur du sang. Les conséquences
n'étoient plus à craindre pour le comte de
Rice , non plus que pour les seconds. Je
vis plusieurs fois le premier ; il me mit au
fait de tout ce qu'il importoit à la Vicomtesse de savoir. Je partis pour Londres ;
j'arrivai assez à tems pour l'en informer ,
avant son départ pour la France , où madame Damer la reconduisit.

Quelques jours après , je vis M. Toole ,
qui avoit remis à la Vicomtesse les porte-
feuille et la bourse de son mari , avant de
quitter Bath ; il m'instruisit de quelques particularités relatives à la querelle des deux
amis. Lorsqu'ils l'avoient envoyé chercher ,

les choses avoient été portées entr'eux à un point qui ne lui laissoit pas la possibilité de concilier leurs différens. Ils ne l'instruisirent cependant pas de la cause véritable de leur querelle ; mais il ne doutoit point qu'elle ne prît son origine dans la jalousie qu'avoit conçue le Vicomte contre son ami, quoiqu'il fût fort éloigné d'imputer à la Vicomtesse d'y avoir donné le moindre sujet. Depuis ce tems-là j'ai eu plusieurs fois occasion d'entrer en conversation avec le comte de Rice, sur le sujet de cette malheureuse aventure. Il m'assura que la véritable raison de leur querelle avoit été la découverte, qu'il avoit fait le matin, d'un dessein de l'empoisonner, formé par le Vicomte. Je lui représentai sur cela, qu'il feroit mieux de taire cette raison; car, dans l'impossibilité où il étoit de fournir les preuves d'un tel attentat, il y avoit à craindre que l'accusation ne fût taxée de calomnie contre un homme qui ne pouvoit se défendre.

CHAPITRE XVII.

Duchillou se dégoûte du commerce des Grands. — Raisons qui l'en détachent.

JE dois dire, à l'honneur des Anglois, que leur humanité, dans ces occasions, surpasse celle de toutes les autres nations. Un nombre considérable de Seigneurs et Dames, qui connoissoient à peine madame Du Barry, vinrent lui offrir leurs services, et, ce qui n'est jamais équivoque, leur bourse. Deux ou trois, qui étoient alors à Londres, apprenant sa fâcheuse situation, accoururent à son secours, entr'autres le général Smith, de qui elle accepta quatre cents louis pour régler ses affaires à Bath, qu'elle lui remit bientôt après.

Nous retournâmes à Londres, le duc de Northumberland et moi ; j'y repris mon ancien train de vie : je partageai mon tems entre mes études et quelques amis particuliers, parmi lesquels étoit une Dame dont je n'ai pas encore parlé, quoique, de tous les amis que j'aie eus, c'est elle de qui j'ai

reçu les preuves les plus constantes d'amitié, pendant environ vingt-cinq ans que j'ai
été lié avec elle. M^c. Titchborne, dont je
parle ici, étoit intime amie de la duchesse
de Northumberland; elle étoit à peu près
de même âge, et, dès la plus tendre jeunesse, avoit été élevée avec elle. Je fus
bientôt frappé de la tournure agréable de
son esprit, ce qui prévient le plus souvent,
et fait aller vite en amitié; je fus reconnoissant de son attention pour un nouveau-
venu dans une grande famille, dont je
cherchois à gagner la faveur. Madame
Titchborne, s'apercevant que je désirois
m'attacher à elle, m'encouragea avec bonté.
Elle saisissoit toutes les occasions de me
faire valoir, et ne contribua pas peu à
me mettre bien dans l'esprit du Duc
et de la Duchesse. Lorsque je voyageai
avec lord Algernon Percy, nous établîmes
un commerce de lettres qu'elle entretint,
pendant tous mes voyages, avec une exactitude constante, qui faisoit l'un des plus
grands agrémens de ma vie; car, outre
qu'il me fut de la plus grande utilité, personne n'a écrit, en anglois, mieux qu'elle
dans le genre épistolaire. Ses lettres étoient,

comme sa conversation, naturelles, vives,
gaies, pleines de raison, d'esprit et d'intérêt. Lorsque la conformité de nos goûts et
de nos liaisons vint à cimenter davantage
notre amitié, ses attentions pour moi alloient toujours au-devant de mes désirs.
Nullement exigeante, elle se croyoit obligée à tout ; compatissante pour ses amis,
jusqu'à s'oublier elle-même, se conformant
à leurs désirs, se revêtissant de leurs incli-
nations, épousant leurs querelles, elle est,
et sera toujours, à mes yeux, le modèle le
plus accompli que j'aie connu d'une amitié
véritable, éclairée, cordiale et sûre. C'est
à elle que je dois l'idée d'avoir mis ces Mémoires par écrit.

Madame Titchborne connoissoit bien la
façon de penser du duc de Northumberland. Elle m'en avoit souvent parlé ; mais
j'étois tellement prévenu en sa faveur,
que je n'écoutois point les conseils qu'elle
me donnoit, de me livrer moins à lui.
Néanmoins je fus frappé de la réflexion
qu'elle présenta à mon esprit sur l'idée qu'il
avoit de ne rien faire pour ceux qu'il aimoit, afin de les retenir auprès de lui. Quel-

ques événemens, que j'omets ici, vinrent
à l'appui de cette observation, et achevè-
rent de m'ouvrir les yeux.

Quoique mon procédé envers M. de Mackenzie, que le Duc n'ignoroit pas, eût pu
m'exempter de l'application d'un telle précaution, cependant, j'étois si bien dans le
cas d'en éprouver l'effet, que je fus convaincu de la vérité de cette observation.
J'étois disposé à penser favorablement du
duc de Northumberland ; peu s'en fallut
que je ne lui susse gré de sa partialité pour
moi, quoiqu'au préjudice de mes intérêts.
Mais une réflexion plus naturelle prit la
place de cet excès de bonhomie : je fus tout
honteux de la simplicité de mon caractère,
de l'ignorance où j'avois été jusqu'alors de
la connoissance des Grands, avec qui j'avois
cependant passé la meilleure partie de ma
vie. Je rougis d'avoir perdu tant de tems
à être la dupe de celui sur lequel j'avois le
plus de droit de compter; et pour satisfaire
à la modération de mon humeur, qui ne
me permettoit pas de paroître rompre avec
le Duc, je prétextai un voyage en Italie
pour m'éloigner de lui, et je munis mon

porte-feuille de la satyre de Régnier sur les Grands, afin d'avoir toujours avec moi cet excellent préservatif contre les attraits de leur commerce.

SATYRE DE RÉGNIER DESMARETS,

Mort en 1713 à 81 ans.

LES GRANDS SEIGNEURS.

Il faut toujours aux grands Seigneurs
Rendre toutes sortes d'honneurs;
Les aimer, c'est une autre affaire.
Qui ne les connoit qu'à demi,
S'honore d'être leur ami ;
Qui les connoit bien, ne l'est guère.
Ils sont d'un commerce très-doux,
Tant qu'ils ont affaire de vous :
Hors de là, c'est tout le contraire ;
Comme si tout leur étoit dû,
Chez eux d'un service rendu,
L'ingratitude est le salaire.
Il ne leur faut pour serviteurs
Que de fades adulateurs;
La vérité leur est amère.
Approchez d'eux comme du feu;
Les bien connoitre et les voir peu,
C'est le mieux que vous puissiez faire.
Au-dehors ils semblent heureux,
Et tout semble être fait pour eux ;
Au-dedans ce n'est que misère.

Chaque passion, tour-à-tour,
Comme une espèce de vautour,
Les déchire et les désespère.
D'une sotte gloire bouffis,
Des Dieux ils s'estiment les fils ;
Sosie est peut-être leur père ;
Leur mère en sait la vérité.
Quoi qu'il en soit, la vanité
Fait presque tout leur caractère.
Ce sont des ballons que le sort
Pousse en l'air, ou plus ou moins fort,
Et dont il joue à sa manière ;
Des globes de savon et d'eau,
Que forme au bout d'un chalumeau
D'un enfant l'haleine légère :
Chaque globe est plus ou moins grand ;
Mais tous ne sont pleins que de vent.
Telle est des Grands la troupe entière.
Dès l'enfance, à l'erreur livrés,
Et de la vérité sevrés,
Ils se repaissent de chimère.
A peine ont-ils le sens commun :
J'en excepte pourtant quelqu'un,
Que j'estime et que je révère :
Le reste n'est bon qu'à noyer ;
Aussi j'opine à l'envoyer
Par le plus court à la rivière.

————

Dulcis inexpertis cultura potentis amici,
Expertus metuit.......

HORATIUS, Lib. I. Epist. v. 86.

FIN DE LA QUATRIÈME PARTIE.

MÉMOIRES
D'UN VOYAGEUR
QUI SE REPOSE.

CINQUIÈME PARTIE.

CHAPITRE I.

*Inconstance et foiblesse de Duchillou. —
Il s'embarque de nouveau sur la mer
orageuse du grand monde. — Aventure
de Charlton.*

JE m'étois retiré à la campagne, où, livré
à l'étude, je goûtois dans la conversation
des grands hommes de l'antiquité la satisfaction que j'avois en vain cherchée dans
le commerce des grands du siècle, lorsque
je lus dans la gazette de Londres que milord
Mountstuart avoit été nommé Envoyé extraordinaire du roi de la Grande-Bretagne
à la cour de Turin.

Ce jeune Seigneur étoit fils aîné de lord
Bute ; je l'avois connu à la cour de Turin,

lorsqu'il étoit venu en Italie. Depuis son
retour en Angleterre, je le voyois rarement, et seulement lorsque je le rencon-
trois à la campagne chez son père. J'avois
pour lui cette affection que je devois au fils
de lord Bute et à son extérieur aimable ; il
avoit toujours eu pour moi les attentions
qu'il ne pouvoit refuser à un homme qu'il
voyoit souvent chez son père.

Je ne savois si je devois lui écrire pour le
féliciter sur le choix que le Roi avoit fait
de lui pour son Ministre, lorsque je reçus
la visite de mon ami Langlois, qui venoit
chasser dans les lieux que j'habitois. Je lui
communiquai mon idée, et il me pressa de
la suivre, ajoutant pour m'y résoudre que
sans doute lord Mountstuart m'engageroit
à aller avec lui à Turin, devant être bien
aise d'avoir un ami qui connoissoit cette
Cour aussi bien que moi. Il me représenta,
qu'outre l'occasion que cela pouvoit me
fournir d'améliorer ma fortune en me rendant utile, j'aurois le plaisir de revoir encore une fois l'Italie que j'aimois tant; que
le rôle d'ami, que je jouerois avec un grand
Seigneur tel que lord Mountstuart, ne pou-

voit qu'être une situation agréable pendant
qu'elle dureroit ; et que ne me liant point
avec lui par aucun engagement, je serois
toujours le maître de la quitter, quand elle
ne me conviendroit plus. Je me laissai persuader par ces raisons ; j'écrivis à milord,
et la réponse fut telle que mon ami l'avoit
prévue.

Milord Mountstuart, en me remerciant
de mon compliment, m'invitoit de la manière la plus pressante à l'accompagner à
Turin pour l'initier dans les affaires. Il me
prioit de remplir auprès de lui les fonctions
d'ami, et il m'assuroit que je trouverois en
lui tous les soins et toute la reconnoissance
que mériteroit un tel sacrifice de ma part.
Mon ami m'avoit quitté quand je reçus
cette réponse : j'avois fait de sérieuses réflexions sur le nouvel engagement que j'allois prendre, et je résolus de m'excuser.
J'écrivis à Milord que ma santé et le dérangement de mes affaires me privoient du
plaisir d'accepter sa proposition, mais que
je partois pour Londres, afin de le voir
avant son départ, et lui donner toutes les
informations possibles, pour lui faciliter la

carrière qu'il alloit parcourir. En effet,
quoique je fusse à trois cents milles de la
capitale, je me mis en route pour lui donner cette preuve de mon zèle.

Avant que de quitter la province de Northumberland, je voulus passer à Alnwick
pour donner ordre à quelques affaires.
Chemin faisant je rencontrai un certain
Charlton, intendant des biens du duc de
Northumberland, qui retournoit en cette
ville, où il avoit sa maison. Il étoit minuit
quand nous arrivâmes. Charlton court chez
lui ; tout le monde étoit couché ; il frappa
long-tems avant d'être entendu. Enfin, une
servante ouvre la fenêtre et demande, Qui
est là ? C'est moi, dit Charlton. Et qui êtes-
vous ? dit-elle. — Comment, tu ne me connois pas ? Non, vraiment. — Tu ne connois pas ton maître ? Bon, mon maître,
dit la servante, il y a deux heures qu'il
est couché avec ma maîtresse. — Comment
diable ! s'écria Charlton, il y a quelqu'un
couché avec ma femme ? Allons, allons,
mon ami, passez votre chemin, dit la servante ; vous êtes ivre, je crois ; et elle se
retira en fermant la fenêtre, sans vouloir

répondre davantage. Charlton frappe de nouveau, mais en vain ; ce ne fut qu'un bon quart-d'heure après, qu'il s'aperçut enfin qu'il frappoit à la porte de son voisin.

Aussitôt que je fus à Londres, lord Mountstuart me fit presser par un ami commun de l'accompagner à Turin. Lord Bute vint lui-même en ville pour me persuader, et je ne pus résister aux instances d'un homme à qui j'étois si entièrement dévoué. Un dernier obstacle, le renouvellement de ma garde-robe, fut bientôt levé ; et deux cents louis, que je reçus pour cet effet, m'aidèrent à la remonter. Lord Mountstuart dès-lors me mit au fait de l'état de ses affaires, de ses projets, de ses idées. Il avoit, disoit-il, dix mille louis par an à dépenser ; il vouloit monter sa maison sur le meilleur pied ; il ne comptoit pas rester long-tems à Turin : la perspective d'une paix prochaine lui laissoit entrevoir un poste plus distingué ; on lui faisoit espérer l'ambassade de Paris, ou celle de Madrid, et c'étoit dans cette seule vue qu'il vouloit bien en attendant se charger d'une commission moins brillante.

CHAPITRE II.

Anecdote sur lord Bute et lord Chatham.

Étant allé passer quinze jours avec milord Bute à sa campagne, quelque tems
avant la nomination de son fils, j'eus occasion d'être instruit à fond de toutes les circonstances d'une affaire sur laquelle on
forma des jugemens très-différens en Angleterre, ce qui m'engagea à écrire alors
ce qui pouvoit servir à éclaircir une matière
qui partageoit si singulièrement les avis.

Au mois de Janvier 1778 le docteur Addington, grand admirateur de lord Chatham, et qui le voyoit souvent, étant appelé
pour visiter le chevalier Wright qui étoit
malade, et sachant qu'il étoit lié avec lord
Bute, prit occasion de lui parler de l'estime
particulière que lord Chatham faisoit du
caractère de lord Bute; et la conversation,
entr'eux, tombant souvent sur les affaires
du tems, le médecin et le malade regret-
toient toujours que leurs patrons ne pussent pas se réunir pour relever la nation

chancelante. Le docteur Addington fut le premier à en parler à lord Chatham, qui réitéra les expressions du cas particulier qu'il faisoit de lord Bute, et du désir qu'il avoit de travailler à sauver la nation du danger éminent où elle se trouvoit. Le docteur Addington ayant rapporté ce discours au chevalier Wright, et le Chevalier à milord Bute, ce Seigneur répondit que lord Chatham le trouveroit toujours disposé à concourir avec lui dans les efforts qu'il pourroit faire pour servir le Roi et la nation, et que s'il avoit quelque liaison avec lord North, il lui conseilleroit d'engager Sa Majesté à se servir de lord Chatham et à lui donner part à sa confiance. Lord Chatham entendit par l'expression de *concourir avec lui,* que lord Bute avoit conservé une partie de son influence auprès du Roi ; il s'empressa à lui faire dire, qu'il étoit nécessaire de former promptement une nouvelle administration, pour apaiser les Américains, ainsi que la nation Britannique : il ne parloit de rien moins que d'un changement total de ministère. Le docteur Addington avoit de plus persuadé à milord Chatham de proposer à milord Bute de

s'aboucher avec lui pour prendre des mesures ensemble, et il fut le messager de
cette proposition par le canal du chevalier
Wright. Milord Bute, très-surpris que les
choses eussent été portées si loin, et qu'on
eût si mal entendu les termes généraux dont
il s'étoit servi en parlant de la situation fâcheuse des affaires, s'empressa de dicter au
Chevalier une lettre ostensible pour lord
Chatham, dont la substance étoit : Qu'il
avoit entièrement perdu de vue les affaires
publiques, qu'il avoit renoncé pour toujours à y prendre part : il ajoutoit, qu'il
s'étoit écoulé plusieurs années depuis qu'il
n'avoit vu le Roi ; que par conséquent il ne
pouvoit être d'aucune utilité à milord Chatham, dans les vues qu'il se proposoit, et
il concluoit par refuser l'entrevue avec ce
Seigneur.

On prétendit trouver de la contradiction
entre cette lettre et le premier message de
lord Bute à lord Chatham ; les amis de celui-ci répandirent le bruit que lord Bute
avoit accepté avec empressement l'offre de
lord Chatham de l'aider à renverser le
ministère ; mais qu'aussitôt qu'il avoit com-

pris que ce Lord n'avoit pas dessein de l'admettre dans la nouvelle administration, il avoit renoncé à concourir avec lui, et avoit trouvé, dès-lors seulement, qu'il ne pouvoit lui être d'aucun secours. Mais des gens plus pénétrans ne virent en tout ceci qu'un très-grand empressement, dans les deux subalternes, de voir leurs patrons en place, à quoi lord Chatham se prêta un peu trop facilement, ce qui ne lui permit pas de s'apercevoir du peu de convenance du canal dont il se servoit pour obtenir le concours de lord Bute. Celui-ci, n'ayant jamais eu dessein de rentrer dans le ministère, repoussa promptement les idées de lord Chatham, aussitôt qu'il vit le rôle qu'on vouloit lui faire jouer.

Différens bruits s'étant ensuite répandus à ce sujet, peu après la mort de lord Chatham, il y eut plusieurs éclaircissemens entre les amis des deux partis. Lord North en parla à lord Mountstuart; ce qui donna lieu à une lettre publique, que milord Bute fit écrire par son fils, dans laquelle, entre autres choses, il déclaroit solemnellement que, depuis que le feu duc de Cumberland

avoit été appelé pour former une nouvelle
administration en 1766 , il n'avoit pas vu
une seule fois le Roi , excepté au cercle ,
ou à son lever ; qu'il ne s'étoit jamais mêlé
des affaires publiques, n'avoit jamais donné
de conseil aux Ministres ; que , même avec
la princesse de Galles , il n'avoit jamais
cherché à procurer des emplois ou des charges , dès le moment où il s'étoit réduit à
une vie retirée.

CHAPITRE III.

Départ de Londres pour Turin avec lord
et lady Mountstuart. — Caractère de
ces deux Époux.

IL ne sera pas mal à propos de faire faire
au lecteur la connoissance de mes nou-
veaux amis. Lord Mountstuart avoit environ
trente-cinq ans : il étoit de la plus belle
figure ; il avoit l'air noble et fier, les manières douces et simples, et l'extérieur très-
aimable. Il étoit magnifique dans sa parure,
dans ses équipages et dans ses livrées ; il
aimoit le faste, et ne s'amusoit pas à calcu-
ler ce qu'il lui en coûteroit pour le con-
tenter. Sa grande naissance (car il étoit de
la maison de Stuart, dont il portoit le nom)
lui inspiroit le sentiment qu'il n'étoit infé-
rieur à personne. Son rang de Pair de la
Grande-Bretagne ne lui permettoit pas d'admettre volontiers des distinctions, réglées
par l'usage, dans les Cours et dans la société : il étoit facile avec ceux qui ne paroissoient pas avoir dessein de lui contester
aucun de ces avantages ; il étoit de plus

II.   M

capable d'amitié, prêt à tout entreprendre pour obliger et servir ceux qu'il aimoit.

Milady étoit extrêmement attachée à son mari, à qui elle avoit apporté de grands biens, et dont elle avoit eu dix enfans : les trois aînés venoient à Turin, avec eux; un fils de douze ans très-aimable, et deux jeunes demoiselles de dix à onze ans.

Le train de lord Mountstuart étoit tel qu'on peut se l'imaginer, d'après l'idée que j'ai donnée de lui. Il emmenoit un secré-taire que je lui avois recommandé, un mé-decin, un gouverneur de son fils, cinq femmes pour Milady, des valets-de-cham-bre friseurs, un intendant, etc. etc.

Je ne dois pas oublier ici qu'il avoit en-gagé un de ses frères à venir avec lui. M. Guillaume Stuart étoit un jeune homme de vingt-cinq ans, qui s'étoit toujours fort appliqué à étudier et à réfléchir. Il avoit des connoissances très-étendues, une érudition perfectionnée, beaucoup de goût, un juge-ment solide et sûr, une tranquillité d'âme sans égale, et un détachement du monde sans exemple pour un jeune homme de son âge. Il étoit sérieux, doux, vrai, ferme, attaché à ses devoirs ; enfin, d'une constance dans ses desseins et dans sa conduite, qui, avec l'aide de ses talens, l'eussent porté aux plus grands honneurs civils dans sa patrie ; mais il embrassa l'état ecclésiastique (1) qu'il trouva plus conforme à la vie tranquille et studieuse qu'il vouloit mener.

Nous partîmes pour Douvres, où nous trouvâmes un convoi de trois vaisseaux de guerre pour nous escorter à Ostende. Milady étoit enceinte de six mois ; cette situation et ses craintes de se blesser exigeoient la plus grande attention pour elle : c'étoit par-là que je valois quelque chose. Je me chargeai de tout ; je la priai de se reposer sur moi du succès de son voyage, et j'acquis si bien sa confiance, par mes soins et mon zèle pour elle, qu'il n'y avoit plus moyen de se passer de moi. On n'entreprenoit rien, on ne faisoit rien, que je n'eusse été consulté, et que je n'eusse donné mon appro-

_____

(1) En 1798 il étoit Evêque de S. David, et en 1800 primat d'Irlande.

bation ; j'étois le chef de l'expédition ,
l'oracle de la partie , un homme unique :
on me devoit tout le bien - être dont on
jouissoit. Quel bonheur d'avoir un tel ami !
qu'auroit-on fait sans moi ?

Arrivés à Arras, le fils de Milord fut attaqué d'une maladie assez sérieuse : il fallut
nous arrêter ; notre médecin commença les
fonctions de son emploi , et la maladie devant avoir son cours avant que d'en venir à
une crise, elle augmenta pendant deux ou
trois jours, ce qui alarma la mère à un point
qui nous jeta dans la plus grande confusion.
Elle examina les ordonnances, se fit rendre raison de la vertu, des effets des remèdes ; elle trouva que le médecin étoit un
ignorant, qu'il falloit le renvoyer en Angleterre. Je fus chargé de son renvoi, et
comme on lui avoit fait perdre un bon établissement en Ecosse , il fallut lui accorder
une pension de cent louis , jusqu'à ce que
l'on eût pu lui procurer un équivalent.

Il fut question de chercher un autre médecin , et la difficulté étoit de trouver le
meilleur. Si nous eussions été dans la ca-

pitale, on eût demandé le médecin du Roi, rien n'étoit plus naturel. A ce défaut je m'avisai d'un moyen, qui ne pouvoit que réussir. Je courus les magasins, les boutiques; je demandai à tous quel étoit le meilleur médecin; chacun naturellement me nommoit le sien; je demandois quel étoit le plus habile après celui-là; tous me nommèrent le même : ce fut celui que j'envoyai chercher, et c'étoit en effet le meilleur médecin de la ville. En trois jours notre malade se porta mieux, et nous nous disposâmes à partir pour Paris.

CHAPITRE IV.

Singulière aventure d'un Fermier des environs d'Arras (1).

Pendant les huit jours que nous passâmes à Arras, je faisois seul de longues promenades hors des portes ; c'étoit dans le mois d'octobre. La nuit me surprit à quelque distance de la ville, et je m'égarai si bien, que tous les pas que je faisois à la hâte pour me rapprocher d'Arras, m'en éloignoient davantage : enfin, après une longue marche, je me trouvai, à huit heures du soir, près d'une ferme dans un lieu écarté. Excédé de fatigue, je frappai à la porte d'une basse-cour ; un homme d'environ quarante ans, une lampe à la main, vint m'ouvrir, accompagné de deux gros chiens, dont il avoit bien de la peine à apaiser les aboiemens. Son accueil affable, et plus poli que je ne me serois attendu d'un homme de campagne, m'enhardit à lui demander un

(1) Cette aventure est un ouvrage d'imagination fait pour amuser la princesse de Carignan, dans un tems où elle avoit du chagrin et ne vouloit lire que des choses tristes.

gîte pour cette nuit ; il consentit à me le
donner de la meilleure grâce du monde.
Je lui dis qui j'étois. La conversation se lia
avec assez d'intérêt, d'autant plus que le
langage de mon hôte, son style et ses manières m'étonnoient extrêmement. Je ne
pus réprimer la curiosité de le mieux connoître. Monsieur, lui dis-je, j'ai trop vu
le monde, pour ne pas m'apercevoir qu'il
y a quelque chose d'extraordinaire dans
la situation et l'habit où je vous vois ; per-
mettez à un étranger, qui a déjà tant de
raison à s'intéresser à vous, de souhaiter
de savoir quel est l'inconnu à qui il a l'obligation d'un traitement aussi favorable que
celui dont vous me comblez. Ne craignez
point de vous ouvrir à moi ; quand même
ma qualité d'étranger ne vous mettroit pas
à couvert de toute crainte de vous exposer,
la réception que vous me faites doit vous
assurer non-seulement de ma discrétion,
mais de mon zèle à vous servir dans tout ce
qui dépendra de moi.

Mon hôte, sans hésiter, me répondit :
Monsieur, je n'ai jamais cru les hommes
méchans ; plût au ciel que j'eusse été d'un

naturel plus méfiant ! je me serois épargné
bien des malheurs. Mais quand j'aurois la
plus mauvaise opinion d'eux, la relation
que le hasard a établie entre vous et moi
en si peu de tems, est telle, qu'elle ne me
laisse pas le moindre doute qu'il y ait du
danger à satisfaire votre curiosité. Je suis
fâché seulement de n'avoir à vous entretenir que d'un tissu d'infortunes, plus propres
à vous attrister qu'à vous faire passer la soirée aussi agréablement que je l'aurois voulu;
mais je cède à votre désir, et à la manière
honnête dont vous me le témoignez. Le
tems nécessaire pour apprêter à souper,
suffira pour vous raconter mon histoire. Je
ne manquai pas de lui témoigner combien
j'étois sensible à un discours aussi obligeant;
il me répliqua par une inclination de corps,
et ayant vu que je prêtois silence, il commença en ces termes :

J'avois perdu le même jour ma fortune,
ma maîtresse et mon ami ; j'étois au milieu
de la nuit dans le bois de Vincennes, déses-
péré et prêt à aller me jeter dans la Seine,
lorsque je fus arrêté et conduit dans une
prison obscure. Jugez si j'avois raison d'être
au désespoir.

J'étois jeune et riche ; j'aimois une jeune veuve, et j'étois sur le point de l'épouser. Nous nous aimions dès notre enfance ; mais son père, ennemi de ma famille, n'avoit jamais voulu consentir à notre union, et l'avoit mariée à un vieillard, dont elle étoit veuve depuis six mois. Elle étoit déjà à Vincennes, avec un de ses parens nommé St.-Hilaire, mon intime ami ; et nos nôces devoient se faire dans une maison que j'y avois, lorsqu'un revers cruel et imprévu vint déranger tous nos projets de bonheur.

Je jouissois de cinquante mille livres de rente, placées d'une manière fort commode pour moi, mais peu solide ; je n'entendois point les affaires, et m'inquiétois fort peu de l'avenir, content de vivre tranquille dans une jolie situation près de Vincennes, où St.-Hilaire passoit la plus grande partie du tems avec moi. Il étoit dans l'armée, dépourvu de biens ; mais ma bourse lui étoit ouverte ; il y puisoit quand il vouloit ; et l'empressement que je montrois à prévenir ses désirs, ne lui laissoit pas même douter qu'il ne fût le maître de mon bien : enfin, j'avois l'air d'être plutôt son intendant que son créancier. La veille du jour de nôtre mariage, je reçois avis de Paris qu'un banquier, sur qui je me reposois de la régie de mes revenus, avoit manqué ; que, par l'examen de ses papiers, on trouvoit qu'il avoit fait servir long-tems mon bien au soutien de sa fortune, qui étoit abîmée avec la mienne. J'avois même signé des papiers pour lui, qui me rendoient caution de ses dettes ; et l'on alloit envoyer à Vincennes faire une saisie chez moi, comme on l'avoit déjà faite dans ma maison de Paris. Nous fûmes frappés, comme d'un coup de foudre, à cette funeste nouvelle.

Il falloit cependant prendre un parti : nous résolûmes que madame de Rouvière (c'étoit le nom de mon amie) et St.-Hilaire se rendroient sur-le-champ à Paris, et se chargeroient d'une cassette contenant un très-bel assortiment de diamans, que je destinois à ma nouvelle épouse. J'y joignis quelques autres effets précieux, et je me proposois de vendre le tout secrètement, afin de me retirer avec madame de Rouvière dans le fond de la province, où elle vouloit bien partager la médiocrité de mon sort et

contribuer à l'adoucir. La nuit approchoit;
je les pressai de partir, après être convenus du lieu de notre rendez-vous à Paris :
malheureusement mon carrosse étoit allé
en ville, pour amener le lendemain une
amie de madame de Rouvière; en sorte que
le tems pressant; il fut décidé qu'elle iroit
à pied avec St.-Hilaire jusqu'à la barrière,
où ils prendroient un fiacre. Je leur donnai
un domestique pour les accompagner, et
les assurai que je les suivrois dans quelques
heures.

Il étoit environ minuit, lorsqu'ayant
achevé de mettre de l'ordre dans mes affaires, je partis à pied, seul, pour traverser le
bois. La lune, quoiqu'obscurcie de quelques nuages, donnoit assez de clarté pour
me guider dans ma route, et j'étois déjà au
milieu du bois, plongé dans la triste rêverie
que produisoit en moi un changement aussi
inopiné dans ma situation, lorsque mes
oreilles furent frappées du son touchant
des plaintes d'une personne souffrante.
C'étoit une voix de femme, et quoiqu'il
pût y avoir du danger pour un homme
seul, à vouloir approfondir cette aventure,

mon âme étoit tellement absorbée par la
pensée de mon infortune, qu'elle n'étoit
pas susceptible de crainte, et la compassion
qu'excitèrent en moi les cris perçans que
j'entendois, me fit porter mes pas vers un
sentier détourné, d'où cette voix paroissoit
venir.

Que l'on s'imagine, s'il est possible, mon
étonnement et ma douleur, quand m'étant
approché d'une femme, que je vis étendue
par terre, je reconnus que c'étoit madame
de Rouvière, évanouie, baignée dans son
sang et presqu'expirante. Je me précipitai
sur elle, et je fis tous mes efforts pour étan-
cher le sang, qui couloit d'une profonde
blessure qu'elle avoit à la poitrine. Les ac-
cens douloureux que je poussai à cette vue,
la firent revenir à elle, et me reconnoissant
enfin, Est-ce vous, Sainval? me dit-elle,
d'une voix mourante : quelle consolation
pour moi, dans ce moment fatal, de pouvoir rendre les derniers soupirs dans vos
bras ! Rappelant ses forces, elle m'apprit
que le perfide St.-Hilaire, ayant éloigné,
sous quelque prétexte, le domestique qui
les accompagnoit, avoit essayé de la persua-

der de renoncer à moi, en lui représentant
la misère dans laquelle elle alloit tomber
avec un homme privé des moyens nécessaires pour la faire vivre dans un état convenable ; qu'ayant repoussé avec indignation
une proposition aussi révoltante, il avoit
paru craindre les suites de sa trahison, qu'il
prévoyoit bien ne pouvoir pas m'être long-
tems cachée ; levant alors le masque, il
avoit abusé de la nuit, pour oser attenter
à son honneur ; mais qu'ayant trouvé un
obstacle invincible, dans l'horreur avec laquelle elle s'opposoit à son attentat, il étoit
entré en fureur, l'avoit percée de son épée,
et s'étoit sauvé, emportant avec lui la cassette que je lui avois confiée. Madame de
Rouvière put à peine achever le récit de
cet horrible assassinat, elle expira dans mes
bras, en me recommandant de conserver le
souvenir de notre amour. Je m'abandonnai
alors au plus vif désespoir ; j'embrassai le
corps de ma malheureuse amante, je l'appe-
lois à grand cris, je voulois me tuer, mais je
n'avois point d'armes sur moi ; et je voulois
aller me précipiter dans la Seine, lorsque
des paysans, qui passoient près de là, accoururent au bruit de mes plaintes, et

voyant une personne morte, ils furent en
avertir la Justice du lieu le plus voisin. On
vint, et quoique la douleur profonde dont
j'étois pénétré eût dû me disculper de l'im-
putation d'un crime aussi atroce, on me
conduisit au Châtelet, où je fus jeté dans
un cachot affreux, comme un assassin.

Je fus examiné le lendemain. Le Juge,
plus clairvoyant, fut touché de l'état où il me
vit; mais il me fit entendre qu'il ne pouvoit
m'absoudre avant un examen circonstan-
cié des preuves. Sur les indices que j'avois
donnés, on avoit poursuivi le barbare St.-
Hilaire, et quelques jours après, on vint
me tirer de mon cachot pour me confronter
avec lui. Quoique dans les fers, aussitôt
que je le vis, je m'élançai sur lui avec une
fureur inconcevable à qui n'a pas été dans
la situation où je me trouvois; la force avec
laquelle je le fis, fut telle, que malgré les
gardes, qui entreprirent de se mettre au
devant de moi, je le renversai par terre,
et tombant sur lui, je cherchois à me saisir
de sa gorge avec mes dents, n'ayant pas mes
mains libres, et je l'aurois étranglé, si on
ne l'eût soustrait à ma rage. Il fut tellement

confondu par mon action et par les reproches terribles que je lui fis, qu'il ne lui fut
pas possible de cacher son trouble ; d'ailleurs quelques-uns de mes effets avoient
été trouvés sur lui, et ses habits étoient encore ensanglantés quand on l'avoit arrêté.
Aussi subit-il, bientôt après, la peine due
à son crime.

CHAPITRE V.

Suite du même sujet.

Ici Sainval s'arrêta , et reprit bientôt son récit de la manière suivante : Pour moi, je fus relâché ; mais je ne pus recouvrer ma cassette. Privé de tout, sans fortune, inconsolable de la perte de ma maîtresse, et me rappelant avec horreur que j'avois eu un ami ; dans cette situation accablante , je me ressouvins que j'étois connu du prieur des Chartreux de Paris : je fus le trouver , je lui racontai mes malheurs ; je le priai de me donner un asyle dans sa maison , et lui fis part du dessein que j'avois d'y passer le reste de mes jours. Les réflexions que j'avois eu le tems de faire dans ma prison, m'avoient convaincu que j'avois été contre l'ordre de la Providence , lorsque j'avois formé le dessein de quitter le poste où elle m'avoit placé ; et quoique le genre de vie que je voulois embrasser me parut une mort civile , je sentois trop que mes malheurs me rendoient incapable de rien entreprendre , et même de vivre plus long-tems dans la société. Je

fus donc admis à mon noviciat; et après le
tems prescrit, je fis les vœux d'usage, et
passai ainsi quelque tems, uniquement occupé de ma douleur, ne voyant qu'un nommé Dubois, vieux domestique et fermier de
mon père, qui m'avoit élevé, à qui j'avois
fait du bien, et qui venoit souvent à la
Chartreuse pleurer avec moi. Au bout de
deux ans je fus choisi pour succéder à un
religieux, qui venoit de mourir, dans la
fonction de porter tous les jours la pitance
à un autre religieux, enfermé depuis dix
ans dans un cachot du couvent. Il avoit eu
quelques différens avec le Prieur de la maison de ce tems-là, et rebuté de la vie qu'il
menoit, il avoit tenté de quitter l'Ordre, et
se sauver hors du royaume ; mais ayant été
reconnu et ramené au couvent, il avoit été
condamné à ce châtiment terrible, qu'il
souffroit depuis tant d'années.

Je reçus cette commission avec moins de
répugnance qu'on ne pourroit le supposer.
Je ne craignois pas la présence des malheureux; au contraire, je trouvois une sorte
de soulagement à pleurer avec eux; en par-
tageant leur douleur, il sembloit que je

sentisse moins la mienne. Eh! où aurois-je
pu trouver un objet plus digne de pitié que
l'infortuné dont je parle? Je le distinguai,
quoiqu'à peine, à la lueur d'une foible
lumière, la première fois que je fus lui porter une portion de pain, d'eau et de fro-
mage, qu'on lui renouveloit de trois jours
en trois jours. Il fut surpris de me voir; il
ignoroit encore que le religieux qui depuis
long-tems lui apportoit sa subsistance, fût
mort dans le court espace de tems qui s'é-
toit écoulé depuis sa dernière provision;
il m'en demanda des nouvelles : j'avois ordre de ne point répondre à ses questions,
mais je détestois l'inhumanité d'un tel ordre,
lequel, selon que je l'appris ensuite, avoit
été rigoureusement obéi par mon prédécesseur. Je fus court, il est vrai, parce que je
craignois d'être observé; mais il me fut aisé
d'apercevoir l'effet sensible que firent le
peu de paroles que je fis, sur l'esprit de ce
pauvre homme; je me retirai avec la douce
pensée d'avoir versé quelque consolation
dans le cœur d'un de mes semblables. Je
ne puis penser sans horreur à l'impression
que fit son aspect sur moi, la première fois
que j'entrai dans son cachot; il étoit debout,

enchaîné à la muraille par une chaîne qui lui laissoit à peine la liberté de faire quelques pas. Il attendoit, avec quelque impatience, sa portion ordinaire; la mort de son pourvoyeur ayant causé quelque dérangement dans la régularité avec laquelle il étoit accoutumé de la recevoir. Voyant un visage nouveau, il me fixa d'un œil égaré : je le regardai avec un air de curiosité, mêlé de compassion, qui ne lui échappa point. Il est impossible de décrire l'effet qu'avoient fait sur lui, dix ans du jeûne le plus austère et de manque de soins. Sa maigreur extrême, sa barbe longue et sale, sa voix rauque et presque éteinte, firent une profonde sensation sur mon esprit; je pris la résolution, dès-lors, d'employer tout ce qui dépendroit de moi, pour diminuer la rigueur extrême de son sort.

Il s'aperçut de ma sensibilité, et la mit à profit : il m'engagea un jour à lui fournir de quoi écrire un mot au Ministre, pour l'informer de la cruauté avec laquelle il étoit traité; je me prêtai à son désir : je fis plus, je chargeai Dubois de la lettre; elle fut rendue fidèlement, et produisit l'effet désiré.

On chargea deux exempts de police d'aller visiter le couvent des Chartreux, déguisés en étrangers; et quand ils seroient à un lieu indiqué, de produire un ordre du Roi d'ouvrir une petite porte qui étoit sous un escalier dérobé, et de tirer de là l'homme qu'ils y trouveroient enfermé. La chose fut exécutée avec exactitude; le pauvre Chartreux fut conduit hors du couvent, bien soigné pendant six mois, par ordre du Ministre, qui le fit relever de ses vœux à Rome, et lui donna un bénéfice parmi les chanoines réguliers de l'Ordre des Feuillans, où il passa heureusement le reste de ses jours.

Aussitôt que l'inconnu avoit commencé à faire mention du Chartreux renfermé, j'avois témoigné une surprise qu'il avoit remarquée : il s'interrompit pour m'en demander la raison; je lui racontai le trait que j'avois appris du duc de Choiseul, conforme à cette aventure, et rapporté à la quatrième Partie de ces Mémoires. Les circonstances se trouvèrent être les mêmes, et après quelques réflexions, analogues au sujet, il continua ainsi la suite de son histoire.

Cet événement m'avoit inspiré une aver-
sion extrême pour la maison où je me trouvois , et je croyois m'apercevoir d'ailleurs
qu'on me soupçonnoit d'avoir servi le prisonnier dans les informations données au
Gouvernement. Craignant donc que l'on
ne m'en punît , en me mettant à sa place ,
je confiai mes craintes au fidèle Dubois ; il
entra dans mes vues : Monsieur , me dit-il ,
ne restez pas plus long-tems ici ; venez ,
retirons-nous dans le petit bien que je tiens
de votre générosité ; vous êtes fait à présent à la fatigue ; nous le cultiverons ensemble ; vous serez libre du moins ; vous
vivrez seul autant qu'il vous plaira ; vous
aurez la satisfaction de penser que vous
n'êtes pas un être inutile sur la terre ; re-
posez-vous sur moi du soin de favoriser
votre fuite. En effet , quelques jours après,
Dubois trouva le moyen d'apporter dans ma
cellule un habit de paysan, que j'endossai;
et le soir je franchis les hautes murailles de
la maison , en attachant ensemble deux
échelles du jardin : je trouvai , au bas du
mur Dubois , qui m'attendoit dans un ca-
briolet, qu'il conduisoit lui-même , et le
même jour nous arrivâmes à sa maison, où

vivoient avec lui une sœur âgée , et sa fille
d'environ dix-sept ans , lesquelles régloient
son ménage pendant qu'il faisoit valoir sa
ferme.

J'avois bien sincèrement renoncé au
monde , ensorte que je me livrois entièrement à l'agriculture. Je trouvai, dans l'exercice du corps et dans la tranquillité de ce
nouveau genre de vie , le remède le plus
efficace à l'accablement de mon esprit, sans
perdre cependant le souvenir de mon amour.
La sœur de Dubois mourut , et lui-même
devint tellement infirme , que le soin de sa
ferme tomba entièrement sur moi. Accoutumé, comme je l'avois été dès ma plus tendre jeunesse, à aimer ce bon vieillard, j'eus
pour lui toutes les attentions du fils le plus
affectionné ; je goûtai la satisfaction de voir
que je récompensois le zèle de plusieurs années , en faisant le bonheur de ses derniers
jours. Une seule chose paroissoit l'inquiéter ; c'étoit la destinée de sa fille unique ,
qu'il alloit laisser isolée et sans appui , dans
un monde où l'innocence en a tant de besoin. Je pénétrai ses soucis pour elle , et
lisois dans son cœur les vœux qu'il formoit,
et que par respect il n'osoit me déclarer. Je

pris mon parti, et rompis le silence le premier : Mon cher Dubois, lui dis-je, un jour
qu'il me communiquoit ses inquiétudes sur
le sort de sa fille après sa mort, avez-vous
quelque mari en vue pour Babet ? Je n'en
ai qu'un, me dit-il, avec un regard mêlé
de crainte et de désir, mais que je souhaite
plutôt que je n'ose l'espérer; si je pouvois
la laisser entre ses mains, je mourrois content. L'amour ne parloit point à mon cœur
en faveur de sa fille, mais la reconnoissance
et la générosité ne me permirent pas de le
laisser plus long-tems dans l'incertitude. Je
vous entends, lui répondis-je en l'interrom-
pant; c'est moi qui serai votre gendre, si
vous le voulez, après avoir été si long-tems
votre fils, pourvu cependant que l'aimable
Babet y consente. Elle y consentira, reprit-il
avec vivacité; j'ai entrevu avec plaisir en
elle des sentimens pour vous, que votre
bonté développera encore mieux; permet-
tez-moi de vous les faire expliquer par elle-
même. Il appela aussitôt sa fille, qui reçut
la nouvelle qu'il lui donna de notre résolution en rougissant et avec une timidité qui
n'empêchoit pas sa joie de paroître; et notre
union suivit de près cet éclaircissement.

Je devins père de deux garçons et d'une fille ; et les intérêts de pere et d'époux , joints aux occupations de notre ferme, firent succéder de plus beaux jours aux tems orageux de ma jeunesse. Le souvenir de madame de Rouvière venoit souvent troubler le calme de ma vie ; mais sans manquer aux sentimens que j'avois eus pour elle, je parvins peu à peu à y penser avec moins de douleur. Je pouvois me rendre la justice de ne pas lui être infidèle. J'aimois Babet, comme un honnête homme doit aimer une femme vertueuse et tendre ; j'avois pour la mémoire de mon amante un sentiment vif et délicat, qui me faisoit oublier tout, excepté mes devoirs, pour me remplir de la pensée que j'avois tant aimée, qui fait encore les plus chères délices de mon cœur et de mon imagination.

CHAPITRE VI.

Suite du voyage. — Séjour à Paris. — Masque de Fer.

Mon hôte avoit à peine fini le récit de ses malheurs, que l'aimable Babet entra. Son mari nous présenta l'un à l'autre, et Babet me parut, par sa figure, ses manières et sa conversation, très-propre à faire le bonheur d'un honnête homme à la campagne. Bientôt on servit le souper ; après le repas, je fus conduit dans une chambre simple et propre, où je trouvai un lit qui ne le cédoit en rien à ceux de la ville. Je m'endormis en faisant des réflexions sur l'étrange enchaînement des aventures du malheureux inconnu. Le lendemain, à la pointe du jour, après les complimens ordinaires, un bon déjeûné, beaucoup de remercîmens et d'offres de service de ma part, qui n'ont abouti à rien, je pris congé de mes hôtes, et je me rendis à Arras, où je me gardai bien de dire ce qui m'étoit arrivé, pour ne pas donner lieu à mille questions importunes.

Nous arrivâmes à Paris , où milady
Mountstuart vouloit rester huit jours pour
se reposer , et voir les marchandes de mode.
Je l'accompagnai un jour chez la fameuse
demoiselle Bertin ; j'admirai en elle jusqu'où peut aller la mémoire et le jugement
d'une femme , quand il s'agit de parure.
Milady fut trois heures debout, à ordon-
ner au moins cinquante articles, pour elle
et pour ses filles. Comme elle savoit très-
peu le françois , elle fut obligée d'apprendre , en cette occasion , presque tous les
noms des ajustemens et des couleurs dont
elle avoit besoin ; pas un ne lui échappa,
elle revint trente fois sur plusieurs articles,
avec une précision qui me jetoit dans le
plus grand étonnement; elle n'oublia rien ,
elle donna ses ordres sur tous les points
avec une clarté , une justesse digne d'un
Général , et s'épuisa tellement à ce travail,
sans s'en apercevoir, que lorsqu'elle ren-
tra au logis elle se trouva mal et s'évanouit.

Je profitai du séjour que nous faisions à
Paris pour voir madame de Boufflers. Ma
première visite fut chez elle ; j'y trouvai
l'abbé de Bréteuil, oncle des Ambassadeurs.

de ce nom , et frère de la célèbre marquise
du Châtelet, l'amie et l'Uranie de Voltaire.
Quand il fut sorti , madame de Boufflers
me raconta un trait assez plaisant de lui sur
sa parenté. Il étoit un jour en compagnie
de quelques étrangers , lorsque le hasard
voulut qu'un d'eux parlât des ouvrages de
madame la marquise du Châtelet, dont il
étoit grand admirateur ; sur quoi quelqu'un
lui dit , qu'il voyoit dans l'abbé de Bréteuil
un frère de cette Dame. Comment, Monsieur , lui dit l'étranger tout surpris , vous
êtes le frère de madame la marquise du
Châtelet ! vous appartenez, Monsieur , à
cette femme si spirituelle , si digne de tout
éloge ! Oui , Monsieur, répondit l'abbé de
Bréteuil , *j'ai cet esprit-là.*

Je trouvai aussi un jour chez cette Dame
le baron de Bréteuil, qui revenoit alors de
Naples , et étoit nommé Ambassadeur à
Vienne ; c'étoit dans le tems des hautes
coiffures , et je lui entendis raconter , que
lorsqu'il étoit en route avec sa fille, madame de Matignon , raisonnant avec elle
sur l'excès des coiffures de ce tems-là, il
l'avoit fort exhortée à garder une juste

mesure , et que sa fille lui avoit promis de
se régler sur la duchesse de Fitzjames. Le
baron de Bréteuil , qui la croyoit un exemple à suivre , avoit fort approuvé cette idée.
Le moment après leur arrivée , la duchesse
de Fitzjames vint faire visite à madame de
Matignon avec une coiffure de deux pieds
de haut. M. de Bréteuil , alarmé du modèle
que s'étoit proposé sa fille , ne peut s'empêcher de faire part à madame de Fitzjames
de la frayeur que lui avoit causé sa présence ; le Roi en plaisanta le lendemain
avec le baron de Bréteuil , et comme la
Reine portoit cette mode aussi loin que
personne , Sa Majesté dit au Baron en souriant : Monsieur , les pères et les maris ne
doivent point se mêler de ces affaires - là.

Pendant le peu de tems que je fus à Paris ,
j'eus occasion d'acquérir quelques lumières
sur un sujet qui a occupé long-tems la curiosité des amateurs d'anecdotes ; c'est le
Masque de Fer. Je rapporterai ce que j'en
appris , qui m'a fourni une conjecture laquelle peut trouver place ici , sur-tout par
rapport au mot du Roi à M. le duc de Choiseul , lequel détruit toutes les suppositions
faites jusqu'ici sur ce sujet.

Vers l'année 1685 le duc de Mantoue, voulant s'opposer aux desseins de la France, envoya son ministre dans toutes les cours d'Italie, pour les engager à former une ligue contre leur ennemi commun : cet homme, qui étoit fort habile négociateur, réussit à persuader toutes les puissances d'Italie d'entrer dans les vues de son maître. Il ne restoit plus que le duc de Savoie, et il vint à Turin pour travailler à le détacher des intérêts de la France. Le cabinet de Versailles, instruit des menées de ce ministre, donna des instructions là-dessus au marquis d'Arcy, alors Ambassadeur de France à Turin. Celui-ci débuta par faire beaucoup de caresses et d'amitiés au ministre du duc de Mantoue ; il l'engagea dans plusieurs parties, entr'autres à une chasse, qui les mena du côté de Pignerol, ville appartenant alors à la France. Aussitôt qu'ils se trouvèrent sur les terres de France, des hommes apostés enlevèrent le ministre Mantouan, le conduisirent à Pignerol, et de là aux îles Ste.-Marguerite, où il resta sous la garde de M. St.-Marc et du major Rosarges jusqu'en 1690, qu'ils eurent ordre de l'amener à la Bastille. On ignora, pendant deux ans, le sort du ministre de Mantoue; lorsqu'en 1687 il parut dans l'Histoire abrégée de l'Europe (1), une lettre écrite de Turin, qui rendoit compte de la manière dont il avoit disparu. Mais, comme l'ambassadeur de France avoit si bien pris toutes ses précautions, qu'il étoit presque impossible de fournir des preuves de ce fait, on trouva prudent de le nier positivement, pour ne pas indisposer contre le cabinet de Versailles tous les Souverains, dont les prérogatives et la dignité étoient comme attaquées par une violation aussi manifeste du droit des gens.

Le 19 novembre 1703, le Masque de Fer mourut à la Bastille, et fut enterré le lendemain au cimetière de St.-Paul; c'est ce que l'on apprend par le journal de *Dujonca*, lieutenant de Roi de la Bastille. Il est bon de bien peser cette circonstance avec la suivante. On a trouvé sur le registre de la paroisse de St.-Paul que, le vingtième novembre 1703, on y avoit inhumé le nommé Marchiali, âgé de quarante-cinq ans ou environ, en présence du major Rosarges et

---

(1) Imprimée chez Claude Jordan à Leyde, tom. III, p. 33, art. *Mantoue*.

du chirurgien de la Bastille. Or, Rosarges
étoit le même qui avoit gardé le Masque de
Fer depuis qu'il avoit été conduit aux îles
Sainte-Marguerite. Le nom de Marchiali
étant italien, augmente la présomption (1);
et la comparaison du journal de *Dujonca*
avec le registre de la paroisse de la Bastille pe laisse aucun doute sur l'idée que
ce Marchiali ne fût le ministre du duc de
Mantoue, enlevé et gardé de manière à ce
qu'il ne pût jamais être connu. La cour de
France avoit trop d'intérêt à ensevelir dans
le plus profond silence un fait semblable,
pour ne pas y avoir apporté l'attention
décrite dans tous les récits relatifs au Masque de Fer; et afin d'anéantir d'un seul
mot tous les systèmes imaginés jusqu'ici
pour résoudre ce problème historique, je
dirai que M. le duc de Choiseul m'a raconté
plusieurs fois que Louis XV lui avoit dit
un jour qu'il étoit instruit de la vérité de
l'histoire du Masque de Fer. Le duc étoit
fort curieux de pénétrer ce mystère, et

_____

(1) Voyez Saint-Foix, *Essai sur Paris*, tom. VI édit. 1776.
Le nom du Secrétaire d'Etat du Duc de Mantoue en 1685 étoit le
Comte Girolamo Magni; mais, selon toute apparence, celui de
Marchiali étoit un nom supposé.

s'avança autant qu'il le pouvoit, jusqu'à
prier Sa Majesté de le lui dévoiler ; mais il
ne voulut jamais lui dire rien de plus, sinon que, de toutes les conjectures qu'on
avoit faites là-dessus, il n'y en avoit pas
une de vraie. Mais quelque tems après, madame de Pompadour ayant pressé le Roi sur
ce sujet, il lui dit que le Masque de Fer
étoit un ministre d'un prince d'Italie ; et
madame de Pompadour le dit à M. le duc
de Choiseul.

Pour fortifier cette conjecture, j'ajouterai que M. l'abbé Barthelemy m'a raconté
qu'étant lié avec le marquis de Castellane,
Gouverneur des îles Sainte-Marguerite, il
le pria de lui procurer ce que la tradition
pouvoit y avoir conservé du Masque de
Fer. Celui-ci lui donna à son retour un
mémoire, que j'ai vu, fait par un nommé
Claude Souchon, alors âgé de 79 ans, fils
de Jacques Souchon, cadet de la compagnie franche de Castellane, lequel avoit
été dans le secret de M. de St.-Marc relativement à ce sujet. Claude Souchon dit dans
ce mémoire avoir entendu raconter souvent
à son père et au sieur Favre, aumônier de

M. de St.-Marc, que le prisonnier gardé
avec tant de soins et de mystère aux îles
Sainte-Marguerite, et qu'il appelle le *Masque de Fer*, étoit un envoyé de l'Empire à
la cour de Turin. Il rapporte l'enlèvement
de ce Ministre avec presque toutes les circonstances que fait la lettre citée plus haut.
Ce bas-officier confondoit un envoyé du
du duc de Mantoue, prince de l'Empire,
avec un envoyé de l'Empire. Il ajoute que
le Ministre fut remis à M. de St.-Marc du
côté de Fenestrelles; que M. de St.-Marc
l'obligea, sous peine de mort, d'écrire à
son secrétaire à Turin de lui apporter ses
papiers. En effet, sur la foi de cette lettre,
le secrétaire arriva avec les papiers, qui
furent envoyés tout de suite à M. de Louvois. Souchon dit de plus, que le Masque
de Fer mourut neuf ans après aux îles
Sainte-Marguerite; ce qui dément plusieurs assertions de Voltaire, entr'autres
l'histoire de l'assiette et du pêcheur, et
que le Masque de Fer eût été conduit à la
Bastille par M. de St.-Marc. Or, si Voltaire
s'est si essentiellement trompé sur des circonstances qu'il assuroit tenir de si bonne
part, on peut bien révoquer en doute une

II.   o

grande partie de ce qu'il ajoute pour donner du merveilleux à cette célèbre anecdote.

Que l'on pèse bien les rapports de tous ces témoignages si éloignés les uns des autres en tems et lieux; la Lettre de Turin, le Mémoire de Souchon, l'aveu de Louis XV, tous authentiques, et s'accordant si bien ensemble; la conjecture que le Masque de Fer n'étoit autre que le premier ministre du duc de Mantoue, devient d'une évidence manifeste.

CHAPITRE VII.

Arrivée à Turin. — Début de lord Mount-stuart. — Princesse de Carignan.

Nous partîmes de Paris après avoir fait des emplettes pour environ quarante mille liv., en habits, meubles, nippes et bijoux.

Pour calmer les frayeurs de Milady, qui craignoit de se blesser sur la route, je fis venir, de Turin à Lyon, l'accoucheur de la reine de Sardaigne, à qui l'on donna cent louis pour son voyage. Il restoit une difficulté que l'on ne savoit trop comment lever ; c'étoit de traverser les Alpes sans aller en carrosse. Pour obvier à cet inconvénient, je fis faire à Lyon un lit en canapé, avec l'aide duquel on la fit transporter par des hommes jusqu'à Turin, sans aucun accident.

Après le premier début à la Cour, et avoir étalé la figure la plus agréable, soutenue par le goût le plus recherché, il fut question d'avoir un attachement selon les usages en

Italie. Cela n'étoit pas difficile à lord Mountstuart; sa personne, son rang, tout contribuoit à rendre le choix aisé pour lui; et les
jeunes Dames de la ville et de la cour mettoient en jeu tous les charmes dont elles
étoient pourvues par l'art et la nature, afin
de s'assurer une conquête aussi brillante;
mais la princesse de Carignan, de la maison
de Lorraine, mariée à un prince du sang
royal de Savoie, parut la seule digne de son
hommage.

Malheureusement pour Milord, les Ministres étrangers, depuis dix ans, ne fréquentoient plus la maison de Carignan, à
cause d'une nouvelle étiquette qui y avoit
été introduite; c'étoit son prédécesseur
même qui s'en étoit retiré le premier, et
avoit été suivi par les autres Ministres du
second ordre. Milord entreprit de lever cet
obstacle; il vouloit, premièrement, que le
prince de Carignan, en faveur de sa naissance et de sa qualité, lui accordât le fauteuil comme aux Ambassadeurs; mais cela
fut impossible: l'étiquette de la Cour ne
permettoit pas cette innovation. Consulté
là-dessus, mon avis fut que, puisque son

grand objet étoit d'aller chez la princesse
de Carignan, il ne devoit pas être arrêté par
des considérations de si peu d'importance ;
lui qui n'aspiroit qu'à la gloire d'être aux
pieds d'une aussi aimable Princesse, pou-
voit-il poliment hésiter sur la qualité de
siége qu'il auroit devant elle? Cela l'ébranla,
et le décida ; il fut présenté chez madame la
princesse de Carignan, et dès le soir même
il passa une heure dans sa loge à l'Opéra.
La retraite des Ministres étrangers ayant
fort déplu à la maison de Carignan, leur
retour (car ils suivirent lord Mountstuart)
lui fut très-agréable : le Prince et la Princesse, lui ayant cette obligation, lui firent
l'accueil le plus gracieux, et lui en témoi-
gnèrent leur satisfaction.

La princesse de Carignan avoit la taille
élégante, l'air noble, doux et fier, et la démarche aisée ; ses yeux étoient vifs et rians ;
elle avoit le nez bien fait, la bouche jolie,
le teint brun, mais uni et clair.

Pour ceux qui étoient en état de pouvoir
apprécier l'esprit et le caractère de la princesse de Carignan, il n'étoit pas possible de

trouver une personne plus aimable. Elle
avoit l'esprit éclairé, plein de grâces, vif,
juste et solide, prompt à concevoir tout ce
à quoi elle l'appliquoit ; son entretien étoit
gai ou sérieux, selon l'occasion, mais toujours agréable. Elle avoit l'âme bonne, gé-
néreuse, noble, élevée, le cœur très-sen-
sible à l'amitié ; peut-être aussi l'eût-il été
à l'amour, si l'extrême délicatesse de ses
sentimens ne lui eût rendu le choix d'un
objet trop difficile. Cette disposition, et
une certaine fierté de caractère, souvent
garde de la vertu de la plupart des femmes,
avoient toujours préservé le cœur de la princesse des dangers de cette passion ; mais si
elle ne se livroit pas à ses attaques, elle aimoit à en faire le sujet de la conversation,
et personne, mieux qu'elle, ne savoit ana-
lyser le sentiment.

La princesse de Carignan aimoit aussi à
proposer dans le discours des sujets à traiter, des questions à résoudre, et j'avois la
satisfaction de voir qu'elle préféroit mes so-
lutions à celles de tout autre. Ce fut pour
elle que j'écrivis l'histoire de miss Ray, afin
de lui prouver qu'il se passe souvent sous

nos yeux des événemens aussi tragiques qu'il s'en trouve dans les romans ; et je la produisis pour remplir le titre des funestes effets de l'amour qu'elle avoit désiré que je traitasse. Elle voulut ensuite que je lui peignisse les effets de la coquetterie. Je rassemblai tous les traits que j'avois remarqués dans plusieurs coquettes ; je pris pour le canevas de mon histoire une jolie femme de ce tems-là ; je brodai sur le canevas tous ces traits réunis , et déguisant les noms, j'en composai un badinage, mêlé de vérité, qui se trouvoit dans ces mémoires, mais que j'ai supprimé pour des raisons qu'il est inutile d'alléguer.

CHAPITRE VIII.

*Situation de Duchillou dans la maison
de lord Mountstuart.*

C'ÉTOIT à de semblables amusemens que
la princesse de Carignan aimoit à employer
les heures qu'elle donnoit à la société. Lord
Mountstuart étoit celui qui y brilloit le plus ;
sa belle figure, son air noble, aisé, ses manières affables, prévènoient extrêmement
en sa faveur : on se faisoit un plaisir de s'accommoder aux sujets qui lui plaisoient, et
dont il se tiroit le mieux.

J'omets ici plusieurs faits qui pourroient
amuser mes lecteurs, et que j'avois déjà
écrits, mais que j'ai retranchés ensuite.
Qu'il suffise de dire que mon zèle et mon
amitié pour lord Mountstuart ne lui furent
pas inutiles, et je dois lui rendre la justice
qu'il en convint.

Cependant, dans le tems que je rendois à
milord Mountstuart des services essentiels
je crus m'apercevoir que Milady et lui

n'avoient plus les mêmes égards pour moi.
Leur conversation devenoit froide et réser-
vée ; bientôt Milady en vint même à ne pas
m'adresser la parole, sans qu'il me fût possible d'en imaginer la cause. Milord aussi
étoit moins ouvert, et ne me communiquoit
plus ses dépêches. J'appris, d'un autre côté,
qu'on avoit tenté de lui insinuer que je passois à Turin pour faire les affaires du Roi à
cette Cour, et que j'avois été placé auprès de
lui à cet effet. Cela étoit faux, et il savoit
bien le contraire. Quoi qu'il en soit, il ne
me fut pas difficile de voir qu'il n'étoit plus
le même.

Sur ces entrefaites, le frère de lord Mountstuart, qui étoit allé faire un tour à Rome,
revint à Turin : je saisis cette occasion pour
le prier de faire expliquer Milord et Milady
sur leur conduite à mon égard , déclarant
que j'étois résolu de ne pas rester plus long-
tems chez eux. Milord lui dit qu'il n'avoit
rien à me reprocher; qu'au contraire, je
m'étois conduit avec la plus grande attention envers sa femme : il ajouta qu'il seroit
fâché que je le quittasse, et qu'il le prioit
de m'engager à n'en rien faire. M. Stuart

parla à Milady ; il lui fit sentir le tort qu'elle faisoit à son mari, en mettant le seul ami qu'il eût à Turin dans la nécessité de l'abandonner. Elle promit d'en agir autrement, et tint parole. Je demandai ensuite à M. Stuart quels étoient les griefs que Milady pouvoit avoir contre moi : il ne me répondit autre chose, sinon que cela étoit si frivole qu'il ne pouvoit pas en faire mention ; il ne put jamais prendre sur lui de me le dire ; si bien, qu'au moment où j'écris, je suis absolument dans l'ignorance là-dessus, et je n'ai jamais pu imaginer le motif d'un procédé aussi extraordinaire.

M. Stuart partit pour Londres. Après son départ, Milady redevint pour moi ce qu'elle avoit été. Alors, fatigué de l'incertitude de ma situation, je me servis du prétexte de ma santé, et je parlai d'aller prendre les eaux d'Amphion, près de Genève. Mais, dans le tems que je me préparois à partir, Milord reçut un courrier de sa Cour, qui l'obligeoit d'aller à Londres. Cela étoit difficile à mettre en exécution ; son secrétaire n'étoit pas en état de prendre le soin des affaires, et il n'y avoit alors à Turin que

moi, sur qui l'on pût s'en reposer. Il me
dit que le Roi, en lui accordant la permission d'aller en Angleterre pour régler ses
intérêts, lui donnoit ordre de me remettre
entre les mains le soin de ses affaires. Il me
demanda si je voudrois bien avoir cette complaisance. Quelque peu de raison que j'eusse
d'acquiescer à cette offre, la considération
que j'avois pour sa famille, mon respect
et mon dévoûment pour son père, me
firent prendre le parti d'y consentir. D'ailleurs, je n'étois pas fâché de me retrouver
encore dans une situation qui m'avoit tant
plu autrefois ; je me flattois que j'aurois
occasion de me faire un mérite à la Cour,
d'en attirer quelque nouvelle récompense,
et j'acceptai.

CHAPITRE IX.

Ministère de courte durée. — Étiquette des Ambassadeurs de Saxe. — Bons mots de deux Dames. — Qu'est-ce que la Patrie ? — Départ de Turin.

JE résolus de mettre à profit le tems de l'absence de lord Mountstuart, pour me faire honneur à la Cour de Londres. Je me donnai tous les soins possibles, afin de me procurer les meilleures informations ; j'avois la confiance du comte de Perron et des Ministres étrangers à la cour de Turin ; j'avois beaucoup d'amis en ville, et beaucoup de correspondans. C'étoit en tems de guerre, et je puis dire que mes dépêches étoient souvent intéressantes. Je savois même qu'elles étoient approuvées ; mais les Ministres qui composoient le cabinet de Londres, étoient tellement occupés à soutenir leurs mesures contre le parti de l'opposition, qu'ils faisoient peu d'attention à moi ; et lorsque je sollicitai une gratification très-modique, dont j'avois besoin, je ne reçus pas même de réponse sur cet article.

Cela me dégoûta entièrement du service ;
je pris le parti d'y renoncer aussitôt que
lord Mountstuart seroit de retour.

Il se passa alors à la cour de Turin un
événement qui donna lieu à beaucoup de
raisonnemens. Comme il est unique et assez
curieux, relativement au cérémonial du
Corps diplomatique, je crois que l'on me
saura gré de le sauver de l'oubli, en lui
donnant place en ces Mémoires.

Le roi de Sardaigne marioit alors la princesse Caroline, sa fille, avec le prince An-
toine de Saxe, frère de l'Electeur. Deux
mois avant l'arrivée du ministre de Saxe,
qui devoit faire la demande en forme,
l'ambassadeur d'Espagne à la cour de Turin
avoit demandé à la reine de Sardaigne,
sœur du Roi son maître, la permission de
solliciter un congé d'absence, ajoutant
qu'il ne penseroit point à partir avant le
mariage de la Princesse, qui devoit se cé-
lébrer au mois de septembre. On ignoroit
alors de quel caractère seroit revêtu le ministre de Saxe, lorsqu'on apprit, quelque
tems après, qu'il venoit à Turin en qualité
d'Ambassadeur extraordinaire.

L'ambassadeur de France, aussitôt, parut recevoir des lettres qui l'obligeoient à
se rendre à Paris pour affaires importantes,
et il partit quinze jours avant l'arrivée de
l'Ambassadeur électoral. L'ambassadeur
d'Espagne, peu de tems après, changea
d'avis, et déclara son départ pour le 10 septembre; c'est-à- dire, cinq ou six jours avant
l'arrivée de l'ambassadeur de Saxe. Cela ne
manqua pas de donner lieu à penser que
l'étiquette faisoit partir ces deux Ministres,
lesquels (étant regardés comme Ambassadeurs de famille) auroient plutôt dû revenir dans cette circonstance, s'ils eussent
été absens, que partir lorsqu'ils étoient sur
les lieux. On crut donc, avec raison, qu'ils
étoient autorisés en cela par leurs Cours
respectives, pour éviter la question de savoir, s'ils feroient, ou non, la première
visite à l'ambassadeur extraordinaire de
l'électeur de Saxe.

Un cas à-peu-près semblable étoit arrivé
à Vienne au mariage de l'empereur Joseph
avec la fille de l'électeur de Bavière. L'Empereur souhaitoit que l'ambassadeur de
France fît la première visite à l'ambassa-

deur de l'Electeur; et il procura, de Versailles, un ordre à cet Ambassadeur de le faire. Mais cette visite fut accompagnée d'une protestation , que cela ne tireroit point à conséquence pour l'avenir; en sorte que l'on ne peut pas dire que la question ait été décidée relativement à la cour de France ; quoique, par rapport à la cour de Vienne , le désir que l'on rendît à l'Ambassadeur électoral les mêmes honneurs qu'à ceux des têtes couronnées, étoit une preuve suffisante du rang qu'on est disposé à leur accorder.

En effet, toutes les capitulations des Empereurs en ce siècle portent, que les ambassadeurs des Electeurs auront le pas sur ceux de toutes les Républiques, sur les Princes personnellement présens qui ne sont point Rois; et de plus , que l'on rendra aux Ambassadeurs des Electeurs les mêmes honneurs en tout qu'aux Ambassadeurs des Rois. En quoi il paroît que la politique de la cour de Vienne est de relever sa propre dignité , en mettant, si elle le peut, les Electeurs ses vassaux au niveau des Rois.

Ce mariage attira beaucoup d'étrangers,

et donna lieu aux fêtes les plus brillantes,
où la cour de Turin déploya cette magnificence qu'elle sait si bien montrer dans les
grandes occasions. Parmi ces étrangers étoit
un grand jeune homme, fluet et très-haut
de stature; il excita la curiosité d'une Dame;
elle demanda qui il étoit? On lui dit, que
c'étoit un jeune Anglois. Quelle étoit sa
profession ! Il étoit destiné pour l'église.
Dites plutôt pour le clocher, reprit-elle
aussitôt avec vivacité. Cette saillie me rappela le mot d'une Dame à Paris qui, étant
un jour dans une compagnie où se trouvoit
un grand jeune homme qu'elle ne connois-
soît pas, demanda qui il étoit. Apprenant
que c'étoit Crébillon le fils : Comment !
dit-elle, ce grand garçon-là c'est le fils de
ce grand homme ?

Au milieu de ces fêtes, je remarquai un
François qui paroissoit s'entretenir de moi;
peu après il m'aborde, et sans autre préam-
bule me dit : Mais, Monsieur, vous êtes
François ? Je compris le reproche qu'il
avoit dessein de me faire. Choqué de la
manière impertinente dont il s'y prenoit :
Et pourquoi donc, Monsieur ? lui dis-je :

Parce que vous êtes né en France, dit-il.
Mais, Monsieur, un agneau n'est pas un
cheval pour être né dans une écurie? Il fut
tellement confondu d'une réponse à laquelle il s'attendoit si peu, qu'il ne put pas
proférer une parole de plus, et me quitta,
peu satisfait d'avoir voulu m'embarrasser.
Je répondis une autre fois bien différem-
ment à la même question qui me fut faite,
mais d'une autre manière. C'étoit à Rome,
où j'avois fait connoissance avec Monseigneur de Bayanne, auditeur de Rote, pré-
lat rempli d'esprit, de goût et de politesse.
J'avois reçu de lui, en plusieurs occasions,
l'accueil le plus honnête, et je sentois un
empressement de me lier avec lui, qui n'é-
toit pas éloigné du sentiment de l'amitié.
Il savoit que j'étois né en France, et que je
venois de remplir les fonctions de ministre
d'Angleterre à Turin; il avoit entendu souvent parler dans la société de la singularité
de ces circonstances réunies en moi. En
faisant tomber la conversation sur ce propos, il me semble, Monsieur, me dit-il,
que vous auriez dû être des nôtres. Je ne
fus pas fâché d'avoir occasion de m'expliquer là-dessus; et prenant la parole sans

hésiter : Monsieur, lui dis-je, j'ai fait ce que j'ai pu pour être François, mais il n'a pas été en mon pouvoir d'acquérir cet honneur-là, et ne pouvant appartenir à cette nation brillante, qu'avois-je de mieux à faire que de devenir Anglois ? Je suis né en France ; c'étoit le premier pas à faire, afin d'être des vôtres ; cela ne suffisoit pourtant pas pour être François. Je suis né en France ; il est vrai, mais isolé, expatrié. Issu de parens protestans, les lois du pays ne reconnoissoient pas le mariage de mes parens pour être légitime. Pouvois-je rester parmi une nation où tout m'étoit refusé, jusqu'à la légitimité de ma naissance, où les portes de la fortune m'étoient fermées, où je ne pouvois suivre aucune carrière ? L'Angleterre m'offroit naturellement un asyle ; je m'y suis jeté ; elle m'a accueilli en mère : je suis entré dans le Corps diplomatique, et j'ai été quatre fois honoré de la confiance du Gouvernement anglois, qui a récompensé mes services d'une pension. Je suis entré dans l'église, et j'ai eu un bénéfice. Que tout esprit impartial me juge : pouvois-je être François quand je l'aurois voulu ? et ne dois-je pas, à tout égard, être Anglois, quand même je ne le voudrois pas? Monsieur de Bayanne parut fort satisfait de ma réponse, et je le fis rire ensuite de celle que j'avois faite autrefois à l'un de ses compatriotes, laquelle il approuva fort.

Enfin, après m'avoir fait languir plusieurs mois pour son retour, milord Mountstuart arriva à Turin. Je n'attendois que cela pour en partir. Nous nous revîmes sans beaucoup d'intérêt. Je l'avois prévenu par des lettres que ma santé exigeoit un changement d'air; et après lui avoir remis les papiers d'Etat, et rendu compte de ce qui s'étoit passé en son absence, je pris congé de lui, non sans quelque regret: je lui étois sincèrement attaché, je rendois justice à toutes les bonnes qualités dont il étoit doué. Quand je l'ai retrouvé à Londres, il m'a témoigné la même prédilection, et Milady m'a reçu comme voulant me faire oublier tout ce qui s'étoit passé.

CHAPITRE X.

*Réflexions sur les Grands. — Chevalier
Mann. — Prince de Craon. — Vicomte
de C. — Marquis de Narbonne.*

Sɪ j'eusse profité des fréquentes leçons que
j'avois reçues sur le danger du commerce
du grand monde, il étoit tems pour moi de
songer à la retraite. L'état de ma fortune,
mon âge , mon goût pour l'étude , tout
m'appeloit à ce genre de vie , le seul que
je ne suivois point, et cependant le seul
qui me convenoit le plus de préférer aux
autres. Je n'étois pas encore guéri de la manie des Grands. Il faut en convenir, j'avois
acquis dans leur commerce une délicatesse
sur la manière de vivre, de penser, de parler même, qui me rendoit insupportable tout
ce qui s'en éloignoit. J'aimois cette urbanité,
ce goût, cette élégance dans les manières et
le discours , qui ne se trouvent dans nulle
classe d'hommes plus que chez eux. Je pris
donc le parti de ne plus prendre avec eux
d'engagemens d'intérêts, de ne plus compter sur leurs promesses, et de ne me dévouer

qu'à ceux dont j'avois éprouvé les bontés et
l'amitié. Armé de ces précautions, je crus
pouvoir sans péril non - seulement vivre
dans leur tourbillon, mais peut-être encore
y trouver une existence agréable. Dans cette
idée, je résolus de faire un tour en Italie
pour revoir les beautés et les antiquités de
cette heureuse contrée, et donner le tems
à certains projets de venir à maturité.

Je n'avois pas depuis long-tems éprouvé
une plus grande satisfaction à quitter une
ville que je le sentis cette fois à sortir de
Turin. C'étoit à la fin de novembre; il faisoit un tems effroyable, et je fus obligé de
passer la nuit dans une très-mauvaise au-
berge, à *Crescentino*. Malgré cela, je ne
me suis jamais trouvé dans une assiette d'esprit plus tranquille et plus satisfaisante; je
dormis dans un lit de muletier huit heures
de suite, ce qui ne m'étoit pas arrivé une
seule fois depuis mon séjour à Turin. Je
voulois passer l'hiver à Rome; mais n'étant
pas pressé d'y arriver, j'avois résolu de rester quelques jours à Bologne et à Florence,
dont je désirois connoître mieux la société.
J'avois des lettres pour le cardinal Buon-

compagni, légat de Bologne, qui me reçut
de la manière la plus cordiale et la plus
polie. Quoique Cardinal, il n'avoit pas encore quarante ans; il étoit très-bel homme,
avoit beaucoup de grâces et de noblesse dans
le maintien, infiniment d'esprit et de lumières. Il entama la conversation avec moi
en anglois, qu'il parloit et écrivoit avec
assez de facilité ; j'eus tout lieu de me féliciter de mon empressement à lui être recommandé.

J'avois quelques connoissances à Bologne,
entr'autres le prince Lambertini, neveu du
pape Benoît XIV, la comtesse Bianchi, née
Françoise, que j'avois connue à Turin,
ainsi que son mari, et que je fus bien aise
de revoir. Elle appartenoit par sa mère à
plusieurs personnes que j'aimois et estimois
en France, ce qui contribuoit en quelque
sorte à cimenter notre liaison. Elle étoit
nièce de M. de Mautauban, évêque de
Nancy, de madame de Clermont du Palais
Royal, et petite-fille du comte de Montauban, gentilhomme de la chambre du duc
d'Orléans, connu par ses distractions, qui
ne le cédoient guère à celles du fameux

comte de Brancas, je m'en rappelle une,
entre mille, qui mérite bien d'être rapportée. Un jour qu'il étoit au lever du Prince,
le valet-de-chambre lui apportant l'habit
de M. le duc d'Orléans, qu'il étoit de sa
charge de présenter, M. de Montauban
alors, dans un moment de distraction, passa
le bras droit dans l'habit du Duc, qui étoit
si puissamment gros, qu'il n'y avoit pas
d'homme à qui son habit ne pût servir de
surtout. M. le duc d'Orléans, qui s'aperçut
de cela, fit signe au valet-de-chambre de le
laisser faire ; M. de Montauban, sans autre
cérémonie, continua d'endosser l'habit de
son maître, et de s'entretenir dans ses rê-
veries. Le Duc l'en tira pour lui dire d'aller
dans le cercle de madame la duchesse de
Chartres, porter un message de sa part : il
y courut, et ne pouvoit comprendre ce qui
excitoit les ris de l'assemblée, jusqu'à ce
qu'enfin on lui fit remarquer qu'il avoit en
surtout l'habit du duc d'Orléans, orné de
la plaque, et qui lui descendoit jusqu'aux
talons. La comtesse de Bianchi avoit une
cousine, aussi née Montauban, et mariée
de même à Bologne à M. de Marandoni :
il étoit assez singulier de voir deux Dames

Françoises de la même ville et de la même
famille mariées en même tems dans la même
ville d'Italie.

Je ne m'arrêtai pas long-tems à Bologne,
voulant donner quelque tems à Florence
avant d'aller à Rome. J'eus le plaisir de retrouver le digne et respectacle chevalier
Mann jouissant d'une parfaite santé, et de
la vénération de tous les habitans de cette
grande ville. Il étoit, depuis près de cinquante ans, à Florence, Ministre du roi
d'Angleterre, par conséquent le doyen du
Corps diplomatique en Europe. Pendant un
si long espace de tems, non - seulement il
n'avoit jamais causé le moindre déplaisir à
la ville et à la Cour, mais il y avoit à peine
un seul individu qui n'eût sujet de se louer
de sa bonté, de sa libéralité, de sa politesse,
de sa complaisance, ou de sa charité. Sa
prudence lui avoit concilié tous les cœurs;
ses attentions dans la société lui avoient
mérité les soins et le respect de toute la
Noblesse, et son affabilité engageante lui
attiroit l'amour et le dévoûment de tous
ses inférieurs. J'ai vingt fois entendu les
femmes et les enfans, parmi le peuple, se

le montrer au doigt les uns aux autres avec
empressement, en disant : Voilà le chevalier Mann. Quand son carrosse passoit, on
s'arrêtoit, comme devant celui du Souverain, pour le saluer, et attirer un de ses
regards : je voyois avec un plaisir inexpri-
mable la joie que sa présence répandoit sur
tous les visages de ce bon peuple de Florence. Il étoit presque seul à faire les honneurs de la ville aux étrangers, qui ne manquoient jamais de se munir de lettres pour
lui, et d'en être accueillis avec toute la
politesse et la cordialité possibles. Outre les
grands dîners qu'il donnoit dans toutes les
occasions, sa maison étoit ouverte tous les
samedis de l'année, et dans l'été le jardin
étoit éclairé. L'assemblée s'y tenoit, et avoit
l'air d'une fête publique. Tel étoit l'excellent
homme dont j'avois le bonheur de posséder
l'amitié. Il y avoit vingt ans que j'étois en
commerce de lettres avec lui, et je l'avois
beaucoup vu dans les différens séjours que
j'avois faits à Florence. Je m'y arrêtai cette
fois-ci uniquement pour lui. Nous étions
souvent ensemble, et je n'ai guère connu
d'homme dont la conversation eût un fond
plus inépuisable ; il avoit un bon sens

exquis, une expérience consommée dans les affaires, une mémoire prodigieuse, une gaieté douce et une aménité sans égale. A mon retour de Rome à Florence, mon dessein n'étoit pas d'y rester long-tems; mais, voyant que ma compagnie lui faisoit plaisir, je remis tous les engagemens que j'avois, pour lui donner plus de tems.

Parmi les agrémens de la conversation du chevalier Mann, le nombre d'anecdotes qu'il avoit dans sa mémoire n'étoit pas le moindre. Il avoit vu l'extinction de la maison de Médicis, l'avénèment de la maison de Lorraine à Florence, et trois générations de toute la Noblesse voyageante de l'Europe; aussi ne tarissoit-il point, et j'eus tout le loisir de satisfaire ma curiosité sur tous les points, qu'il eût été difficile de trouver ailleurs que dans sa tête. Il m'apprit plusieurs traits de Gaston de Médicis, qui sûrement ne seront jamais consignés dans l'histoire. J'étois fort curieux de connoître le caractère du prince de Craon, et de plusieurs autres personnages considérables de ce tems-là; et il me les peignit si bien, qu'il me semble à présent avoir vécu avec eux.

Le prince de Craon, père du prince de Beauveau, avoit toutes les qualités qui forment un grand Seigneur. Il étoit riche, magnifique, et noble avec aisance ; il avoit l'esprit élevé, le cœur grand ; il trouvoit tout facile, parce qu'il ne voyoit jamais de difficultés, pas même où elles étoient ; il étoit toujours prêt à trancher le nœud gordien quand il ne pouvoit le démêler. Il vint à Florence, dans les dernières années de la vie de Gaston de Médicis, avec le titre de Ministre plénipotentiaire, pour être prêt à prendre possession de la Toscane au nom du duc de Lorraine, à la mort de Gaston, qui ne paroissoit pas fort éloignée. Les Grands et les Nobles s'empressoient à lui faire leur cour, et chacun lui demandoit sa nomination aux premiers emplois, lorsqu'ils viendraient à vaquer par le changement de maître. Il vouloit ménager tout le monde, et n'étoit jamais embarrassé de répondre, parce qu'il promettoit la même place à vingt personnes différentes. Quand le grand-duc Gaston mourut, et qu'il fut question de nommer aux charges, chacun des candidats lui rappeloit son zèle et les promesses qu'ils en avoient reçues. Il ne pouvoit pas les satisfaire, ayant promis la même place à plusieurs, ensorte que le plus grand nombre se plaignoit de lui ; et dans son étonnement là-dessus, il disoit au chevalier Mann : Ce sont de plaisantes gens que ces Florentins, ils prennent des politesses pour des engagemens.

Il ne venoit pas un étranger de distinction à Florence qui ne rendît visite au chevalier Mann, et ne dînât chez lui, ce qui produisoit une variété de compagnie assez amusante pour un observateur. J'y vis entre autres, un jour M. De***, ambassadeur de France à Naples, qui retournoit à Paris. Après le dîner, on apporta un beau tableau de Raphaël à vendre ; car on disoit que M. l'ambassadeur étoit un amateur, qui payoit bien les beaux morceaux. Toute la compagnie s'accorda à louer le tableau, sur-tout dans la partie du dessin, dans laquelle Raphaël a surpassé tous les autres peintres ; sur quoi M. l'ambassadeur s'exprima de cette manière : Mais, vraiment cela n'est pas mal, pas mal, je vous assure ; et puis, tirant son crayon, Cependant, je voudrois changer quelque chose au contour

de ce bras , de cette jambe , comme cela ;
voyez , il me semble que cela iroit mieux.
Nous nous regardâmes tous en souriant, et
l'on ne pouvoit assez admirer l'ignorance
d'un homme du monde , qui avoit la présomption de se croire capable de corriger le
dessin de Raphaël.

Je pensai avoir alors une querelle avec
un certain chevalier B. qui , me trouvant
un jour avec le chevalier Mann , vint au-
devant de moi avec le plus grand empressement, en s'écriant : Eh ! vous voilà, mon
cher Monsieur , que je suis ravi de vous
voir ! A cet abord, on nous eût pris pour
les meilleurs amis du monde ; la vérité étoit
que j'avois vu sa figure cent fois à Turin,
mais je ne lui avois jamais parlé, je ne savois pas même son nom , que je fus obligé
de lui demander. Il se formalisa de mon
ignorance, au point de s'en fâcher, et j'eus
assez de peine à lui faire entendre raison.
Le marquis de Narbonne eut une saillie heureuse dans un cas semblable. Il fut rencontré
un jour à Versailles par un gentilhomme
qu'il se rappeloit bien d'avoir vu plusieurs
fois en province, mais dont il n'avoit jamais

su le nom. Celui-ci accourant à lui : Eh !
bon jour, mon cher ami, s'écria-t-il, comment te portes - tu ? Fort bien, mon cher
ami, dit le Marquis en le fixant; comment
t'appelles - tu ? Le même M. de Narbonne
fit un jour à Louis XV une réponse non
moins heureuse et plus hardie. On sait que
le nom de sa branche de famille est *Pellet*.
Le Roi lui demandoit : M. de Narbonne,
qu'est-ce que c'est que *Pellet?* Sire, répon-
dit-il, c'est comme *Capet*.

CHAPITRE XI.

Trait de D. Antonio. — La signora Maria Pizzelli. — Nouvelle proposition du duc de Northumberland.

Je n'ai jamais fréquenté d'homme avec qui l'on pût être plus long-tems tête-à-tête qu'avec le chevalier Mann, sans en être ennuyé. C'est qu'il étoit plus empressé à contribuer au plaisir de la société par la bonté du cœur, que par le brillant de l'esprit; j'ai même remarqué qu'un grand fond de bonté est une meilleure ressource contre l'ennui que les richesses de l'imagination la plus brillante. De plus, pour vivre en bonne intelligence avec les hommes, nous n'avons pas tant besoin de leur esprit que de leur indulgence. Combien de fois arrive-t-il, en effet, que l'on est fatigué d'un homme d'esprit et de savoir? au lieu que l'on n'est jamais las d'un cœur honnête et bon. La supériorité des uns se fait sentir malgré nous, et nous gêne; nous nous trouvons déplacés avec eux. Du côté du cœur, au contraire, nous croyons ne le céder à per-

sonne, nous sommes à notre aise avec les
bonnes gens : or, l'ennui suit de près la
gêne, et lorsqu'on en est là, on est bientôt
disposé à se quitter. Je ne sais si un certain
D. Antonio**, Secrétaire de l'ambassade
d'Espagne à Turin, se régloit d'après ce
principe; je me ressouviens seulement que
le comte d'Aguilar, son Ambassadeur, désirant fort de l'emmener à la campagne avec
lui, il ne voulut jamais y aller; et l'Ambassadeur le pressant de lui dire la raison de
son refus, Parce, dit-il, que j'ennuierai
votre Excellence, et votre Excellence m'en-
nuiera; c'est pourquoi il vaut mieux que
nous restions chacun chez nous. *Perchè
seccherò vuestra Eccellenza, vuestra Eccellenza mi seccherà, e per questo è me-
glio ch' io stia a casa mia.*

La mauvaise saison avançoit, et je voulois passer l'hiver à Rome; je quittai donc
Florence, quoiqu'à regret, résolu d'y faire
un plus long séjour à mon retour. J'étois impatient de revoir cette métropole du monde,
pour laquelle, j'avois toujours eu la plus
grande prédilection, et sur-tout de me trouver auprès de la signora Maria Pizzelli, qui

étoit de toutes les femmes que j'ai connues,
celle pour qui j'avois toujours eu la plus
sincère amitié. J'avois l'estime la plus parfaite pour la justesse de son esprit, la droiture et la franchise de son caractère; j'admirois la supériorité de son génie, de ses
talens, qui se manifestoient sans cesse d'une
manière nouvelle; mais sur-tout j'aimois en
elle une douceur à toute épreuve, une sensibilité extrême pour tout ce qui intéressoit
ses amis, une avidité de leur gloire, qui
remplissoit toute la capacité de son cœur.
Elle étoit la première qui m'avoit fait sentir
combien ces qualités paroissoient aimables
aux autres; j'en avois été si vivement persuadé, que, cherchant à l'imiter, je m'é-
tois fait un devoir de posséder ces mêmes
vertus, ou, si je ne les trouvois pas toujours
naturellement en moi, d'en montrer au
moins les effets. Peut-être que le désir que
j'avois de lui ressembler en cela, lui avoit
fait découvrir en moi, une conformité de
sentimens qui lui inspira la tendre amitié
qu'elle m'a toujours témoignée. Celle que
je lui avois vouée, ne me laissoit pas tranquille sur son sort. Son mari n'étoit pas
riche, elle ne jouissoit pas de cette aisance

II.   Q

qui convenoit à sa situation dans la société,
et à l'élévation de son âme. Je pris donc le
parti d'aller à Rome, dans l'espérance que
le grand nombre d'amis que j'y avois pourroient m'être utiles pour améliorer son existence. Mon premier soin, en arrivant, fut
d'y travailler. J'avois des lettres pour le cardinal Zelada ; je connoissois les cardinaux
des Lances, de Bernis, Gerdil et Visconti ;
mais je ne reçus aucun secours d'eux pour
seconder mes bonnes intentions. Il n'y a pas
une classe d'hommes moins disposée à obliger que celle des Cardinaux à Rome, et qui
soit plus occupée à employer son crédit à
servir ses propres vues, sur-tout parmi
ceux qui sont exclus de la Papauté ; n'ayant
plus rien à prétendre, ils ne ménagent plus
rien, et n'ont aucun empressement à obliger.

Je menois à Rome la vie qui convenoit le
plus à mon esprit et à mon cœur : le jour,
livré à des recherches analogues à mon goût,
ou me promenant dans les jardins retirés
dont cette ville abonde plus que toute autre
ville en Europe ; le soir, dans un cercle d'a-
mis réunis chez la signora Maria, et quel-

quefois dans les grandes assemblées chez le
cardinal de Bernis, l'ambassadeur d'Espagne, le prince Rezzonico, sénateur de Rome,
la princesse Santa-Croce, et M. de Bayanne.
Je n'avois jamais été plus libre, plus tranquille et plus heureux, lorsque je reçus des
lettres du duc de Northumberland et de mon
ami Langlois, le même dont les conseils m'a-
voient retiré de ma retraite à la campagne
pour aller avec lord Mountstuart à Turin.
Il étoit alors chef du bureau des affaires
étrangères sous lord Stormont : il m'aimoit ;
une connoissance de vingt ans s'étoit insensiblement convertie en amitié, et il prenoit
en mon sort tout l'intérêt d'un véritable ami.
Il étoit fort lié avec le duc de Northumberland ; je l'avois instruit de tout ce qui s'étoit
passé entre nous, de mon attachement pour
le Duc, de mes services, de ses offres, et de
mes refus. Il entreprit de me rappeler en
Angleterre, en portant ce Seigneur à me
faire du bien d'une manière plus digne de
lui et de moi. Il mit plusieurs fois la conversation avec lui sur mon sujet, et trouvant
qu'il regrettoit de n'avoir pas pu réussir à
m'attacher pour toujours à sa personne, il
lui persuada de m'écrire, pour me presser

de revenir auprès de lui. Il m'écrivit lui-
même, pour me proposer, de la part du
Duc, une pension viagère de dix mille livres, si je voulois venir passer avec lui le
peu de jours qu'il avoit à vivre.

Cette offre étoit différente de celle qui
m'avoit été faite quelques années auparavant, en ce que la pension étoit pour ma
vie. Elle auroit tenté tout autre; mais je
n'en fus point ébranlé. Je répondis en termes vagues à la lettre du Duc; mais j'ouvris
mon cœur à mon ami. Je lui écrivis que je
trouvois en moi la plus grande répugnance
à entrer dans un engagement qui seroit
fondé sur des principes aussi opposés que
l'intérêt et l'affection; que j'étois choqué
de l'idée de recevoir une compensation en
argent pour les témoignages d'amitié que
je devrois donner au duc de Northumberland; que ma délicatesse seroit blessée de
voir évaluer mes sentimens et mes soins à
à tant par an; que si le Duc eût trouvé le
moyen d'exciter le moins du monde ma reconnoissance, il auroit senti que c'étoit
le lien le plus fort par lequel il pouvoit
m'attacher à lui; mais que je voyois bien

qu'il étoit impossible de lui faire naître cette idée, et que je ne pouvois me résoudre à accepter sa proposition.

Je n'étois point du tout surpris qu'un homme qui jouissoit d'un million de revenu, en sacrifiât la centième partie pour avoir toujours un ami auprès de lui ; mais je ne pouvois prendre sur moi de vendre mes sentimens, et de mettre mes soins et mon amitié à prix. Il me sembloit, si j'eusse acquiescé à cet engagement, qu'il n'étoit pas possible que le Duc ne regardât tous les témoignages de zèle et d'affection que j'aurois pu lui montrer, comme le produit de son argent. Il n'en eût pas fallu davantage pour refroidir mon zèle et condenser la plus vive ardeur que j'aurois eue de lui prouver mon attachement. D'ailleurs, je ne me sentois plus cette souplesse d'esprit nécessaire pour subordonner ma manière d'être à la sienne ; je m'étois si bien accoutumé depuis peu à vivre à ma fantaisie, que je me serois trouvé fort mal à mon aise en suivant celle d'un autre. Je refusai enfin l'offre du duc de Northumberland, quelque avantageuse qu'elle fût à ma fortune ; je pris la ferme résolution de ne plus chercher mon bonheur qu'en moi-même , et je me félicite encore tous les jours d'avoir pris ce parti.

CHAPITRE XII.

Comtesse d'Albanie.—Comte Alfieri.
—M. Gehegan.

LE duc de Grimaldi étoit alors ambassadeur d'Espagne à la cour de Rome, sa fortune avoit été des plus singulières. Il étoit cadet d'une noble famille de Gênes, et destiné pour l'église, lorsqu'il trouva moyen de se faire nommer Ministre de sa République à la cour de Madrid. Il plut au roi d'Espagne, qui crut voir en lui des talens qu'il n'avoit cependant pas; mais il savoit en montrer les apparences, et parut être le seul homme capable de faire réussir une négociation entamée alors avec la Hollande. La cour d'Espagne le demanda à la République de Gênes, et il fut envoyé Ministre d'Espagne à la Haye ; de là il fut Ambassadeur à Paris, signa pour l'Espagne le traité de paix de Versailles en 1763, et à cette occasion il fut fait Duc et Grand-d'Espagne (1). Quelque tems après, le duc

_____

(1) On avoit si peu de confia ce dans la capacité du duc de Grimaldi, que la cour de Madrid avoit donné au duc de Choiseul

de Grimaldi fut nommé Ministre et Secrétaire d'Etat pour les affaires étrangères ;
mais, ayant été ensuite disgracié, il fut
envoyé Ambassadeur à Rome, par un effet de la douceur du roi d'Espagne, qui
avoit usé de la même clémence avec le
comte d'Aranda et le marquis de Squillaci,
en les nommant tous deux Ambassadeurs à
Paris et à Venise, après les avoir dépossé-
dés de la charge de Secrétaire d'Etat. Mais
quoiqu'il fût décoré du titre, il n'avoit pas
la confiance du ministère d'Espagne, et le
chevalier Azara, avec le nom d'Agent de
la Cour, étoit en effet celui qui faisoit
toutes les affaires, pendant que l'Ambassadeur avoit la représentation. Le duc de
Grimaldi, oubliant que, tout Gênois qu'il
étoit, il se trouvoit honoré de l'ambassade
d'Espagne, étoit le premier à trouver étrange
que j'eusse rempli les fonctions de Ministre
d'Angleterre, moi qui étoit né en France,
et s'étant bien mis dans la tête qu'il étoit
bon Espagnol, il eût cru trahir sa préten-
due patrie en faisant des politesses aux

_____

des pleins-pouvoirs, à l'insu de l'ambassadeur d'Espagne, qui
ignoroit lui-même que c'étoit le duc de Choiseul qui décidoit
des intérêts de l'Espagne.

Anglois. Aussi ne les invitoit-il jamais à sa table, et il leur parloit à peine lorsqu'ils se trouvoient à ses assemblées qui étoient les plus brillantes de Rome.

Un jour que j'étois à l'une de ces assemblées, j'y vis la comtesse d'Albanie, que j'étois depuis long-tems fort empressé de connoître. Fille du prince de Stolberg, elle étoit depuis quelques années chanoinesse de Mons, lorsque je l'avois vue pour la première fois à Bruxelles en 1771. Les cours de France et d'Espagne, désirant de voir continuer la famille Stuart, jetèrent les yeux sur cette jeune Dame, alors âgée de dix-neuf ans, pour la donner au fils du chevalier de St.-George, si célèbre par ses prétentions au trône de la Grande-Bretagne, et par ses malheureuses expéditions. Ce mariage fut exécuté, mais ne remplit pas les vues des deux Cours, parce que le Prétendant n'eut point d'enfans. A la mort de son père, qui vivoit à Rome, où il avoit toujours été traité comme Roi, le Pape refusa de le reconnoître ; ce qui le porta à se retirer avec son épouse à Florence, où il prit le titre de comte d'Albanie, et se

contenta de vivre dans la plus grande retraite.

Les cours de France et d'Espagne étoient
convenues de donner une pension au comte
d'Albanie, en faveur de son mariage ; mais
la cour de France, voulant retenir la moitié de la pension dont jouissoit son père,
il refusa d'en rien recevoir, et s'en dédom-
mageoit en exhalant son dépit, en toutes
occasions, contre la France et les François :
je respecte trop les infortunes et la haute
naissance de ce Prince, pour faire ici le
tableau de sa vie privée, peu digne du grand
rôle qu'il avoit joué dans le monde. Soit
que ses malheurs eussent aigri son humeur,
ou que l'inertie dans laquelle il étoit obligé
de vivre, eût affaissé son esprit, il n'est que
trop vrai que ces deux fâcheuses circonstances, jointes à une extrême dispropor-
tion d'âge et à tous les dégoûts qui en sont
la suite, le rendoient un mari très-difficile
à supporter, pour une jeune et aimable
femme.

La comtesse d'Albanie étoit, par sa figure, ses manières, son esprit, son carac-

tère et son sort, la femme la plus généralement intéressante. Elle étoit de taille
moyenne, mais bien prise et d'une grande
blancheur; elle avoit de très-beaux yeux,
les dents parfaitement belles, l'air noble et
doux, un maintien simple, élégant et modeste; son esprit, cultivé par la lecture
des meilleurs auteurs, y avoit puisé un discernement juste, et acquis la facilité de
bien juger des hommes et des ouvrages de
goût.

Le comte Alfieri, Piémontois de nation,
homme de génie, grand poëte et d'une
figure avantageuse, avoit vu la comtesse
d'Albanie, et sentoit vivement son mérite.
Doué de talens extraordinaires, d'une âme
élevée, d'un esprit libre, et d'un caractère
indépendant et fier, il n'avoit jamais pu
s'accommoder au style uniforme et rétréci
qu'on est obligé d'adopter à la cour de Turin. Il renonça pour toujours à y vivre; et
afin d'en obtenir plus aisément la permission, il abandonna ses biens du Piémont à
ses parens, se réservant environ trente
mille livres de rente, à toucher par-tout où
il seroit. Etant d'une humeur sérieuse, qui

le dégoûtoit du tumulte du grand monde ; il s'étoit livré entièrement à la société de la comtesse d'Albanie, qui menoit une vie retirée, étant fort gênée par les fantaisies de son mari. Le comte Alfieri avoit su plaire au Prince ; depuis plusieurs années il partageoit son tems entre l'étude et la compagnie de la Comtesse, dont il adoucissoit les maux par son amitié et les agrémens de son commerce. Poussée à bout par plusieurs scènes révoltantes, la comtesse d'Albanie résolut de se soustraire à la tyrannie de son mari ; le plan fut concerté avec le comte Alfieri, déjà exercé dans l'art de former des plans par l'habitude de faire des tragédies. Avant de mettre celui-ci en exécution, on obtint le consentement du Grand-Duc. On ne l'instruisit pas de toute l'étendue des desseins qu'on avoit en vue ; il ne fut question pour lors que d'avoir la permission d'entrer dans un couvent à Florence, et d'y rester sous la protection de Son Altesse Royale.

La difficulté étoit de savoir comment s'y prendre pour se tirer des mains du comte d'Albanie. Il obsédoit sans cesse sa

femme, ne la laissoit jamais sans lui ; quand
il étoit obligé de la perdre de vue, il l'en-
fermoit à clef. A la promenade, à la messe,
partout où elle avoit envie d'aller, il étoit
constamment avec elle. Dans cet embarras,
on eut recours à une amie de la Comtesse,
qui l'aimoit et plaignoit sa destinée, et un
ami de cette Dame, qui vivoit avec elle.
Tous deux étoient souvent chez le comte
d'Albanie, souvent des parties de promenades de la Comtesse, et les seuls propres
à seconder son projet.

Madame Orlandini (c'étoit le nom de
cette Dame) étoit née de parens Irlandois,
de la famille du fameux duc d'Ormond. Son
père avoit été Général au service de la maison d'Autriche, et l'avoit mariée au général Orlandini, cavalier Florentin, dont
elle étoit veuve. Elle joignoit à une figure
attrayante, les grâces de l'esprit et une
bonté naturelle, qui s'annonçoit sur sa
physionomie, avec un désir de plaire, qui
ne manquoit jamais d'atteindre le but.
M. Gehegan, gentilhomme Irlandois, lui
étoit fortement attaché. Ayant quitté le
service d'Angleterre, contre le gré de son

père, il étoit venu à Florence, chargé du
poids du courroux paternel, et par conséquent léger d'argent. Cette circonstance
rend les jeunes gens timides dans la société,
et M. Gehegan en donnoit la preuve ; mais
madame Orlandini, qui depuis plusieurs
années tenoit dans ses chaînes M. de Bar-
bantane, ministre de France, distingua
M. Gehegan, et lui montra ces attentions
obligeantes qui pénètrent un cœur sensible
de la plus vive reconnoissance, et font
d'autant plus d'impression qu'elles sont peu
attendues. M. Gehegan, dès-lors, se livra
entièrement au plaisir de faire sa cour à
madame Orlandini. Il étoit jeune, très-
bien fait, beau de visage, plein de vigueur,
d'esprit et de corps ; il portoit sur son front
l'empreinte d'une âme honnête et sensible ;
sur-tout on voyoit en lui cet extérieur
de douceur, qui n'exclut pas le courage,
et dont le mélange fait un effet irrésistible
sur le cœur des femmes. En effet, madame
Orlandini n'y résista pas ; elle sacrifia le
ministre de France à M. Gehegan, qui s'at-
tacha si bien à elle, que leur liaison devint
un véritable modèle de fidélité. Pendant
plusieurs années, on ne les vit jamais sé-

parés l'un de l'autre; ils vivoient sous le
même toît; on les croyoit mariés : mais
des raisons d'intérêt, du côté de madame
Orlandini, empêchoient qu'ils en convinssent. Cependant, M. Gehegan fit sa paix
avec son ⬤⬤, qui lui assura une pension
suffisante à sa modération, dans la situation où il étoit.

Le jour étant pris pour l'exécution du
projet, madame Orlandini vint déjeûner
chez le comte d'Albanie; après le déjeûner, elle propose d'aller au couvent des
Bianchetti voir quelques ouvrages de reli-
gieuses, en quoi celles-ci passoient pour
exceller. La comtesse d'Albanie accepte la
partie, si M. le comte le veut bien; il y
consent, et l'on part tous ensemble. On arrive au couvent, où se trouvoit, comme
par hasard, M. Gehegan. La comtesse descend avec madame Orlandini, et prenant
les devans, elles furent bientôt au haut de
l'escalier, firent vite ouvrir la porte, et la
refermèrent avant que le Comte pût être
monté. M. Gehegan, qui avoit donné la
main aux Dames, dit, en le voyant arriver
tout essoufflé : M. le Comte, ces nones

sont bien malhonnêtes, elles m'ont fermé
la porte au nez, et n'ont pas voulu m'admettre avec ces Dames. Oh ! je ferai bien
ouvrir moi, reprit le Comte, et il frappa
assez long-tems sans qu'on lui répondît ;
enfin l'Abbesse vint à la grille ui déclarer que son épouse avoit choi ette maison pour asyle, et qu'elle y restoit sous la
protection de madame la Grande-Duchesse.
Le comte d'Albanie, surpris et indigné,
fut obligé de se retirer, la rage dans le
cœur, d'avoir été joué de cette manière, et
faisant réflexion ensuite que M. Gehegan
pouvoit avoir été complice de l'évasion de
la Comtesse, il s'emporta contre lui en
plusieurs occasions, jura hautement d'en
tirer une vengeance terrible et de le faire
assommer de coups. M. Gehegan, à qui
l'on rapporta ces discours, lui écrivit une
lettre, dans laquelle il lui donnoit à entendre qu'il n'étoit pas homme à souffrir de
pareilles menaces, et portant lui-même sa
lettre chez le Comte, il lui fit dire : Qu'il
venoit savoir s'il étoit vrai qu'il se fût permis un tel langage contre lui, et qu'il attendoit en bas sa réponse. Le comte d'Albanie, frappé du courage d'un homme qui

venoit braver son indignation jusque chez
lui, ne jugea pas à propos de le pousser
à bout, et lui fit dire par un de ses gentilshommes, que les rapports qu'on lui avoit
faits étoient controuvés, et qu'il avoit une
estime toute particulière pour lui.

Cependant, la comtesse d'Albanie, peu
disposée à passer sa vie dans un couvent,
écrivit à son beau-frère le cardinal d'Yorck;
elle le mit si bien dans ses intérêts, que son
Eminence lui proposa de venir à Rome vivre
avec lui, et engagea le Pape à lui accorder
sa protection. On craignoit que le comte
d'Albanie, s'il étoit instruit de ce dessein,
ne fît enlever sa femme en chemin; l'on
y pourvut, en la faisant escorter par quelques hommes à cheval; ce qui valoit mieux
encore, le comte Alfieri et M. Gehegan,
tous deux déguisés et bien armés, prirent
place sur le siége du cocher jusqu'à une
certaine distance de Florence; disposés
comme ils l'étoient, il eût été difficile de
leur enlever la Comtesse. Elle arriva ainsi
en sûreté à Rome, où elle fut accueillie
avec tous les égards possibles par le Cardinal, qui lui assigna une pension, et lui
donna dans sa maison un établissement

convenable à son rang. Elle écrivit aussi à
la reine de France pour réclamer une pension, offerte à son mari à l'occasion de son
mariage, et elle en obtint soixante mille
livres par an. Le Pape lui en donnoit vingt-
cinq, en sorte qu'elle jouissoit d'une aisance qui pouvoit suffire à tous ses désirs à
cet égard. Pour les combler, le comte Alfieri vint s'établir à Rome ; et ayant trouvé
le moyen de plaire au Cardinal, comme il
avoit fait à son frère, il eut la permission
de fréquenter la Comtesse autant qu'il le
voulut, malgré les représentations du comte
d'Albanie, qui écrivit souvent au Cardinal
contre ce qu'il appeloit un abus.

CHAPITRE XIII.

Duchillou revient à Florence ; dessein qu'il forme de s'y fixer. — Portrait du Grand-Duc de Toscane.

J E me trouvois si bien du nouveau genre de vie que j'avois choisi, je jouissois d'une liberté si parfaite, que je me confirmois de plus en plus dans la résolution de renoncer à tous les autres avantages pour la conserver. Afin de mieux assurer mon indépendance, je ne voulois pas même me tracer un plan, crainte d'y être assujetti. Je voyageois toujours dans un bonne chaise de poste angloise, où j'avois un bureau portatif pour mes papiers, et nombre de livres favoris en différentes langues ; au moyen de quoi je me trouvois établi, comme dans mon cabinet, quelque part où je fusse obligé de m'arrêter. Les auteurs que je préférois, autant par goût que pour ne pas oublier les langues que j'avois pris tant de peine à apprendre, étoient, en hébreu, la Bible en grec, Plutarque, Démosthène, Longin, quelques morceaux détachés de Platon et

Xénophon; en latin, les Catilinaires de
Cicéron, Tacite, César, Horace et Virgile;
en françois, Racine, Télémaque, le Discours préliminaire de l'Encyclopédie par
d'Alembert, l'Essai sur le Beau du Père
André, les Poésies de Rousseau, de Des-
houlières, la Conversation du Maréchal
d'Hocquincourt avec le Père Canaye de
St.-Évremont, et le Voyage de Bachaumont
et La Chapelle; en anglois, quelques ouvrages de Pope, d'Addisson, de Thompson;
en allemand, l'Agathon et le Diogènes de
Wieland; en espagnol, Don Quichotte et
la Diane de Gil-Polo; en portugais, le
Camoëns; en italien, l'Arioste, le Tasse,
et Pétrarque. J'ajoutois à ces ouvrages de
goût le Dictionnaire historique en neuf volumes *in*-8º., les Tablettes historiques et
chronologiques de Lenglet-Dufresnoy, et
quelques Dictionnaires d'histoire naturelle
et des sciences exactes. Je pouvois ainsi
me flatter d'avoir toujours avec moi, non-
seulement un fonds inépuisable de lecture
amusante, mais encore tous les secours
nécessaires pour éclaircir sur-le-champ
les doutes qui pouvaient s'élever dans mon
esprit. J'ai cru faire plaisir au lecteur de

lui mettre sous les yeux cette petite biblio-
théque volante, non que j'aie la présomption de croire que l'on ne puisse faire un
meilleur choix, mais parce que j'ai trouvé
qu'il avoit plu assez généralement, et que
plusieurs personnes avoient désiré d'en
avoir la note.

Cependant j'étois sollicité par mes amis
de me rendre auprès d'eux en Angleterre.
Madame de Boufflers, d'un autre côté, me
pressoit de venir à Chanteloup; elle s'étoit
chargée, de la part du duc, de la duchesse
de Choiseul et de la duchesse de Gramont,
de m'y engager, et promettoit de s'y trouver. Rien n'eût été plus agréable à mes in-
clinations que le séjour de Chanteloup en
si bonne compagnie; mais la situation des
affaires m'en éloignoit. C'étoit dans le tems
que la guerre d'Amérique avoit de plus
aigri les esprits en Angleterre et en France:
je craignois que les conversations ne se res-
sentissent de l'influence des querelles natio-
nales. D'ailleurs, n'ayant pas encore tout-
à-fait usé mon caractère diplomatique, je
pouvois par mon sejour donner de l'ombrage au Gouvernement, et, de plus, me

faire tort dans l'esprit des Ministres Anglois;
je trouvai plus prudent de remettre cette
partie à une autre fois. Ayant reçu une lettre
de lord Algernon-Percy, qui m'écrivoit qu'il
venoit en Italie, et me prioit de le joindre,
je lui donnai rendez-vous à Florence, où je
passai quelque tems avec lui.

Il faut avoir fait quelque séjour en cette
ville, pour être en état de bien apprécier le
génie et le naturel de ses habitans. Je n'ai
point trouvé de peuple qui réunisse, autant
que celui-ci, les talens et l'esprit, avec la
simplicité dans les manières et la bonhomie. Je l'entends sur-tout de la Noblesse,
que j'ai le plus fréquentée, quoique j'aie
aussi connu plusieurs maisons bourgeoises,
et observé les classes inférieures avec attention. Les Florentins n'ont point de vanité
nationale, comme tant d'autres en ont avec
moins de fondement; ils rendent justice
aux étrangers, les aiment et les accueillent
avec affabilité. Les Dames y sont extrêmement aimables; elles ont cette douceur, cette
bonté et cet air engageant, qui sont les qualités propres à leur sexe; elles n'ont pas les
grâces des femmes Françoises, ni le main-

tien noble et simple des Angloises, ou l'air étudié et soutenu des Allemandes et des Hollandoises ; elles se contentent d'avoir tout uniment l'air de ce qu'elles sont. Je n'ai vu nulle part des femmes moins déguisées, dont on devinât plus facilement le caractère par la physionomie, le geste et la démarche. Cela fait aussi qu'elle ne semblent pas être toutes jetées dans le même moule, comme les femmes des nations que je viens de nommer; en un mot, je crois que si leur éducation étoit autant soignée que celle des autres femmes, elles ne leur seroient point inférieures.

Si je n'avois pas été autant en garde que je l'étois contre l'amour-propre et la vanité, j'aurois été tenté d'avoir une haute opinion de moi, d'après la distinction flatteuse dont le grand-duc de Toscane (1) m'honoroit. Je ne me trouvois jamais en sa présence, qu'il ne me prît à part. Un soir entr'autres qu'il y avoit appartement à la Cour, à l'occasion de madame la duchesse de Parme, le Grand-Duc me fit l'honneur de m'entre-

_____

(1) Depuis l'Empereur Léopold II.

tenir, pendant tout le tems de l'assemblée,
sur les points les plus importans qui puissent
intéresser un Prince; l'art de gouverner et
de se concilier l'affection des peuples. Aucun Souverain ne pouvoit mieux que lui,
discourir sur un sujet qui faisoit l'unique
objet de son étude; aussi me parut-il avoir,
autant que je pouvois en juger, les vues
aussi justes que les intentions droites : les
heureux effets de ses opérations, dans le
gouvernement de ses États, sont une preuve
indubitable de ce que j'en dis. Depuis son
avénement au trône, il a fait de très-beaux
chemins dans toutes les parties de la Toscane, défriché des pays incultes, desséché
des marais immenses, sur-tout le *Val di
chiana*, qui est à présent le terrain le mieux
cultivé en Europe; il a aboli l'Inquisition
dans ses États, supprimé un nombre considérable de couvens inutiles, et mis fin à
l'abus de porter de l'argent à Rome pour
acheter des dispenses, que ses Évêques ont
droit de donner *gratis*. Il a simplifié le Gouvernement, retranché des emplois super-
flus, et fait de très-beaux établissemens ;
entr'autres il a augmenté considérablement
la galerie, et fait un cabinet de physique,

d'histoire naturelle, de botanique, d'ana-
tomie et d'astronomie, qui est en ce genre
le dessein le plus vaste que je connoisse.
On est étonné de voir qu'avec un revenu
très-limité, pour un Prince qui a une famille nombreuse, il puisse exécuter d'aussi
grandes choses. Il est vrai qu'il ne donnoit
rien au faste, que l'intérieur de sa famille
étoit aussi bien réglé que celui d'un particulier, et que dans l'administration publique il étoit son premier Ministre. A l'aide
de cette sage conduite, il se trouvoit en état
de consacrer au bien général de ses sujets
ce qu'il refusoit au luxe, aux plaisirs et à
la dissipation. Un des plus grands objets de
la dépense du Grand-Duc étoit l'éducation
de ses enfans, la mieux dirigée que j'aie
pu observer chez des Princes; j'ai été dans
le cas d'en juger par moi-même, ayant eu
l'honneur d'approcher souvent les Archi-
ducs, et étant intimement lié avec leurs
gouverneurs. A quatorze ans, l'archiduc
François (1) avoit les lumières et le jugement d'un homme fait; et, ce qui est peu
commun dans l'instruction des Princes, on

(1) A présent l'Empereur François II.

inculquoit à ceux-ci la défiance d'eux-mêmes, l'affabilité; l'on avoit la plus grande
attention sur-tout à leur mettre sans cesse
devant les yeux, qu'ils ont par leur existence un point de réunion avec tous les
hommes, et que ce haut degré de pouvoir
qu'ils ont reçu du ciel, leur impose la tâche
pénible de s'en servir à rendre heureux
ceux qui leur seront soumis.

La police établie dans tous les États du
Grand-Duc est si sûre, que je ne connois
point de pays, pas même la France, où il
y ait moins de désordres. On pouvoit voya-
ger dans toute la Toscane la bourse à la
main. Dans les trois voyages, et le long
séjour que j'ai fait à Florence, je n'ai point
entendu parler de crime capital ni d'exécution. La presse, ce juste thermomètre de
la liberté publique, n'étoit ni trop gênée
par la superstition ou le despotisme, ni trop
livrée au libertinage de l'esprit; mais elle
étoit sagement contenue dans les limites
convenables à la décence, aux mœurs et
aux progrès de l'esprit humain. Enfin, je
trouvois tant d'avantages réunis dans Florence, par la douceur du climat, du gou-

vernement et du naturel des habitans, que
malgré ma prédilection pour Paris, pour
Londres, et pour les autres villes à grandes
ressources, je m'y trouverois peut-être encore, si des raisons indispensables ne m'a-
voient obligé de la quitter.

CHAPITRE XIV.

*Paris. — Auteuil. — Comtesse de Bouf-
flers. — Lady C***.*

TOUT me rappeloit à Londres ; le désir de
revoir M. de Mackenzie et son épouse,
dont je pouvois me flatter d'être véritablement aimé ; le besoin d'argent et de repos,
et la bienséance, qui ne me permettoit pas
d'être plus long-tems éloigné de la patrie
que je m'étois choisie. Cependant je ne pus
me refuser au penchant que j'avois alors
pour mes brillantes connoissances à Paris,
et j'arrivai dans cette capitale à la fin de
Juin 1783.

Je n'eus rien de plus pressé que d'aller
voir madame de Boufflers ; elle étoit à sa
maison de plaisance à Auteuil, à cinq
milles de Paris : j'y fus à dessein d'y passer
quelques jours. C'étoit un beau soir d'été ;
elle avoit compagnie à souper, et en attendant qu'on eût servi, elle prenoit le frais
avec plusieurs Dames qui devoient souper
avec elle. Il y avoit entr'autres la duchesse

de Biron , la princesse d'Henin , madame
de Damas , plusieurs autres Dames et Cavaliers.

D'aussi loin que madame de Boufflers
m'aperçut, elle vint seule au-devant de moi,
et après les premiers complimens, Savez-
vous , dit-elle , que je me trouve fort em-
barrassée ? Lady *** est à Paris , et elle
arrive en ce moment pour souper avec moi.
Eh bien, Madame, qu'y-a-t-il donc en cela
d'extraordinaire? Comment, reprit - elle ,
vous ne savez donc pas son aventure ? Elle
a été surprise en flagrant délit par son mari,
qui a fait un éclat scandaleux ; elle s'est
sauvée en France , a pris une maison dans
ce voisinage , et elle a le front de venir me
demander à souper. Je ne sais comment
faire , car aucune de mes amies ne veut lui
parler. J'ai peine à croire , lui répondis-je,
que ce que l'on vous a dit soit vrai ; ce que
vous pouvez faire de mieux , selon moi, est
de déclarer à vos amies que vous n'en croyez
rien , et d'agir en conséquence. D'ailleurs,
ajoutai-je , n'êtes-vous pas, ainsi que ces
Dames , intimement liée avec madame de
T***, qui est exactement dans le même cas,

supposé que celui-ci soit avéré ? Je faisois
allusion à l'aventure rapportée page 11 de
ce volume. Elle fut surprise de me trouver
si bien informé , oubliant qu'elle-même
m'avoit raconté , dix ans auparavant , l'a-
necdote en question. Elle suivit mon conseil ; et comme je connoissois lady ***, je
m'approchai d'elle , et pendant le souper je
lui aidai à faire bonne contenance.

Le lendemain , cette même madame de
T***, dont je viens de faire mention, vint
dîner avec madame de Boufflers , et après
le dîner nous dit : Croiriez-vous bien que
lady *** a eu l'impudence de passer chez
moi ; je ne l'ai pas reçue , et je suis bien
résolue de ne pas lui rendre sa visite. Madame de Boufflers trouva qu'elle avoit raison. Allons , Mesdames, leur dis-je, un peu
plus d'indulgence pour les autres. Qui sait
si cette pauvre lady *** n'est pas une victime de la calomnie , parce qu'elle est jeune
et jolie ? J'ai établi pour règle de ne croire
ces sortes d'inculpations , que lorsqu'elles
sont justifiées par la décision d'un tribunal.
Croyez-moi , faites de même , ordonnez
votre carrosse , et allons boire le thé avec

lady ***. Je les persuadai ; nous y fûmes, et nous passâmes une soirée assez agréable.

Quelques jours après , étant retourné à Paris, je trouvai que tous les Anglois qui y étoient s'accordoient à dire que la fâcheuse aventure de lady *** étoit aussi bien constatée qu'elle eût pu l'être par la décision d'un tribunal compétent ; j'eus moi-même des lettres de Londres , qui ne me permettoient plus d'en douter. Je reçus quelques jours ensuite une invitation de lady *** , pour aller dîner chez elle ; mais croyant avoir porté assez loin la charité , je m'excusai le mieux possible, et je ne l'ai pas revue depuis.

J'avois connu cette Dame dans sa jeunesse. A une grande naissance et une figure très-aimable , elle joignoit de l'esprit et des talens qui, malheureusement pour elle , n'étoient pas secondés par la réflexion ; ce fut ce qui la perdit. Elle avoit une vanité qui gâta tout. Elle se crut faite pour les grandes aventures , pour jouer dans le monde un rôle extraordinaire. Elle devint sentimentale et romanesque. Je m'aperçus de ce changement en elle ; je l'en avertis même, et je la prévins qu'elle couroit risque de devenir une héroïne de roman. Six semaines après, elle eut une intrigue, qui éloigna d'elle les femmes de sa condition ; dès-lors elle perdit toute retenue ; ses anciennes amies cessèrent de la voir. Elle chercha à s'en consoler en donnant des fêtes brillantes, en donnant souvent à dîner et à souper. Cela lui attira en effet la compagnie de quelques Dames qui n'y regardoient pas de si près. Elle eut des étrangers, des flatteurs, des parasites ; mais elle ne se sentit jamais dédommagée par-là de la perte de cette considération que donne une bonne conduite aux femmes de son rang et de sa naissance.

CHAPITRE XV.

Chanteloup. — Le duc de Choiseul. — Madame Du Barry.

JE passe sur le peu de séjour que je fis à Paris, afin de me rendre à Chanteloup, où le duc et la duchesse de Choiseul, mon ami l'abbé Barthelemy, me pressoient d'aller les voir.

Je fus reçu avec les témoignages de satisfaction et d'amitié les plus flatteurs. M. de Choiseul n'étoit plus en disgrâce, et Chanteloup étoit plus fréquenté que jamais. Ce qui contribuoit beaucoup au charme de cette société étoit une qualité dans le caractère du duc de Choiseul, dont je n'ai pas fait mention dans la quatrième partie de ces Mémoires. J'en vais parler.

Un jour que j'étois en carrosse avec la duchesse de Choiseul et l'abbé Barthelemy, cette Dame me dit : M. D***, j'ai une grâce à vous demander qu'il faut que vous m'accordiez. — Avec bien du plaisir, Madame,

si la chose est en mon pouvoir. — Si bien en
votre pouvoir, repliqua-t-elle, que je n'hé-
site pas à exiger votre parole d'honneur que
vous ferez ce que je souhaite. — Ma confiance, en vous, Madame, repris-je, ne
me permet pas de vous la refuser. — Voici
ce que c'est, dit-elle : vous avez beaucoup
voyagé, beaucoup vu, et je crois ne pas
me tromper quand j'imagine que vous connoissez bien les hommes : je suis fort cu-
rieuse de savoir ce que vous pensez de M. de
Choiseul, de son caractère particulier ; je
sais que vous êtes vrai, et pour mettre
votre sincérité à l'aise, je vous promets,
si vous le désirez, que ceci sera un secret
entre nous. Je voulus m'excuser sur ce qu'il
ne m'appartenoit pas de juger M. le duc de
Choiseul ; mais la Duchesse insista, elle
avoit ma parole, et me somma de la tenir.
Hé bien, Madame, dis-je alors, puisqu'il
faut vous obéir, je vais le faire. Vous n'at-
tendez pas de moi que je donne mon opinion sur le caractère politique de M. le duc
de Choiseul, c'est à l'Europe à prononcer
là-dessus. Je dirai seulement ce qui me
frappe le plus en lui dans la société. Quoiqu'il ait infiniment d'esprit, ce n'est pas par-

là qu'il me paroît aimable, c'est plutôt par une qualité qui se rencontre rarement avec l'esprit; enfin, pour le dire en un mot, j'aime M. Choiseul parce qu'il est un *bon homme*. Quoi! véritablement, reprit-elle avec vivacité, trouvez-vous qu'il soit *bon homme?* Oui, dis-je, il a assez d'esprit pour soutenir l'épithète, sans craindre l'interprétation qu'on y donne ordinairement. Mon Dieu! s'écria-t-elle, en frappant des mains, que vous me faites de plaisir! A peine fûmes-nous rentrés qu'elle courut à l'appartement de son mari pour lui raconter notre conversation. Quand, avant le dîner, je parus au salon, il vint au devant de moi, et me serrant la main me dit tout bas : Je suis charmé que vous me trouviez un bon homme, et je vous prie de croire que je sens tout le prix de cet éloge.

En effet le duc de Choiseul avoit cette bonté naturelle, cette simplicité, qui se fait remarquer dans les actions les plus indifférentes. Il n'avoit pas la moindre rancune. Il en donna une preuve assez forte à l'égard de madame Du Barry, qui avoit été la cause de sa disgrâce.

Pendant que j'étois à Chanteloup, il fit une absence de huit ou dix jours pour aller emprunter de l'argent à Paris. M. de Calonne, alors Contrôleur-général, le servit en cela, et persuada le Roi de lui prêter quatre millions. La difficulté étoit de trouver une caution, mais madame de Choiseul la leva bientôt en offrant sa terre de Chanteloup pour hypothèque. Pendant que cette affaire s'arrangeoit, M. de Choiseul fut dîner un jour chez le prince de Beauveau, à une maison de plaisance qu'il avoit aux environs de Paris, près de Luciennes, qu'habitoit alors madame Du Barry. Après le dîner, le Prince dit au Duc : Savez-vous que madame Du Barry et moi parlons quelquefois de vous ? Elle vous a toujours regretté, et m'a souvent assuré que ce n'étoit qu'à force d'importunités de la part du chancelier de Maupeou et du duc d'Aiguillon qu'elle avoit tourmenté le Roi, jusqu'à ce qu'il vous eût renvoyé. Le Duc répondit, qu'il s'en étoit bien douté, ajoutant : qu'il ne lui en avoit jamais voulu. Le Prince proposa au Duc, d'aller lui faire une visite en se promenant. De tout mon cœur, répondit son ami, d'autant plus que je ne

serai pas fâché de voir Luciennes , que l'on
m'a tant loué comme un séjour unique pour
le goût et les richesses ; mais faisons ainsi :
on sait que madame Du Barry a toujours
témoigné un grand désir de connoître
lord North , et l'on dit que je lui ressemble
de visage. Envoyez-lui dire que vous avez
eu lord North à dîner , et que vous lui demandez la permission de le lui présenter. Il
y a treize ans qu'elle ne m'a vu ; et si elle me
reconnoît , ce ne sera après tout qu'une
plaisanterie dont nous rirons. La visite fut
sur-le-champ résolue ; on envoya prévenir
madame Du Barry , qui les reçut avec beaucoup de grâce et de politesse , sans faire
paroître qu'elle reconnût M. de Choiseul ,
l'appelant toujours My Lord , et lui faisant
voir les beautés de Luciennes dans le plus
grand détail. Lorsque l'on fut arrivé au
boudoir , qui faisoit la dernière pièce de
l'appartement , elle leur dit en riant : A
présent trêve de plaisanterie , M. le Duc. Je
suis très-flattée, je vous assure , de l'honneur que vous me faites en venant me voir ;
asseyons-nous s'il vous plaît , et causons.
Vous êtes bien bon de n'avoir pas gardé de
rancune contre moi. Je n'en ai jamais eu ,

dit le Duc, et vous devez vous rappeler que
le matin que je quittai Versailles, vous
ayant aperçue à la fenêtre, je vous saluai
en baisant la main. Je le sais, reprit-elle,
mais ce n'étoit pas moi. J'étois au lit alors,
et ma belle-sœur qui étoit à la fenêtre, me
dit : Voilà le duc de Choiseul qui part, et
qui me prend pour vous en me saluant. Sur
quoi je répondis : Ah! s'il vouloit seulement monter mon escalier, il ne partiroit
pas. Quoi qu'il en soit, reprit le Duc, vous
voyez que j'ai tenu ma parole ; car vous
n'aurez pas oublié que quelques jours avant
mon renvoi, vous ayant rencontrée dans la
galerie, je vous approchai, et vous dis : Je
sais tout ce que vous tramez contre moi ;
vous êtes mal conseillée ; vous êtes entourée de gens qui ne songent qu'à leurs intérêts et nullement aux vôtres. Ils vous fe-
ront servir d'instrument à leurs desseins ;
mais un jour viendra que n'ayant plus besoin de vous, ils vous abandonneront, et
ce sera alors que vous me verrez venir à
vous. Cela n'est que trop vrai, dit-elle :
sur quoi elle raconta tout ce qu'elle avoit
éprouvé d'ingratitude de la part de ceux
qu'elle avoit le plus servis. Cette conversa-

tion dura trois heures : M. de Choiseul nous
en rendit la plus grande partie ; mais je la
passe sous silence, ne la jugeant pas assez
intéressante pour la rapporter.

Tel étoit M. de Choiseul dans la société,
et avec ceux qui n'avoient pas de prétentions mal fondées. M. le prince de Conti
m'a raconté que dans le tems qu'il étoit
Ministre de la Guerre, son fils, le comte
de la Marche, lui ayant demandé la croix
de St.-Louis pour un officier, M. de Choiseul l'avoit refusé, disant qu'il ne l'avoit
pas encore méritée par ses services. Le
comte de la Marche insista ; M. de Choiseul
tint bon, et n'en voulut rien faire, quoique sur un tel objet il ne fût pas d'usage de
refuser un Prince du sang. Le comte de la
Marche demanda à son père ce qu'il devoit
faire à cet égard : Mon fils, répondit le
prince de Conti, il faut savoir si le refus
de M. de Choiseul est dans les règles, en
ce cas vous n'avez rien à dire ; sinon il est
bon gentilhomme, et vous pouvez lui faire
l'honneur de vous battre avec lui.

CHAPITRE XVI.

Lettre de Voltaire. — Mort du père du
Cerceau. — L'abbé Prévôt. — Mot du
duc de Nivernois.

Il se passoit souvent à Chanteloup de ces
conversations variées par des anecdotes et
des mots intéressans, dans lesquelles chacun
mettoit plus ou moins du sien. Un jour je
demandai à madame de Choiseul s'il étoit
vrai que Voltaire eût écrit à M. le duc de
Choiseul une lettre assez plaisante au sujet
de M. Le Franc de Pompignan ? Oui, ré-
pondit-elle ; vous la verrez.

Il est bon de savoir, premièrement, que
M. Le Franc de Pompignan ayant été élu
de l'Académie françoise, fit, le jour de sa
réception, un discours, qui avoit fort déplu
aux prétendus philosophes de son tems. Ils
sonnèrent le tocsin contre lui, et Voltaire
fut excité par eux à les venger. M. de Pompignan avoit un frère, d'abord évêque du Puy
en Velay, et ensuite archevêque de Vienne,
lequel, ayant tonné contre la fausse philo-

sophie, avoit encouru l'indignation de ses sectateurs. Voltaire n'épargnoit pas les deux frères, et pendant plusieurs années ne publioit rien, qu'il ne saisît l'occasion de lancer des sarcasmes contre eux. Un troisième frère, officier dans l'armée, se trouvant à Genève dans le voisinage de Voltaire, disoit tout haut et partout, que, s'il s'avisoit de continuer ses plaisanteries contre ses frères, il lui couperoit les oreilles. Voltaire, instruit de cette menace, écrivit la lettre suivante au duc de Choiseul, alors premier Ministre.

« Monseigneur. — Je ne sais ce que » j'ai fait aux frères de Pompignan ; l'un » m'écorche les oreilles, et l'autre veut me » les couper. Protégez-moi, Monseigneur, » contre l'assassin, je me charge de l'é- » corcheur, car j'ai besoin de mes oreilles » pour entendre le bruit de votre renom- » mée, etc. »

Voltaire, parlant de la vanité de M. de Pompignan, dit, dans quelqu'un de ses poëmes :

César n'a point de tombe où sa cendre repose,
Et l'ami Pompignan croit être quelque chose.

Puisqu'il est question de gens de lettres,
dit l'abbé Barthelemi, je sais une anecdote
du célèbre abbé Prévôt, qui est fort peu
connue, et mérite de l'être. Soupant un soir
avec quelques amis, il avança un paradoxe,
qui fut relevé aussitôt, avec des marques
d'indignation. Il insiste à défendre sa thèse,
et ses amis à la combattre. Il soutenoit que,
si chacun vouloit se rendre justice, il y avoit
peu d'hommes qui à toute rigueur n'eussent
mérité d'être pendus. Mais, lui disoit-on,
à commencer par vous-même, qu'avez-vous
fait qui pût vous attirer une telle punition?
Nous nous connoissons tous dès l'enfance,
et quoiqu'il soit vrai que vous ayez toujours
été un étourdi, et même un peu libertin,
cependant aucun de nous ne peut se rappeler un trait de vous qui mérite la mort.
C'est que vous ne savez pas tout, répliqua-
t-il. Tenez, j'ai confiance en vous, et l'aveu
que je vais faire entre nous, ne peut tirer
à conséquence. Que direz-vous, si je vous
avoue ici que j'ai tué mon père? Bon! s'é-
cria l'un de la compagnie, tout le monde
sait que votre père est mort d'une chute dans
un escalier. Cela est vrai, continua-t-il,
mais ce fut moi qui le poussai : voici le fait.

J'aimois une Demoiselle, fille d'un voisin dont la maison joignoit la nôtre, et je désirois l'épouser. Non-seulement mon père refusa son consentement, mais il me défendit absolument de la voir. Je ne tins aucun compte de cette défense. Comme le père de ma belle ne me permettoit pas l'entrée de sa maison, nous avions trouvé le moyen de nous voir en nous communiquant par les toits, et je l'introduisois dans notre grenier. Mon père s'en aperçut, et nous surprit ensemble. Quoique bon, il étoit violent dans sa colère; il accabla d'injures et moi et cette pauvre fille, il alloit même vers elle pour la maltraiter, lorsque je me mis au devant de lui, et dans mes efforts pour l'empêcher de s'approcher, je le poussois vers l'escalier. Près du bord, le pied lui manqua, il tomba à la renverse, perdit connoissance, s'étant blessé dangereusement à la tête. Je le relevai, j'appelai du secours, nous le mîmes dans son lit; et revenu à lui, il fut témoin de ma douleur et des soins que je pris de lui. Je ne cessai d'être au chevet de son lit pendant le tems qu'il survécut à cet accident. Son extrême bonté pour moi le porta à cacher à ses amis la véritable cause de sa mort,

et ne fit par-là qu'augmenter mon chagrin
et mes remords.

Cet homme, qui s'accusoit d'avoir mérité
d'être pendu, finit lui-même par une mort
plus affreuse. Se promenant dans le bois de
Boulogne, une attaque d'apoplexie l'étendit comme mort au pied d'un arbre. Des
paysans, qui le trouvèrent en cet état, le
portèrent chez un chirurgien, qui fit appeler
la justice. On le crut mort, et le chirurgien
eut ordre de procéder à l'ouverture du corps.
Au premier coup de bistouri, le malheureux,
qui n'étoit pas mort, fit un cri effroyable ;
mais le coup mortel étoit porté, il ne rou-
vrit les yeux que pour voir la manière horrible dont la vie lui étoit arrachée.

J'ai connu un homme de lettres, dit quelqu'un de la compagnie, qui éprouva une
mort aussi funeste, quoique moins cruelle ;
c'étoit le célèbre jésuite, le père du Cerceau.
Il étoit précepteur du prince de Conti (mort
en 1776). Il l'accompagnoit à Véret, château du duc d'Aiguillon, près de Tours, où
la Princesse sa mère alloit souvent passer
une partie de l'été. Le jeune Prince avoit

alors 13 à 14 ans , et montrant beaucoup
d'inclination pour la chasse , il avoit enfin
obtenu qu'il auroit un fusil, avec lequel il
se préparoit au coup d'essai qu'il devoit
faire le lendemain. Ce fusil étoit chargé à
balles, et il le tenoit en main, lorsque malheureusement, en le tournant et le retournant, le coup vint à partir, et tua roide
mort le père du Cerceau, qui étoit vis-à-vis
de lui. Le jeune Prince fut tellement épou-
vanté de cet accident, qu'il couroit partout
le château en disant à grands cris : J'ai tué
le père du Cerceau ! j'ai tué le père du Cerceau ! et il entra dans le salon où étoit la compagnie , répétant sans cesse , du ton le plus
douloureux, ce peu de mots, sans que l'on
pût en tirer autre chose pendant quelque
tems.

L'usage à Chanteloup, après la conversation ou la promenade, étoit de se retirer
pour quelques heures chacun dans son appartement; c'étoit ce que l'on appeloit l'a-
vant-soirée. On la passoit chez soi, ou à
faire des visites dans le château, lorsque
la compagnie étoit nombreuse. Le duc de
Choiseul alloit chez sa sœur la duchesse de

Gramont, avec quelques-uns de leurs plus intimes amis ; l'abbé Barthelemy chez la duchesse de Choiseul, et ainsi du reste. On suivoit en cela l'usage de Paris, qui étoit de passer les soirées chez quelque ami jusqu'à l'heure du souper. J'ai connu des hommes qui en avoient tellement pris l'habitude, qu'ils eussent été malheureux de n'avoir pas eu une maison où ils pouvoient aller causer régulièrement tous les soirs. On a conservé un mot assez naïf du duc de Nivernois à ce sujet. Ce seigneur étoit intimement lié avec la comtesse de Rochefort, et ne manquoit jamais d'aller la voir tous les soirs. Comme elle étoit veuve et lui veuf, un de ses amis lui observa, qu'il lui seroit plus commode d'épouser cette Dame. J'y ai souvent pensé, dit-il, mais une chose m'arrête ; en ce cas-là, où pourrois-je alors passer mes soirées ?

CHAPITRE XVII.

Maladie de madame de Choiseul. — Suites extraordinaires qu'elle eut.

Rien ne paroissoit manquer à Chanteloup pour le rendre le séjour le plus agréable. La compagnie y étoit excellente et nombreuse. Il y avoit alors la duchesse de Gramont, le maréchal de Stainville, la comtesse de Choiseul sa fille; la princesse Josephe de Monaco, son autre fille, et leurs maris; madame d'Usson, madame de Chauvelin, madame de Simiane, le duc de Guines, le duc du Châtelet, le duc de Liancourt, etc. L'aisance et la liberté y entretenoient la bonne humeur et le contentement; on s'y trouvoit si bien qu'un gentilhomme des environs, fort aimé de monsieur et madame de Choiseul (M. du Buc) y étant tombé malade, fit une réponse à son domestique qui les enchanta. Ce domestique, très-attaché à son maître, effrayé des symptômes de son mal, en craignant la longueur et les suites, le pressoit de se faire transporter à sa maison pendant qu'il en étoit encore

tems. Comment ! répondit le malade, bien
loin de songer à m'en aller d'ici, je m'y
ferois apporter, si j'étois malade chez moi.
Ceci fut dit à madame de Choiseul, et l'on
peut juger si le malade fut bien soigné.

Mais un accident inattendu vint troubler
ce bonheur. La duchesse de Choiseul tomba
sérieusement malade, et ce fut alors que
j'eus lieu d'observer combien on étoit dévoué à ses amis en France. Tant que la
Duchesse se porta mal, toute la compagnie
resta dans le château, quoique tous ne pussent pas la voir ; quand elle commença à
être mieux, tous partirent pour Paris, où
la Duchesse devoit se rendre huit jours
après. Il n'étoit resté que le duc de Choiseul, le maréchal de Stainville, ses filles
et ses gendres, l'abbé Barthelemy et moi.
La Duchesse eut une rechute ; le Duc envoya
un courrier à Paris, avec une lettre pour
la duchesse de Gramont sa sœur, lui recommandant de lui amener le médecin Barthèz.
Cette lettre trouva la duchesse de Gramont
soupant en ville avec les amis du duc de
Choiseul ; elle la communiqua à la compagnie. Aussitôt tous, sans aller chez eux,

envoyent ordre à leurs domestiques de les
suivre, et partant en poste de la maison où
ils soupoient, accoururent à Chanteloup ;
et le château, en vingt-quatre heures, fut
rempli jusqu'au toit. Plusieurs d'entr'eux
furent quinze jours sans voir la malade,
mais ils se croyoient obligés d'être là pour
en savoir des nouvelles dix fois par jour.

Ce fut alors que j'eus occasion de connoître combien M. de Choiseul étoit attaché
à son épouse ; il ne quittoit sa chambre que
pour paroître un moment dans le salon,
afin de donner de ses nouvelles à la compagnie : quoiqu'elle fût entourée de femmes,
elle n'avoit pas de meilleure garde-malade
que lui.

Enfin, madame de Choiseul se trouva en
état d'être transportée à Paris, où elle fut
accompagnée par son mari, sa belle-sœur
et son médecin ; mais peu après être arrivée, elle retomba malade, fut dans la situation la plus critique et la plus étonnante ;
elle empira au point, qu'après l'avoir bien
examinée, les médecins ne lui trouvant plus
ni pouls, ni haleine, la jugèrent morte.

II.   т

Prête à être enterrée toute vivante, elle entendoit tout ce qui se disoit autour d'elle, sans pouvoir donner le moindre signe de vie. Cependant on avoit arraché M. de Choiseul de sa chambre, et les médecins étoient venus, quelque tems après, lui annoncer qu'elle n'existoit plus ; on se prépara à lui rendre les derniers devoirs. On ne peut imaginer quelle étoit l'affliction de son mari. Il n'avoit jamais auparavant éprouvé la crainte de la perdre ; et ceux qui ne le quittèrent point pendant tout ce tems-là, m'ont assuré n'avoir jamais vu d'attention aussi suivie, et de douleur aussi profonde que celles qu'il montra alors. Au moment où ses amis l'entouroient et cherchoient à calmer son désespoir, il sortit avec précipitation de son appartement, s'écriant qu'il vouloit voir sa femme une dernière fois ; et en entrant dans sa chambre, il se jeta sur son corps, répétant à cris redoublés : Ma femme, ma chère femme ! Madame de Choiseul m'a raconté elle-même que ces cris perçans l'avoient rappelée à la vie ; elle étoit dans une profonde léthargie, ou plutôt catalepsie. Elle n'avoit aucun sentiment de rien. Cette voix fut plus efficace que tous les moyens employés quelques heures avant pour juger si elle avoit encore des restes de vie; et afin de l'exprimer dans les propres termes dont elle se servit, en me faisant ce récit, « La voix seule de cet homme que » vous savez que j'adore pouvoit me faire » reprendre mes sens. » Elle revint tout-à-coup à elle, et se trouva assez de force pour se soulever et jeter ses bras autour du cou du Duc, en s'écriant : Ah! mon cher mari! Les amis accoururent aussitôt autour de son lit; les médecins furent appelés : elle se remit de jour en jour, et peu-à-peu se rétablit entièrement. Il falloit lui entendre raconter cette scène, animée comme elle l'étoit toujours de son amour extrême pour le duc de Choiseul, afin d'en comprendre tout l'effet.

J'ai connu une jeune Dame en Angleterre qui se trouva une fois dans la même situation; c'étoit lady Besborough, sœur de la duchesse de Devonshire. Vers l'année 1790, elle tomba malade et dans un paroxisme semblable à celui que j'ai rapporté, ses médecins, le chevalier Pepys et le docteur Warrin la crurent morte. Ils firent les

tentatives usitées en pareil cas; mais voyant
que tout étoit inutile, ils décidèrent qu'elle
n'étoit plus; sur quoi le chevalier Pepys,
homme très-moral, ne put s'empêcher de
faire un soliloque, en commençant ainsi :
« Voilà donc la vanité des grandeurs de ce
» monde ! cette jeune personne, à la fleur
» de son âge, dans un rang élevé, belle,
» chérie de tous »..... Ici il fut interrompu
brusquement par son collègue, qui lui dit :
« Il est bien tems de prêcher à présent : eh
» bien ! elle est morte; allons voir ceux qui
» ne le sont pas. » Lady Besborough étoit
précisément dans l'état où j'ai décrit madame de Choiseul. Elle entendoit tout ce
qui se disoit autour d'elle, et le contraste du
langage des deux médecins la frappa dans
un sens si ridicule, que malgré le danger
où elle étoit, elle se sentoit intérieurement
une envie de rire qu'elle ne pouvoit mani-
fester. Quelques heures après il survint une
crise qui la sauva, et elle vit encore. Je tiens
ces circonstances d'une de ses amies à qui
elle les a racontées.

CHAPITRE XVIII.

Séjour à Tours et à Paris.

QUAND le duc et la duchesse de Choiseul
partirent pour Paris, j'allai à Tours y passer l'hiver. Cette ville est à 15 milles de
Chanteloup, dans une situation charmante.
J'y trouvai une société excellente ; il y régnoit un ton aisé, une gaieté douce et piquante, beaucoup d'esprit et d'aménité.
Ces qualités entrent dans le caractère des
habitans de Tours, qui tiennent probablement ces avantages de la bonté de leur
climat, et de la fertilité de leur province,
justement appelée le jardin de la France.
Aussi le Tasse a-t-il très-bien défini la
Touraine et ses habitans par ces deux vers
heureux :

La terra molle, lieta, e dilettosa,
Simili a sè gli abitator produce.

En effet, l'abondance de toutes les productions de la terre, l'excellence de ses
fruits, ses richesses en blés, vins, bétail
de toute espèce, en gibier, en volaille,
y entretiennent un air de prospérité qui

inspire , sans doute , aux habitans cet enjouement naturel que l'on voit rayonner
sur toutes les physionomies. Pour appuyer
ceci , je dirai seulement qu'ayant voulu
connoître avec précision ce qu'il en coûtoit pour vivre à Tours , je donnai à dîner
à deux amis , et je calculai , à quelques
sous près, la dépense. Nous eûmes la soupe
et le bouilli , une entrée de perdrix aux
choux , un lièvre et une poularde rôtis, avec
entremêts de légumes , un dessert copieux
des meilleurs fruits de l'Europe , deux bou-
teilles d'un très-bon vin du pays , et le tout
coûtoit six livres de France , ou cinq schel-
lings d'Angleterre. Vingt ans se sont écou-
lés depuis , et malgré les malheurs de la
révolution , je suis informé que tout y sub-
siste dans le même état , parce que cette
province étant au centre de la France , n'a
pas subi les revers et les calamités qui ont
désolé les provinces frontières. J'ajouterai
que j'avois un appartement de sept chambres de plain-pied, proprement meublé ,
deux chambres de domestiques , et une
cuisine , à vingt-cinq louis pour six mois :
quoique le tems fût froid cet hiver-là, il ne
m'en coûta que cinq louis pour le chauffage.

A mon retour en Angleterre, je m'arrêtai six semaines à Paris, où je passois
mon tems dans les sociétés de M. et madame de Choiseul, de mesdames de Boufflers, et dans les maisons La Reynière et
de la Borde. Le duc de Choiseul vivoit à
Paris avec la même magnificence qu'à Chanteloup ; il dînoit tous les jours chez lui ; un
petit nombre de personnes avoit une invitation générale, et j'avois l'avantage d'être
compris dans ce nombre. Il y avoit constamment une table servie à douze couverts :
il se trouvoit souvent que l'on se mettoit à
table cinq ou six, et qu'à la fin du dîner
il y avoit douze ou quinze convives, sans
que cela dérangeât en rien le maître ou la
maîtresse de la maison. Celui qui venoit
plus tard prenoit place sans façon, vînt-il
au dessert, on ne faisoit pas reservir un
plat, parce que l'on supposoit que ceux
qui arrivoient ainsi ne dînoient pas et se
réservoient pour le souper.

Le soir étoit différent, tous les amis
étoient censés invités ; l'heure du souper
étoit à dix heures ; mais on venoit, et chacun arrangeoit sa partie de cartes, de tric-

296 MÉMOIRES D'UN VOYAGEUR

trac, de billard, comme il vouloit. Au
quart avant dix heures, le maître-d'hôtel,
M. Le Sueur, traversoit les appartemens ;
il jugeoit d'un coup-d'œil combien pourroient rester, et il faisoit servir, un quart-
d'heure après, cinquante, soixante, quatre-vingt couverts. La plus grande table
étoit de quarante ; et s'il n'avoit pas toujours deviné juste, on avoit bientôt mis
une petite table. Ces soupers n'étoient pas
cependant tous les jours; on en exceptoit
le vendredi et le dimanche. Le Duc et la
Duchesse soupoient le vendredi chez la
marquise du Deffant, et le dimanche chez
l'un ou l'autre de leurs amis.

Depuis la mort de M. le prince de Conti,
madame de Boufflers donnoit plus rarement à manger. Je la voyois souvent, sur-
tout à Auteuil, dont elle avoit fait un séjour
très-agréable, et où elle recevoit volontiers
compagnie. Les maisons La Reynière et La
Borde étoient ouvertes à tous ceux qui y
étoient présentés. M. de la Reynière avoit
meublé la sienne avec un goût et une ri-
chesse sans égal à Paris : sa femme, née
Jarente, étoit infatuée de la noblesse, à

laquelle elle tenoit un peu par sa naissance ;
et comme femme de financier ne pouvant
être admise à la Cour , elle cherchoit à s'en
dédommager en attirant chez elle les hommes et les femmes du plus haut parage , à
quoi elle réussissoit à l'aide de fêtes bien
entendues, d'une chère exquise, et de soupers splendides. M. de la Borde y mettoit
plus de bonhomie ; sa maison étoit aussi bien
montée , et sa table peut-être plus somp-
tueuse qu'aucune autre ; mais il n'avoit pas
l'air d'y prendre garde. Il vous invitoit sans
façon , vous recevoit affectueusement ,
vous constituoit le maître, l'ami de la maison. Il étoit franc , bon , généreux , hospi-
talier, et très-obligeant. Son épouse , madame de la Borde , étoit une excellente
femme , pleine de vertus et de raison. Les
Dames de la première qualité venoient dîner chez elle, et lui faisoient mille caresses
dont elle n'étoit pas la dupe , et qu'elle recevoit avec respect et circonspection. Elle
voyoit très - bien que toutes ces avances
tendoient à emprunter de l'argent. Son
mari prêtoit assez volontiers , jusqu'à ce
qu'il s'aperçut qu'il étoit nécessaire d'y
mettre un peu de réserve , et madame de

la Borde avoit si bien jugé des motifs qui animoient ces Dames , que toujours leur éloignement de cette maison succédoit aux refus.

Je partageai le peu de tems que je restai à Paris entre ces maisons et les gens de lettres , et au commencement de mai , je partis pour Londres.

CHAPITRE XIX.

Retour en Angleterre. — Le duc de Nor-
thumberland. — Lord Bute.

J e retrouvai M. de Mackenzie , et lady
Betty Mackenzie, toujours les mêmes pour
moi , et je me dévouai entièrement à eux.
Je voyois aussi le duc de Northumberland,
qui me pressoit de nouveau d'accepter les
offres qu'il m'avoit faites tant de fois , de
prendre un appartement chez lui; mais j'é-
tois décidé à n'en rien faire. Je répondis à
ses offres d'une manière vague et polie, et
je n'acceptai pas. Je continuai cependant à
cultiver sa connoissance , n'écoutant en
cela qu'une inclination naturelle qui m'attiroit vers lui ; et pour ne plus revenir sur
ce sujet, je dirai en peu de mots que pendant les deux années qu'il vécut après mon
retour, il ne voyoit personne plus souvent
et plus volontiers que moi : je passai même
un été à son château d'Alnwick avec lui,
et dans la maladie dont il mourut, je fus
le seul qu'il vit constamment. Quelques
jours avant de mourir , il dit à son fils :

« Mon fils , il me semble que nous aurions
dû faire quelque chose pour M. D***. »
Son fils en convint , et il n'en fut plus
question.

Une des premières visites que je fis à
mon arrivée, fut celle de lord Bute. Il avoit
bâti, pendant mon absence, une belle maison sur le bord de la mer, en Hampshire;
il m'invita à y passer l'été avec lui, me
prévenant que nous serions seuls. Je me
rendis d'autant plus volontiers à cette invitation, que son frère, M. de Mackenzie,
alloit pour quelque tems sur ses terres en
Ecosse avec son épouse, et qu'ils n'avoient
pas besoin de moi.

Je n'ai pas connu d'homme avec qui l'on
pût être si long-tems tête-à-tête sans s'en-
nuyer qu'avec lord Bute. Ses connoissances
étoient tellement multipliées, et sa conversation par conséquent si variée, que l'on
croyoit être en compagnie de plusieurs,
avec l'avantage d'être assuré d'une humeur
toujours égale dans un homme dont la politesse, les attentions et la bonté ne se dé-
mentoient jamais envers ceux qui vivoient

avec lui. On se rencontroit à déjeûner, on
se quittoit pour une demi-heure ; nous faisions, tout en causant, de longues promenades en carrosse ou à pied. Nous dînions
de bonne heure, et le reste du tems se passoit dans la bibliothèque, à causer, à lire,
ou à écrire. S'il étoit las de causer, il prenoit sans façon un livre ; je faisois la même
chose de mon côté si la fantaisie m'en prenoit le premier. C'étoit chose entendue, et
son plus grand soin étoit d'écarter la gêne
que pouvoient faire naître son âge et son
rang.

L'étude favorite de lord Bute étoit la botanique ; il excelloit tellement dans cette
science, que les plus grands maîtres en
Europe le consultoient et recherchoient sa
correspondance. Il avoit écrit sur ce sujet
un ouvrage en 9 vol. *in*-4°. qu'il fit imprimer à grands frais. Il l'avoit composé pour
la reine d'Angleterre, et ne voulut jamais
le publier, tant il étoit éloigné de tirer vanité de ses lumières. Il en fit tirer 16 exemplaires, dont il m'en donna un.

Ce fut dans cette retraite en Hampshire
que lord Bute s'ouvrit à moi plus que

jamais, et me fit part de tout ce qu'il avoit
connu des affaires du royaume pendant près
de quarante ans, c'est-à-dire, depuis sa faveur avec le prince de Galles, père du Roi,
jusqu'à ce moment - là. Il avoit eu la précaution d'exiger de moi la promesse que je
ne prendrois point de note de ce qu'il me
disoit, et je tenois si bien ma parole, que je
m'étudiois même à oublier ce qu'il m'avoit
dit en confidence, en sorte qu'il me seroit
difficile à présent de me le rappeler. J'ai
déjà dit qu'il n'avoit accepté la place de premier Ministre que pour accélérer le grand
ouvrage de la paix que le Roi vouloit donner
à l'Europe, et qu'aussitôt qu'elle fut signée
il résigna. M. Adolphus (historien d'ailleurs
estimable), a été très - mal informé sur le
caractère de lord Bute, et sur les motifs de
sa retraite. Ce ne fut point du tout parce
qu'il craignoit de n'être pas assez bien soutenu dans ses mesures; car il avoit, quand
il quitta, la plus grande majorité qu'ait jamais eue un premier Ministre dans le parlement; ni parce qu'il se croyoit négligé par
son Souverain, qui lui donna constamment
des preuves de son estime et de son affection
pendant trente ans après qu'il eut quitté sa

place. Il résigna, parce qu'il étoit dégoûté du tracas des affaires, indigné de la manière d'agir de ceux qui aspiroient à obtenir des grâces, de la bassesse des uns, de la duplicité des autres. Il m'en cita plusieurs exemples ; j'en rapporterai un seul trait.

Un grand Seigneur, de ceux qui soutenoient son administration, le pria de lui permettre de lui amener en particulier un membre du parlement qui lui étoit fort utile dans sa province, pour appuyer ses intérêts ; lord Bute y consentit. Dans cette entrevue, ce Seigneur s'étendit sur la capacité de celui qu'il lui présentoit, ajoutant qu'il pouvoit rendre de grands services à l'État, s'il avoit un emploi désigné important et lucratif ; et après bien des éloges, sur un signe convenu, le protégé se retira. Lorsqu'ils furent seuls, le grand Seigneur dit à lord Bute : Je lui ai tenu ma parole ; mais à présent, entre nous, je ne crois pas beaucoup à ses talens ; vous êtes le maître de faire ce qu'il vous plaira, trouvez quelque défaite ; qu'il ait l'emploi ou non, cela m'est égal. Lord Bute, choqué d'une telle fausseté, prit secrètement des informations sur l'objet de cette recommandation singulière ; il s'assura du mérite de cet homme, et lui donna l'emploi qu'il désiroit.

Ce qu'il désiroit vivement que l'on crût, et qui étoit vrai, étoit que, depuis l'année 1766, il ne s'étoit jamais mêlé des affaires publiques directement ni indirectement, et n'avoit jamais vu le Roi en particulier. Il continuoit à voir régulièrement la princesse de Galles ; mais quand le Roi venoit chez elle, lord Bute se retiroit par un escalier dérobé. Son attachement pour Sa Majesté n'en étoit point moins vif et moins constant ; et comme il connoissoit mieux que personne ses goûts pour les arts et les sciences, il ne faisoit jamais l'acquisition d'un nouvel ouvrage, ou de quelque instrumènt nouveau dans les sciences exactes, souvent perfectionné sous sa direction, qu'il ne lui en fît parvenir un double. Il avoit le portrait du Roi au-dessus de sa cheminée dans toutes ses maisons ; et quand il parloit de lui, il portoit toujours les yeux vers ce portrait, avec un respect affectueux et touchant, accompagné de quelque expression fortement énergique de son attachement pour sa personne. Son intérêt parlementaire lui donnoit droit de pré-

tendre aux grâces du Gouvernement, puisqu'il pouvoit disposer de plusieurs voix dans
la Chambre des Pairs et dans celle des Com-
munes ; mais les Ministres étoient tellement
persuadés qu'il ne seroit jamais dans l'Opposition, qu'ils ne faisoient aucune attention à ses demandes ; si bien, que je l'ai vu
débourser une somme assez considérable
pour acquérir à son fils une promotion dans
l'armée que le Ministre lui avoit refusée.
Malgré cela, j'ai connu des personnes qui
auroient dû être mieux instruites, soutenir
que lord Bute dirigeoit les affaires, et con-
servoit la plus grande influence, vingt ans
après qu'il avoit renoncé à tout. Je lui ai
vu alors recevoir des lettres de sollicitation,
d'autres anonymes de menace ; il me les
faisoit lire, et les jetoit au feu, sans faire
plus de cas des unes que des autres.

Deux qualités peu connues de lord Bute
étoient sa générosité et sa charité. Il étoit
généreux sans ostentation ; il faisoit des au-
mônes secrètes. Il m'employoit souvent à
secourir des artisans industrieux, dont une
petite somme donnée à propos prévenoit la
ruine, et je suis allé vingt fois visiter de sa

part les prisons pour en tirer des débiteurs
insolvables qu'il ne connoissoit point, et
qui n'ont jamais connu leur bienfaiteur. Je
me faisois aider de l'aumônier de la prison,
pour placer avec discernement l'argent
dont j'étois chargé! Lord Bute me recom-
mandoit le secret, et je n'en ai parlé qu'après
sa mort.

CHAPITRE XX.

Lord *Walsingham.*

Je me croyois absolument tranquille et libre de tout engagement, lorsqu'un matin je reçus une visite de lord Walsingham, que je ne connoissois que pour l'avoir rencontré une fois à dîner chez un ami commun. Il avoit été nommé à l'ambassade d'Espagne, et venoit me proposer d'aller avec lui, comme secrétaire d'ambassade. Il s'étoit, disoit-il, informé particulièrement de moi; j'étois l'homme qui lui convenoit, et il n'y avoit rien qu'il ne fît pour me déterminer à accepter sa proposition. J'avois toujours eu le plus grand désir de voir l'Espagne. J'avois étudié la langue espagnole, et j'avois une prédilection pour cette nation. Les secrétaires d'ambassade en Angleterre sont accrédités à la Cour où ils résident, et ils ont mille louis d'appointement. Lord Walsingham, outre ces avantages, m'en offrit d'autres indépendamment de ceux-ci. Je devois vivre avec lui dans sa propre maison, avoir un carrosse à ses frais, il se reposoit

de tout sur moi. Malgré cela, mon premier
sentiment fut de refuser. Deux raisons m'y
portoient; l'une, que M. de Mackenzie
étoit encore en Écosse, et je répugnois à
prendre un parti sans le consulter; l'autre
étoit la pensée que j'allois peut-être entreprendre un travail au-dessus de mon âge et
de mes forces. J'ai toujours eu une mauvaise
honte qui dans plusieurs occasions m'a jeté
dans l'embarras. Je n'ai jamais pu refuser
tout net une offre avantageuse ou flatteuse
en apparence, quelque éloignée qu'elle pût
être de me convenir. Ce fut ce qui m'arriva
alors. Je croyois pouvoir éluder en élevant
des difficultés; je demandai une augmen-
tation de ma pension, une rente viagère de
sa part, et une promesse d'une autre grâce
du Gouvernement, qu'il est inutile de nommer. Lord Walsingham me quitta aussitôt
pour aller trouver le Ministre; il revint une
heure après, me dire qu'il avoit obtenu les
deux choses qui dépendoient du Gouvernement, et que pour celle qui dépendoit de
lui, la rente viagère, j'en aurois le contrat
le lendemain. Je ne pouvois plus reculer;
j'acceptai. Dès ce moment, lord Walsingham s'ouvrit à moi, comme si nous nous

fussions connus depuis vingt ans. Il me fit
part de tous ses desseins, et me consulta sur
tout. Il voulut que j'ordonnasse ses équipages, que je fisse le choix de ses domestiques,
que je réglasse toute sa maison. Je n'ai jamais vu une déférence plus entière que celle
qu'il montra pour moi.

La première chose que nous fîmes fut de
travailler à nous mettre au fait de la politique du jour ; c'étoit en 1786. Le duc de
Leeds étoit alors secrétaire d'État pour les
affaires étrangères. La correspondance générale nous fut communiquée. Non-seulement nous avions accès aux archives du Bureau, mais pour plus grande commodité,
on nous laissoit emporter à la fois dix ou
douze volumes de la correspondance ; en
sorte que j'eus la plus belle occasion d'être
exactement informé du secret des négocia-
tions dans les principales Cours de l'Europe, et de juger des talens des Ministres
employés par le Roi au-dehors. Sans prétendre déprécier le mérite de ceux que je ne
nomme pas ici, je dirai seulement que les
dépêches de lord Malmesbury, de lord Auckland, lord St.-Helen, du chevalier Robert

Keith, et de M. Liston, me parurent pré-
férables à toutes les autres.

Lord Walsingham étoit très-laborieux ;
il s'occupoit depuis six heures du matin
jusqu'à onze heures du soir à faire des extraits de tout ce qu'il trouvoit d'intéressant
dans la correspondance. Quoique je ne
manquasse pas d'activité, j'étois effrayé
de l'ardeur infatigable qu'il mettoit à ce
travail; mais il me rassuroit en disant qu'il
étoit plus jeune que moi, qu'il n'entendoit
pas que je m'incommodasse, et qu'il suffiroit que je fusse au courant des affaires,
pour l'aider de mes conseils. Malgré tout
cela, plus je considérois ce qui nous attendoit en Espagne, moins j'étois content
de m'être embarqué dans cette galère. Je
saisissois toutes les occasions de dégoûter
lord Walsingham de cette mission; mais il
n'avoit pas les mêmes raisons que moi, et
il étoit engagé trop avant pour se retirer.

Je me suis reproché souvent d'avoir en
cela consulté mon intérêt plus que le sien.
Je ne cherche pas à me disculper, je dis le
fait, et j'avoue mon tort.

Nous nous préparions pour notre départ,
lorsque lord Walsingham vint m'annoncer
un jour, que M. Pitt lui proposoit la place
de Grand-maître des postes, s'il vouloit renoncer à l'ambassade d'Espagne, où l'on
avoit dessein d'envoyer lord Auckland ; il
étoit indécis s'il devoit accepter. Je lui représentai que s'il avoit passé quelques années à Madrid, on ne lui offriroit probablement pas une rétribution plus agréable.
La récompense se présentoit avant les services; il ne pouvoit mieux faire que d'en
profiter. Il accepta; j'en fus charmé. Je lui
rendis son contrat de rente viagère. Je perdis avec plaisir l'espérance conditionnelle
de la grâce obtenue pour moi du Gouvernement ; il ne me restoit que l'augmenta-
tion de ma pension, j'étois satisfait; mais
lord Walsingham ne l'étoit pas à mon égard.
Il se plaignoit de ce que son influence auprès
des Ministres n'étoit pas suffisante pour me
procurer le prix des soins que je m'étois
donnés pour lui; il disoit souvent qu'il étoit
honteux de n'avoir rien fait pour me témoigner sa reconnoissance, et j'étois sûr
qu'il le pensoit ainsi. Je l'assurai que je ne
m'attendois à rien ; que je ne désirois que

la continuation de sa bonne volonté pour
moi ; enfin , je le mis à son aise.

Je dois dire qu'aucun des Seigneurs que
j'ai été dans le cas d'obliger , ne s'est constamment conduit avec plus de loyauté envers moi que lord Walsingham. Quand j'ai
eu occasion de m'adresser à lui pour ses
bons offices , il s'est toujours montré sincère et empressé à m'obliger ; et toutes les
fois qu'il a eu recours à moi pour quelque
petit service , je n'ai jamais manqué de lui
témoigner mon zèle. Sans juger qu'il fût
nécessaire de nous voir régulièrement pour
entretenir la confiance , nous n'avons jamais cessé cet échange mutuel de bons procédés qui m'a causé plus de satisfaction que
n'auroit fait le service le plus essentiel.

CHAPITRE XXI.

Maladie du Roi.

Vers la fin de l'année 1788, il survint un des plus fâcheux événemens, des plus extraordinaires, et des plus intéressans qui pût arriver dans un Gouvernement constitué comme celui de la Grande-Bretagne. Le Roi tomba malade; les médecins attribuoient son mal à une éruption rentrée, suivie d'une fièvre portée au cerveau, et qui de tems en tems étoit accompagnée d'un si grand délire, que le 10 novembre on crut qu'il alloit expirer. Plusieurs habiles médecins qui ne voyoient pas Sa Majesté, mais qui étoient bien informés des symptômes de sa maladie, m'assurèrent que ce n'étoit qu'une fièvre de cerveau, très-forte, mais que le Roi recouvreroit sa raison à mesure que la fièvre diminueroit, et que probablement cela traîneroit en longueur.

Je prévis alors toute la confusion que cette circonstance fatale devoit occasionner; je résolus de me livrer tout entier à l'observation de ce qui alloit se passer, de prendre note tous les soirs du langage et des incidens du jour.

Je n'étois d'aucun parti, et j'étois lié avec plusieurs personnes considérables dans tous les partis. Je m'étudiai donc à recueillir fidèlement ce que je voyois et entendois des deux côtés, sans épouser les opinions de l'un ni de l'autre, et je me trouvai par-là dans le cas d'écrire sur ce sujet avec exactitude, et avec connoissance de cause. Je le fis avec une impartialité qui frappa tellement ceux qu'une simple exposition des faits paroissoit inculper, que plusieurs de ceux qui furent frustrés dans leur attente me surent gré de la modération de mon style, et d'autres me remercièrent de n'en avoir pas dit davantage. Je publiai cet ouvrage avec toute la circonspection possible, ayant pris la précaution de le faire communiquer auparavant à une personne trop auguste pour pouvoir être citée ici. Malgré tout cela, je ne pus pas éviter d'encourir la privation des bonnes grâces du prince de Galles.

J'avois l'honneur d'être connu depuis quelques années de son Altesse Royale.

J'admirois en elle tout ce qui contribuoit
à lui concilier le respect et l'affection de
ceux qui vivoient avec lui. Les charmes de
sa personne, l'air noble et l'affabilité de
ses manières, la tournure de son esprit, la
générosité de son âme, et la chaleur de son
cœur, lui gagnoient tous les suffrages dès
la première vue. J'avois eu le bonheur de
ne pas lui déplaire ; il me faisoit la grâce
de souffrir que je fusse admis à ses parties,
de m'inviter même à sa table, et j'ose le
dire, j'avois sujet de croire que j'étois bien
dans son esprit, quand, à l'époque dont je
parle, les choses prirent une autre face. On
fit sans doute à ce Prince un rapport infidèle de mon ouvrage, car il assura qu'il ne
l'avoit pas lu. Dès-lors il ne me fut pas difficile de m'apercevoir du changement de
son Altesse Royale à mon égard, et voyant
que, dans les maisons où j'avois l'honneur
de le rencontrer, il ne m'adressoit plus la
parole, j'eus soin d'éviter de me trouver
en sa présence, sans en donner de raison,
persuadé qu'il vaut mieux quitter à propos
les Grands que de s'en plaindre.

CHAPITRE XXII.

Révolution Françoise.

Ce fut dans le même tems qu'arriva en France cette terrible Révolution, à laquelle on ne peut rien comparer de tout ce qui se lit dans l'histoire ancienne et moderne. La première cause , et malheureusement la plus efficace , fut sans doute l'anéantissement de tout esprit de religion. Voltaire étoit le grand opérateur de ce renversement dans les idées ; il y travailla constamment pendant soixante ans. Ses associés, d'Alembert , le baron d'Holbach , Condorcet, Diderot , Helvetius , etc. le secondèrent avec une ardeur incroyable , dont j'ai souvent été témoin. Ils eurent des sectateurs dans la Noblesse , dans la Magistrature , dans le Clergé , en France et au dehors , des amis parmi les têtes couronnées. On les flattoit pour en être loué. Des hommes , ainsi préparés par la fausse philosophie, ne pouvoient manquer d'agir comme ont fait les François.

Le libertinage de l'esprit fut suivi du libertinage des mœurs; ce fut le fruit corrompu de ce germe diabolique. Aussi l'histoire ne fournit point d'exemples d'un aussi grand nombre de crimes, d'une perversité aussi générale, d'atrocités aussi affreuses que ce malheureux Royaume en a manifestés pendant le cours de quinze années.

Les trente dernières années de Louis XV furent une suite d'excès honteux qui donnèrent beau jeu à l'avidité des courtisans, à la cupidité de ses maîtresses, et inspira au peuple du mépris pour la Cour.

Louis XVI, à son accession au trône, trouva les finances dans le plus grand épuisement. Il ne fut pas le maître d'y rétablir l'ordre. Contre son avis et son penchant, ses Ministres et le cri public l'engagèrent dans la guerre d'Amérique. J'étois à Paris alors; je remarquai l'effet que produisoit dans tous les esprits le mot de *liberté*. On faisoit des vœux pour les Américains, on se réjouissoit de leurs succès. Les François en leur souhaitant la liberté, par un

retour sur eux-mêmes, pensoient déjà à se
la procurer aussi.

Cette guerre coûta des sommes prodi-
gieuses à la France, et augmenta considérablement sa dette. Pour y remédier, on
assembla les Notables; de là on en vint à
la convocation des Etats-généraux. Necker,
visant à la popularité, doubla le Tiers-Etat,
décida que l'on voteroit par tête. — Alors
sentant sa force, le Tiers-Etat se constitua
en Assemblée nationale, invitant la Noblesse et le Clergé à se réunir à lui. C'est
de ce moment qu'il faut dater la ruine de
la Monarchie.

Une autre cause de la perte du Royaume
fut la jalousie que la Noblesse inférieure
avoit contre la haute Noblesse, qui traitoit
celle-là avec aussi peu d'égards que les
gentilshommes eux - mêmes traitoient la
bourgeoisie. Ainsi, le désir qu'avoit la
Noblesse inférieure d'abaisser les Grands,
joint à l'espérance qu'avoient les bour-
geois, les marchands, les avocats, les pro-
cureurs, de mettre à leur niveau la Noblesse en général, forma un accord d'opinions irrésistible, qui se manifesta bientôt

par l'abolition de la Noblesse, produisit
le fatal principe de l'égalité, perdit le
Roi, etc.

Ajoutez que la bonté de Louis XVI,
l'affabilité de la Reine, la facilité qu'ils
donnèrent de les approcher, les soupers à
la Cour, enfin tout ce qui tendoit à fami-
liariser la société avec le trône, finit par
dégrader la majesté royale, qui n'eût jamais plus besoin de relever sa dignité qu'au
moment où tout conspiroit à l'abaisser.

Telles furent les causes qui produisirent
la révolution Françoise. Les suites sont du
ressort de l'histoire. Elles sont écrites en
lettres de sang, et si bien gravées dans la
mémoire de tous les contemporains, qu'il
est inutile de les rapporter.

On voit par ce tableau des causes de cette
révolution, combien il est nécessaire dans
un Etat d'y faire respecter la religion,
combien l'exemple des Princes est utile au
maintien des bonnes mœurs, combien une
sage administration des finances influe sur
le bonheur d'un pays. On voit aussi par-là,

combien le principe d'égalité est perni-
cieux, par conséquent de quelle nécessité
est la distinction des classes différentes dans
la société ; et enfin de quelle importance
sont au salut d'un Etat monarchique la
dignité du Trône, et la vénération pour
celui qui l'occupe.

CHAPITRE XXIII.

Spa. — M. Craufurd. — La duchesse de Devonshire.

Le tems que je ne donnois pas à M. de Mackenzie, je le passois avec M. Craufurd, dont je n'ai jamais parlé dans ces Mémoires, quoique j'aie beaucoup vécu avec lui. J'en parle à présent pour dire que c'étoit bien le caractère le plus piquant qui pût se trouver dans la société. Je crois que l'on ne sera pas fâché de trouver ici le portrait que je fis de lui ; je le lui communiquai avant de le montrer à personne. Le voici :

Astaque est le composé le plus singulier de la nature ; la versatilité d'un esprit plein d'idées originales et de caprices, l'agitation de son cœur, l'ardeur de son sang, les mouvemens de sa bile, la vivacité de son âme, — la foiblesse de son corps, tout cela forme un individu qui suffiroit pour composer séparément une demi-douzaine de caractères distinctement marqués, et dont l'ensemble présente l'être le plus extraordinaire

II.   x

que l'on puisse rencontrer dans la société. Heureusement pour les amis d'Astaque, ses idées, ses caprices, ses passions n'ont rien de choquant pour éux; s'il n'est pas de leur avis, il leur permet de n'être pas du sien, pourvu qu'ils le laissent disputer à son aise, ce qu'il fait avec beaucoup d'esprit, et une logique assez subtile. S'il ets amoureux, il ne prétend pas que ce soit à l'exclusion des autres; au contraire il se lie avec ses rivaux, et les invite à dîner avec celle qu'il aime. Ses caprices ne gênent personne; et si l'on veut bien s'y prêter, il en sait si bon gré, que ceux qui ont besoin d'argent saisissent ce moment pour lui emprunter. Sa mauvaise santé lui facilite le train de vie qu'il aime à suivre; elle lui sert d'excuse pour s'affranchir des devoirs de la société, pour le dispenser de faire tout ce qui lui déplaît, et il a si bien établi cette prérogative, qu'on la lui passe comme de droit : mais il compense cela par son empressement à vous obliger; il donne volontiers, il prête noblement. Voulez-vous faire connoissance avec une femme aimable, avec un ministre, avec un homme rare? Priez-le de vous procurer cet avantage, il le fera avec plaisir; il les invitera à dîner

chez lui, pour vous les faire rencontrer. On
sait qu'il tient très-bonne table, et s'il aime
à donner à dîner, l'on aime aussi à manger
chez lui ; bien entendu de sa part, que c'est
à condition qu'il ne se gênera pas là plus
qu'ailleurs.

Astaque a beaucoup lu ; il connoît les
bons auteurs en latin, en françois, en
anglois ; il a du goût naturel, le tact fin,
sans aucun élément de la moindre science ;
mais il n'en est pas plus embarrassé, et il
avoue tout uniment son insuffisance à cet
égard, afin d'être fondé à vous faire des
questions.

Astaque a beaucoup d'élévation d'âme :
la naissance et les richesses de ceux avec
qui il vit ne lui en imposent nullement ; il
se trouve avoir assez de l'un et de l'autre
pour se placer sans façon au niveau de tout.

Ajoutez qu'Astaque est bon, charitable,
humain, colère et doux, vif et paresseux,
ami chaud, ennemi généreux (si tant est
qu'il ait des ennemis), impatient par tem-
pérament, indulgent par réflexion, naïf un
moment, et dans un autre plein de saillies,

jouissant peu, s'ennuyant beaucoup ; faisaht des projets délicieux pour s'amuser , n'en mettant aucun à exécution ; il en a parlé, c'est assez. Mais , me direz-vous , vous nous dépeignez là plusieurs hommes. Non, je vous ai peint Astaque.

M. Craufurd étoit fort lié alors avec la duchesse de Devonshire ; c'étoit en 1789. Elle étoit avec son mari à Spa. Il désiroit fort d'aller les voir , et il me pressa de l'accompagner : il n'eut pas de peine à me persuader, et nous partîmes. Au lieu de nous retenir des logemens, comme M. Craufurd les en avoit priés, ayant une très-grande maison , ils nous reçurent chez eux, et nous y passâmes deux mois avec beaucoup d'agrément. C'étoit peu après la prise de la Bastille , quand la plus grande partie de la Noblesse françoise émigroit. Là étoient les Laval , les Luxembourg , les Montmorency, etc. etc. dansant de tout leur cœur pendant que l'on pilloit et brûloit leurs châteaux en France. Madame de Boufflers et sa belle-fille étoient aussi à Spa , d'où elles passèrent en Angleterre. La Duchesse de son côté , fut à Paris , où elle accoucha

d'un fils. Je pourrois m'étendre davantage
sur les aimables qualités de la duchesse de
Devonshire ; mais je me contenterai de donner ici son portrait, que je fis à-peu-près
dans le tems que j'écrivis celui de M. Craufurd.

Quand Artenice entra dans le monde à 16
ans, elle fit à Londres la plus grande sensation. Elle étoit grande et bien faite, belle
et jolie ; elle avoit l'air noble, la candeur
étoit peinte sur son visage ; lorsqu'elle paroissoit, tous les yeux se tournoient vers
elle ; absente on ne se lassoit pas d'en parler, l'admiration étoit générale. Fille d'un
grand Seigneur, elle en épousa un des plus
grands du royaume, et se trouva à sa place.
Elle étoit douée d'un naturel excellent ;
toutes ses actions, guidées par un grand
fond de bonté, de générosité, et de bienveillance, ne pouvoient manquer de plaire ;
aussi jamais femme du monde n'a plu
davantage, sans qu'elle y mît la moindre
prétention, mais en donnant seulement
l'essor à son humeur et à son caractère.
Ayant un époux riche, indulgent et généreux, elle ne sut pas toujours mettre des

bornes à ses dépenses : on l'engagea à jouer ;
elle joua, d'abord par complaisance, ensuite par goût, et perdit des sommes considérables. Charitable, elle donna avec pro-
fusion : voir la détresse dans les autres,
étoit un vrai supplice pour elle ; et si elle
n'avoit pas toujours assez d'argent, elle em-
pruntoit pour donner. Sans le vouloir, elle
dirigea le ton dans la société, changea les
heures, étendit la mode ; on cherchoit à
l'imiter, non - seulement en Angleterre,
mais à Paris même ; on s'y informoit de ce
que faisoit Artenice, comment elle se mettoit, et l'on faisoit de même : j'en ai été
témoin. Elle avoit une grâce charmante
dans son air plutôt que dans son attitude,
et se laissoit aller tout simplement à l'impression du moment. La facilité de son naturel lui faisoit entreprendre tout ce qu'on
lui proposoit pour servir ses amis, ou même
ceux qui lui étoient représentés comme
malheureux. Elle y mettoit alors tant de
chaleur et de suite, qu'en général elle réussissoit ; mais aussi quelquefois elle se créoit
des embarras qui l'ont souvent mortifiée.
Ce que l'on eût appelé intrigue pour toute
autre, étoit dans Artenice, un vif désir de

servir non-seulement ses amis, mais encore
ceux qui pouvoient rendre leur cause intéressante à ses yeux. Les intrigans sont ceux
qui cabalent pour leurs propres intérêts;
Artenice ne songeoit qu'aux intérêts des
autres. Dans la société elle étoit naturelle,
bonne, aisée. De la dissipation elle passoit
sans effort à la retraite au sein de sa famille;
elle s'y livroit à ses goûts, s'occupoit de son
mari, de sa mère, de ses enfans, de sa sœur
alors malade, avec la même satisfaction
qu'elle en avoit fait voir pour les plaisirs
du grand monde. Elle avoit de grandes ressources dans la lecture, dans son goût pour
les arts, dans quelques sciences même; car
elle avoit la conception facile et prompte,
et se rendoit bientôt maîtresse d'un sujet
qu'elle vouloit étudier. Dans l'âge où les
femmes sont encore les plus attachées au
monde, avant d'avoir rien perdu de ses
attraits ni de sa beauté, elle s'étoit retirée
pour se livrer entièrement à sa famille, et
à un petit nombre d'amis.

Ceci s'écrivoit en 1791. Depuis ce tems-là
j'ai peu vu Artenice, mais j'ai beaucoup entendu parler d'elle. Ses filles étant devenues

en âge d'être présentées dans le monde, elle
y reparut plus que jamais pour les produire. Cette circonstance renouvela le penchant naturel qu'elle avoit pour la dépense
et la dissipation ; et ces goûts malheureux
ont eu quelquefois des suites désagréables
pour elle.

Nous retournâmes à Londres. M. de Mackenzie et lady Betty son épouse, étoient à
leur maison de plaisance à Petersham, près
de Richmond, à quatre lieues de Londres.
J'allai m'y établir avec eux. J'y trouvai mesdames de Boufflers, la duchesse de Biron,
la comtesse de Gramont, monsieur et madame de Châlais, le baron de Breteuil, et
plusieurs autres qui avoient pris des maisons
à Richmond, où ils passoient assez bien
leur tems, grâces à l'hospitalité de M. de
Mackenzie, qui leur faisoit le meilleur accueil et tenoit table ouverte pour eux.

CHAPITRE XXIV.

Société à Petersham. — Les Emigrés. —
M. le comte de Woronzow.— Le prince
de Catelcicala.—Le marquis del Campo.

M. de Mackenzie m'engagea à me fixer
avec lui à Petersham pendant l'été, afin
de lui aider à faire les honneurs de sa maison aux personnes que je viens de nommer.
Je passe sous silence les noms et les caractères de plusieurs d'entre eux qui ajoute-
roient beaucoup d'intérêt à ce que j'écris
ici. Je dirai seulement en général que l'on
ne pouvoit assez admirer le courage avec
lequel ces malheureux gentilshommes soutenoient le soudain abaissement de leur
fortune, et l'industrieuse activité avec laquelle ils cherchoient à y remédier. Ils n'é-
toient pas honteux d'être pauvres; mais il
sembloit qu'ils l'eussent été de ne pas faire
leur possible pour se tirer de la pauvreté.
J'ai vu des femmes de la plus haute condition et du plus grand nom subsister par
leur travail, et des gentilshommes s'adon-
ner à l'exercice de différens métiers, sans

rien perdre pour cela de l'élévation de leurs
sentimens.

A cette société, M. de Mackenzie ajoutoit celle de quelques Ministres étrangers
du plus grand mérite qu'il voyoit tous les
jours. L'un étoit le comte de Woronzow,
envoyé, et ensuite ambassadeur extraordinaire à la cour de Londres. Ils s'étoient
connus à Naples, se retrouvoient avec plaisir à Londres et à Petersham. Le comte de
Woronzow admiroit le caractère de M. de
Mackenzie et ses profondes connoissances
dans les sciences ; il venoit passer presque
tous les soirs avec lui, il profitoit de ses
entretiens, et l'appeloit son cher maître.
M. de Mackenzie aimoit le comte de Woronzow comme s'il eût été son fils, il n'é-
toit jamais plus heureux que quand il le
voyoit. En effet, je n'ai jamais connu
d'homme qui réunît plus d'aimables et de
brillantes qualités que lui. A une figure attrayante et noble, le comte de Woronzow
joignoit un air affectueux et prévenant ; il
avoit le cœur chaud, l'esprit élevé, l'âme
belle et bienfaisante ; ami sûr, obligeant
et vrai, il étoit d'une délicatesse extrême

dans les sentimens, d'une conception vive
et d'une modestie très-rare. Je veux donner un exemple de cette dernière vertu en
lui, qui me frappa singulièrement. Il étoit
entré de bonne heure dans l'armée, et à
dix-huit ans il commandoit une compagnie
de grenadiers dans les gardes de l'empereur
Pierre III. Le matin du jour de la révolution qui mit Catherine II sur le trône de
Russie, apprenant ce qui se passoit, il
court se mettre à la tête de sa troupe, l'excite à ne pas manquer à la fidélité qu'ils
devoient à leur Souverain, marche à leur
tête, et se voit bientôt abandonné par eux.
Il se sent saisi par-derrière, blesse de son
épée celui qui le retenoit; mais il fut bientôt accablé par le nombre, et mis aux arrêts.
Ce fut le seul coup d'épée donné ce jour-
là. Il fut mis en liberté huit jours après; il
voyagea pendant quelques années, et quand
la guerre de 1770 contre les Turcs fut dé-
clarée, il fut rappelé à l'armée, et s'y distingua par une valeur éclatante. Je dînois
un jour avec lui chez le duc de Northumberland, le général Clinton, qui avoit été
volontaire à l'armée de Russie, étoit de
cette partie. Après le dîner on parla des

campagnes célèbres de cette guerre, et sur-
tout de la bataille de *Cahul* du premier
août 1770. Je demandai au Comte de Woronzow s'il étoit à cette action ? Il me répondit simplement qu'il y étoit. En sortant
de table, le général Clinton me prit à part
et me dit : Savez-vous comment il y étoit ?
Ce fut lui qui décida du gain de la bataille :
l'armée Russe consistoit en 18000 hommes
seulement, les Turcs en avoient 150,000.
Le comte de Woronzow, à la tête de deux
bataillons, attaque les ennemis avec un
courage intrépide, enfonce leurs rangs, les
met en déroute, et le reste de l'armée
Russe le suivant, on remporta une vic-
toire complète. Voilà comme il y étoit.

Le comte de Woronzow étant resté veuf
avec deux enfans, s'occupa de leur éducation avec tant de soins et de persévérance,
qu'il eut la satisfaction de recueillir de
bonne heure les fruits bien mérités de sa
tendre sollicitude. Ces deux jeunes personnes, par leurs heureuses dispositions et
leurs talens, remplirent parfaitement son
espoir. A peine son fils avoit-il vingt ans
qu'il l'envoya à la cour de Russie. Il avoit

déjà été nommé Chambellan de l'Empereur; mais désirant de servir dans l'armée, il entra dans les gardes, s'appliqua avec ardeur à acquérir les connoissances requises dans sa profession, et s'y conduisit si bien qu'à vingt-deux ans il faisoit déjà, avec distinction, la guerre en Perse, où il exerçoit les fonctions d'aide-major-général sous le prince Tzitzianof, qui l'appeloit son bras droit. La comtesse de Woronzow sa fille, d'une aimable figure, d'un excellent naturel, pleine de raison et de grâces, faisoit le bonheur de sa vie.

Le prince de Castelcicala, Envoyé extraordinaire du roi de Naples, etoit de ceux qui fréquentoient le plus la société de M. de Mackenzie, qui l'aimoit et rendoit justice à son mérite. Il étoit entré dans le monde avec de grands avantages; mais sa naissance et ses grands biens étoient éclipsés par les qualités éminentes dont il étoit orné. Il avoit l'esprit juste, des connoissances multipliées, un goût sûr, et une élévation d'âme peu commune. Dans la conversation, il saisissoit promptement la question dont il s'agissoit, il instruisoit en causant. Daus

les circonstances difficiles , sa conduite ,
guidée par ses principes, avoit toujours été
noble et ferme ; il en donna souvent des
preuves. Il aimoit les lettres , il étoit fidèle
à l'amitié , bon fils , bon mari , bon père.
Ses vertus avoient quelquefois nui à sa
fortune ; mais il en étoit tout consolé. Il
n'aspiroit qu'à la retraite et à l'indépendance ; il avoit renoncé aux premiers emplois dans sa patrie , pour en exercer un
en Angleterre qui convenoit mieux au désir qu'il avoit d'être libre , et de se livrer à
son goût pour sa famille , ses amis , et ses
études.

Il y avoit aussi un autre ministre étranger , M. del Campo , que nous voyions
souvent, quoiqu'avec moins d'intimité. Je
parlerai de lui pour en dire que c'étoit bien
le plus adroit courtisan que j'aie jamais
connu. Il étoit venu fort jeune en Angleterre , avec le général Wall , qui lui avoit
donné une très-bonne éducation , et l'avoit
fait son secrétaire particulier. Il étoit par-
venu à être Ministre plénipotentiaire d'Espagne en 1788 , et dans ce caractère faisoit
régulièrement sa cour non - seulement à

St.-James, mais aussi à Windsor, dans
tous les séjours que la Cour y faisoit. Un
jour de lever, le Roi descendant de carrosse, pour se rendre à St.-James, une
vieille femme lui tendit un placet, et pendant qu'il le recevoit elle voulut lui porter
un coup de couteau qu'elle tenoit à la main;
elle fut prévenue, et Sa Majesté, un moment après, en parla à son lever d'un air
fort tranquille. Il y avoit ce jour-là conseil
après le lever, ce qui devoit retarder le retour du Roi à Windsor jusqu'à six heures
après-midi. Que fait M. del Campo dans
cette circonstance? Il pense qu'il est possible que la Reine, dans cet intervalle, en-
tende dire que le Roi a été assassiné; que
ne le voyant pas revenir à l'heure accoutu-
mée, elle soit alarmée et s'imagine que le plus
funeste accident est arrivé. Il prend la poste
au sortir du lever, et selon son ordinaire
descend au palais à Windsor, chez une
Dame de la Reine de sa connoissance. La
Reine, qui ne voyoit point revenir le Roi,
apprenant que M. del Campo étoit là, lui
fait demander s'il avoit été au lever. Sa réponse est qu'oui, qu'il a laissé le Roi allant
au conseil et se portant à merveille. Le Roi

revint, et la première chose dont il entretint la Reine, est de ce qui s'étoit passé à
Londres avant le lever. Surprise, comme
on peut se l'imaginer, la Reine dit que del
Campo avoit été pendant trois heures dans
la pièce voisine, et qu'elle ne peut comprendre pourquoi il avoit gardé le silence
sur ce sujet. Il est appelé, et dit, qu'ayant
appris en arrivant que le bruit de cet événement n'avoit pas été jusqu'aux oreilles
de la Reine, il avoit jugé inutile de l'en
instruire, mais qu'il avoit cru à propos de
rester sur les lieux, en cas qu'un rapport
indiscret eût donné l'alarme, pour rassurer
Sa Majesté sur ce qui s'étoit passé. Le Roi
et la Reine furent enchantés de cette mar-
que d'attention exprimée d'une manière
aussi neuve et aussi délicate. Il continua à
faire sa cour assidûment; et à l'accession du
roi d'Espagne, la cour de Madrid devant
envoyer un Ambassadeur pour la notifier,
le Roi fit prier Sa Majesté catholique de
nommer le marquis del Campo, ce qui fut
exécuté.

CHAPITRE XXV.

Mort de milady Betty Mackenzie et de M. de Mackenzie. — Lord Macartney.

J e passai environ dix ans dans cette situation agréable quoiqu'assez uniforme, étant, une partie de l'année, constamment avec M. de Mackenzie et son épouse lady Betty, à Petersham, et le reste en ville, à leur dévouer la plus grande partie de mon tems. Mais les années 1799 et 1800 produisirent des événemens qui donnèrent une nouvelle face à mon existence. Lady Betty Mackenzie mourut. Pendant les six semaines qu'elle fut malade, je ne la quittai point, et je lui rendis tous les soins que j'aurois pu rendre à une mère chérie. M. de Mackenzie fut au désespoir de cette perte. Ils se connoissoient dès la plus tendre enfance. Ils étoient cousins germains, et avoient vécu mariés plus de cinquante ans dans la plus grande harmonie. L'on accuse la vieillesse de sentir peu, mais je n'ai jamais vu de sensibilité égale à la sienne. Il répétoit sans cesse que *c'étoit le survivant qui mou-*

roit. Enfin, malgré son excellent tempé-
rament, la douleur fut plus forte ; il y
succomba, et mourut huit mois après sa
femme, à l'âge de quatre-vingt et un ans.
C'est là le tems le plus triste que j'aie passé
de ma vie ; car je ne voulus jamais le quitter un seul jour. Il m'avoit tellement com-
blé de bienfaits pendant sa vie, que je n'a-
vois pas la moindre idée qu'il pût être
question de moi dans son testament ; aussi
fus-je extrêmement surpris d'apprendre
qu'il m'avoit nommé son exécuteur testa-
mentaire et légataire universel , avec ses
deux neveux , lord Bute et le primat d'Irlande. Ses parens et ses amis, sans excepter
ceux même avec qui je partageois l'héritage,
applaudirent à ce témoignage qui m'honoroit et m'enrichissoit à la vérité, mais qui
a laissé dans le cours du peu de vie qui me
reste un vide difficile à remplir.

La sanction que donnoit à mon caractère
et à ma conduite, le testament d'un homme
aussi respectable que M. de Mackenzie , à
qui j'avois été attaché pendant quarante-
deux ans , m'établit encore plus dans l'estime et la bienveillance de toute sa famille

et de ses amis. J'en profitai pour me procurer une société d'autant plus nécessaire dans ma vieillesse, que j'étois moins en état de m'appliquer à l'étude avec la même ardeur qu'autrefois. Celui que je fréquentois davantage, et dont je recevois le plus de marques d'amitié, étoit lord Macartney, dont j'avois fait la connoissance quarante ans auparavant, et que je voyois souvent chez M. de Mackenzie, dont il avoit épousé la nièce, fille de lord Bute. Son rare mérite et ses talens, qui l'élevèrent par degrés aux honneurs les plus distingués, exigent que je m'étende un peu sur ce qui le regarde.

Lord Macartney avoit l'extérieur agréable; il avoit beaucoup vu et bien vu, beaucoup lu, et bien réfléchi; secondé par une grande mémoire, il n'étoit point d'entretien qu'il n'animât et qu'il n'éclairât. Il avoit l'esprit de toutes les conversations; il étoit sérieux et gai, selon l'occasion, et d'une humeur constamment égale.

Lord Macartney étoit né en Irlande d'une ancienne famille à la vérité, mais sans grande illustration. Orné d'une excellente

éducation, doué de talens éminens, naturels et acquis, d'une élévation d'âme peu
commune, jeune encore, et jouissant d'une
fortune médiocre, il conçut de bonne heure
le plan de se tirer hors de pair. Il entra dans
le monde, voyagea dans les pays étrangers,
s'y lia avec ceux de ses compatriotes dont
le rang et l'influence en Angleterre paroissoient propres à servir ses desseins.

De retour de ses voyages, il profita des
liaisons faites au-dehors pour se faire nommer Ministre, et ensuite Ambassadeur à la
cour de Russie. Il s'y distingua, revint à
Londres, épousa la fille de lord Bute, fut
nommé Secrétaire d'Etat en Irlande, décoré des ordres du Roi, envoyé Gouverneur
de l'île de la Grenade, de là Gouverneur à
Madras, d'où, contre l'usage général, il
revint sans s'être enrichi.

On cherchoit un homme en état par ses
talens et ses connoissances de bien remplir
une ambassade à la Chine. On jeta les yeux
sur lord Macartney pour cette mission épi-
neuse et difficile; il s'en tira avec éclat et
avec succès.

Il se trouva ensuite que l'on eut besoin, dans une circonstance délicate, d'envoyer un Ambassadeur auprès du roi de France, Louis XVIII, alors à Vérone. Lord Macartney fut jugé le seul propre à cette commission ; il s'en acquitta comme il faisoit de tout ce qu'il entreprenoit.

Alors il fut créé Pair du royaume, et crut pouvoir se reposer. On étoit alors embarrassé de trouver un homme dont les lumières et l'habileté convinssent au nouvel établissement que l'on vouloit faire au cap de Bonne-Espérance. Nul autre ne pouvoit convenir aussi bien que lord Macartney ; on le pressa de s'en charger ; il s'en défendit d'abord, mais cédant aux instances et à la reconnoissance, il partit, et répondit à l'opinion que l'on avoit de sa capacité.

Enfin, il fut rendu à lui-même et à ses amis. Il se refusa sagement à prendre part davantage aux affaires publiques. Il ne lui restoit plus qu'une tâche à remplir ; il avoit recueilli des matériaux précieux sur tous les objets d'économie politique, de commerce, de gouvernement, etc. Personne plus que lui n'étoit capable de les bien mettre en œuvre, et l'on se flatte qu'il n'aura pas été indifférent à la pensée de pouvoir encore être utile à sa patrie, lors même qu'il ne sera plus.

Pour rendre son portrait plus complet et plus ressemblant, je dois ajouter que lord Macartney avoit beaucoup aimé les femmes, et passoit pour en avoir toujours été bien vu. On lui reprochoit de se laisser trop aller au penchant qu'il avoit pour certain genre de raillerie, nommé persifflage, d'autant plus à redouter en lui qu'il s'en servoit avec esprit.

CHAPITRE XXVI.

*Lord et Lady S**.*

De tous ceux que j'avois rencontrés quelquefois en société, il n'y avoit personne dont
je désirasse plus de faire la connoissance
que celle de lord et lady S**. Un jour que
je dînois avec eux chez M. Craufurd, lady
S**, après le diner, me témoigna la curiosité qu'elle avoit de voir mes Mémoires,
dont elle avoit, disoit-elle, entendu
parler avec éloge. Je les lui portai, et lui
permis même de les emporter à Bath, où
elle alloit avec lord S**. Ils parurent en être
très-satisfaits; et devant aller passer l'été à
leur terre d'Althorpe, lady S** écrivit à
lord Macartney, pour le prier de m'engager
d'y venir avec lui, et y rester quelque tems.
Je me rendis avec plaisir à cette invitation,
qui s'accordoit si bien avec mes désirs : ce
fut là sur-tout que je mis tant d'attention à
les bien connoître, qu'étant de retour à
Londres, je traçai le portrait suivant de
lady S**, et je le lui envoyai à Bath, où
elle étoit alors.

La Bruyère a dit, « qu'une jolie femme
» qui a toutes les qualités d'un honnête
» homme, est ce qu'il y a au monde d'un
» commerce le plus délicieux. L'on trouve
» en elle tout le mérite des deux sexes. »

Ce phénomène assez rare en tout tems,
se voit à présent dans lady S**. Elle a l'a-
bord ouvert, aisé, naturel ; sa physionomie
prend, dans la conversation, l'air qui convient au sujet, avec une grâce et une facilité qui la rendent infiniment intéressante.
Elle a la conception vive, le discernement sûr et net ; elle vous comprend à
demi-mot. Un esprit très-cultivé rend son
entretien varié, piquant et presque inépuisable, sans qu'elle semble y mettre du
sien et ne paroisse qu'avoir eu l'air de vous
écouter. Si cependant elle est d'un autre
avis que vous, elle le dit avec franchise ;
elle soutient son sentiment, avec chaleur
même, mais toujours avec un raisonnement
suivi, et si vous lui opposez de bonnes raisons, elle se rend à votre opinion, ou bien
elle vous ramène à la sienne ; de manière
cependant à vous renvoyer assez content
de vous-même. Lady S** est bonne fille,

bonne sœur, bonne épouse, bonne mère;
elle a le cœur excellent. Il vaut mieux pour
ceux qui la fréquentent avoir tort envers
elle, qu'envers ceux qu'elle aime, sur-tout
à l'égard de son mari. Il est la pierre de
touche de l'opinion qu'elle formera de vous.
On est fort de son avis là-dessus, car il n'y
a pas un caractère plus généralement aimé,
estimé et respecté, dans les trois Royaumes,
que celui de lord S** ; si bien que son commerce tient lieu d'éloges à ceux qui sont
admis à son intimité.

Sur quelque sujet que ce soit, je ne connois personne, homme ou femme, dont je
je suivrois l'avis plus volontiers que celui
de lady S**. Elle a le jugement solide et
droit, beaucoup de connoissance du monde,
et beaucoup de pénétration. Quant à son
humeur, elle est charmante; rien ne l'al-
tère, pas même la maladie.

Lady S** a de la religion; c'est sur ce
principe infaillible qu'elle a toujours réglé
sa conduite. Sa piété se découvre plus par
les effets qu'elle produit que par sa conversation. Elle abhorre le vice, elle le com-

bat à outrance ; elle ne fait point de grâce au ridicule ; elle le saisit avec esprit , et le relève impitoyablement. C'est peut-être à cette horreur pour le vice , à cette antipathie pour le ridicule qu'elle doit le reproche qu'on lui fait d'être trop sévère dans ses jugemens , d'exprimer avec trop d'énergie son mépris pour les sots , son dégoût pour les ennuyeux.

CHAPITRE XXVII.

De la Société en Angleterre.

Il est moins aisé pour les étrangers de se faire une société en Angleterre qu'en quelque autre pays que ce soit. On en jugera par ce que je vais exposer ici, et que je tire d'un petit ouvrage que je publiai autrefois pour l'instruction des étrangers.

La société en Angleterre n'est point sur le pied de celle de Paris, de Vienne, de Rome, et de Naples ; elle est montée sur le pied qui convient aux Anglois ; ils en jouissent à leur manière, et les étrangers peuvent y prendre part.

Dans la première classe de la société, la plus grande partie des hommes sont occupés au Parlement : les uns sont Pairs du Royaume et dans la Chambre haute ; leurs fils, leurs parens, leurs alliés, et autre partie de la Noblesse, sont dans la Chambre basse, aussi bien que les gentilshommes des provinces qui viennent résider à Londres

pendant la séance du Parlement. Les heures
du Parlement sont très-incertaines ; on y
reste souvent jusqu'à minuit, une heure ,
deux heures du matin, et plus long-tems.
De là naît la difficulté d'avoir des dîners
arrangés pendant que le Parlement siége,
excepté les samedis et dimanches, et quelques jours de vacance. Les Dames ont cependant de grandes assemblées le soir ; mais
il arrive, par la même raison, qu'il s'y
trouve peu d'hommes, à proportion des
femmes, soit parce qu'au sortir du Parlement les hommes vont dîner ensemble à
leurs maisons, ou dans leurs *clubs*, ou qu'il
est trop tard, et qu'ils ne se soucient pas
de s'habiller. Voilà pour la première classe.

Parmi la bonne bourgeoisie, il y a encore des hommes dans le Parlement, ou
qui, sans en être, s'occupent des affaires
publiques, et aiment à en causer ; ils ont
aussi leurs *clubs*, et la plupart aiment mieux
s'y rassembler que d'aller jouer aux cartes
avec les amies de leurs femmes. Ajoutez
que, *dans cette classe*, on y connoît peu
la galanterie, chacun s'en tient à sa femme,
qu'il est sûr de retrouver le soir à souper

avec le reste de sa famille. D'ailleurs les
Anglois ont presque tous des affaires, ou
des amusemens favoris, d'études de science,
ou de plaisirs auxquels ils se livrent comme
aux affaires. Ils préfèrent passer le reste de
leur tems dans leur domestique, au triste
plaisir de courir les assemblées, qui n'en
vont cependant pas moins leur train, et sont
fort nombreuses. Il n'y a peut-être pas
moins de deux cents maisons dans Londres,
où se donnent deux, trois assemblées pendant l'hiver, en sorte qu'il y en a quelquefois trois ou quatre dans la même soirée. La
compagnie commence à venir à neuf ou
dix heures. Les gens à la mode, hommes ou
femmes, qui sont invités à toutes trois, vont
à chacune, y restent plus ou moins; les uns
entrent, les autres sortent; il y a trois ou
quatre cents personnes qui se rencontrent
sans se voir, qui se parlent sans attendre
la réponse; il y a des tables de jeu préparées
dans les différentes chambres, et cela dure
jusqu'à une ou deux heures du matin. Dans
quelques maisons, on donne à souper, mais
cela est rare. S'il vient quelques François
ou Françoises, on leur fait compliment;
on croit que c'est ce qu'ils aiment mieux;

mais il ne faut pas croire que ce soit l'usage.
Il y a quelques années qu'étant à Paris je
vis, chez M. le Prince de Conti, le vicomte
de Noailles qui revenoit de Londres, où il
avoit été six semaines. Il rendoit compte à
la compagnie de la manière d'y vivre; entre
autres choses il dit qu'on soupoit à Londres,
et qu'on n'y dînoit pas. Je fus un peu étonné
de cette assertion. Je pris la liberté de lui
dire qu'il n'y avoit que six mois que j'étois
absent de Londres, et qu'il m'avoit paru
que ce n'étoit pas l'usage. Il m'assura fort
sérieusement que je trouverois cela fort
changé quand je retournerois; comme si
une nation changeoit d'usage en six mois.
Voilà comme on se trompe, quand on veut
généraliser les idées sur le peu que l'on voit.

Outre cette manière de se rencontrer, il
y a pendant l'hiver et le printems des repas
de famille et d'amis communs qui vont à la
ronde; ce sont des dîners arrangés, où l'on
ne va pas si l'on n'est invité. Aussi il n'y a
pas de ville en Europe où l'on puisse moins
tomber à l'heure du dîner chez un ami
qu'à Londres. On courroit risque de trouver qu'il est allé dîner en ville, ou qu'il a

une compagnie assortie , et que sa table est
remplie , ou bien qu'il dîne à son petit couvert, et ne se soucie pas d'être pris au dépourvu. Il y a peut-être quelques excep-
tions , je n'en connois pas ; d'ailleurs ,
exception ne fait pas règle.

Quant aux *clubs*, ou coteries , tout le
monde sait que ce sont des assemblées
d'hommes qui se conviennent, et qui éli-
sent entr'eux les membres de leur société.
Ils ont des maisons qu'ils paient, où l'on
peut aller à toute heure. On y lit les gazettes, on y joue, on y soupe. Il y en a
pour tous les rangs , pour toutes les classes,
jusqu'à celle des artisans. Ceux-ci se contentent d'une chambre particulière au ca-
baret, ou dans un café.

Dans les villes de province , on y est un
peu plus sociable. Les entraves du Parlement n'y existant pas, on se rassemble plus
aisément; du reste, c'est à peu près la même
chose. Quant à la vie que l'on mène à la
campagne, c'est un autre système : c'est
là où les Anglois étalent leur luxe, et
font leur principale dépense ; c'est là où

ils exercent l'hospitalité. Il n'y a pas de
grands Seigneurs, de gentilshommes, de
gens riches, qui n'aient une terre et une
maison selon leur état; les unes magnifiques
et nobles, mais toutes propres et commo-
des. Ils y reçoivent volontiers leurs amis
et les étrangers ; cependant ils sont bien
aises d'être prévenus du tems où l'on doit
venir, parce qu'il pourroit arriver qu'ils
fussent à faire une visite de quelques jours
à leurs amis dans la province, ou que la
maison fût pleine, ou qu'ils eussent arrangé
le plan de leur été, qu'ils n'aiment pas à
changer.

La manière de vivre à la campagne est
plus ou moins aisée, selon l'humeur des
maîtres de la maison. En général la compagnie déjeûne, dîne et soupe ensemble ;
ceux qui s'en abstiennent font exception à
la règle. Au déjeûné, on fait sa partie pour
la promenade, à pied, à cheval, ou en
carrosse ; on est assez libre à cet égard ; on
revient dîner, et après le dîner, on cause,
on joue jusqu'au souper. Les heures sont
plus réglées qu'en ville ; et comme on n'a
point d'affaires, c'est à la campagne où l'on

voit le mieux les Anglois dans leur humeur
naturelle. Elle n'est pas si sombre qu'on
l'imagine ; au contraire , il règne à la campagne un air et une suite de gaieté , qui
étonneroit fort ceux qui ne connoissent la
nation Angloise que par les romans écrits
par des étrangers , qui n'ont jamais mis le
pied en Angleterre.

Les gens de lettres ne font pas corps à
Londres comme à Paris , ce n'est pas un
état. Il n'y a pas de maison que les savans
fréquentent plutôt qu'une autre ; on ne sait
ce que c'est que *Bureau d'esprit*. Une Dame
de condition tenta, il y a quelques années,
d'en former un , et d'avoir un jour de la
semaine pour une assemblée de ce genre ;
mais cela finit par paroître ridicule. Si les
Anglois, vraiment savans, étoient gens à
se vanter , ils se glorifieroient plutôt de n'y
pas aller, que de briguer pour en être. Les
savans , les gens de lettres se trouvent dans
toutes les conditions, depuis le Pair du
Royaume jusqu'à l'artisan, chacun pour
soi ; celui-là, pour son amusement, celui-
ci pour son profit. Ceux qui ont les mêmes
objets d'étude se cherchent mutuellement ,

et se communiquent entr'eux ; mais on ne voit pas, comme ailleurs, le naturaliste, le poëte, le mathématicien se chercher, pour convenir de se louer l'un l'autre, sans être dans le cas de pouvoir s'apprécier.

La société est nulle en Angleterre pour les malades ; je parle *des malades alités.* En France, en Italie, on fait cent milles pour se trouver au chevet du lit de son ami malade ; ici, si l'on est dans sa maison, on la quitte. S'il a un mal de gorge, on peut le gagner ; si c'est la fièvre, elle peut se communiquer ; une fièvre putride, c'est la peste : le malade lui-même veut être tranquille ; peut-être a-t-il raison. Je ne veux ni louer ni blâmer, je dis le fait.

J'ai peut-être été long sur ce sujet ; mais j'ai pensé que si ces Mémoires doivent paroître un jour en public, ils seront du moins autant lus sur le continent qu'en Angleterre ; l'état de la société dans ce pays étant si différent des autres, et tenant à sa constitution, on ne peut que me savoir gré d'en avoir donné une idée juste et précise. J'y ai été d'autant plus porté, que je n'ai ja-

mais vu de voyageur qui ne se soit plaint
des difficultés qu'il trouvoit à percer dans
la société à Londres. J'ai dit qu'elle tenoit
aux affaires publiques ; j'ajouterai que l'esprit de parti qui règne ordinairement avec
plus ou moins de violence dans les cercles,
et se glisse même souvent dans les familles,
produit des obstacles fâcheux à l'harmonie
de la société , et en détruit tout le charme.

Heureusement pour moi , mon état et
ma situation me dispensoient d'avoir une
opinion politique ; et si j'en avois une , je
sentois assez qu'il ne me convenoit pas de
la produire ouvertement en conversation.
Au moyen de cette réserve , j'ai toujours
eu le bonheur d'avoir des amis dans tous les
partis; et quelque difficile que fût quelquefois ce maintien , je ne crois pas y avoir
manqué au point d'avoir aliéné de moi la
bienveillance de personne , excepté dans
le cas déjà rapporté, sans en avoir, j'ose
le dire, donné de juste sujet.

CHAPITRE XXVIII.

*Conclusion de ces Mémoires. — Apologie
de l'Auteur pour les avoir écrits.*

JE crois devoir mettre fin à ces Mémoires,
dans le ferme dessein que j'ai formé de mener une vie retirée, quelque part où je me
trouve : je n'ai pas la vanité de croire que je
puisse offrir à mes lecteurs rien qui puisse
les intéresser davantage. On aura pu même
s'apercevoir que j'ai évité, autant qu'il a
été possible, de me produire comme un
objet digne d'attirer l'attention du public ;
je ne me suis regardé, au contraire, que
comme le canevas, sur lequel je voulois présenter tous les sujets que j'avois à traiter ;
la trame au moyen de laquelle je pouvois
lier et unir ensemble les anecdotes que j'a-
vois recueillies, et tracer les portraits de
ceux que j'avois connus. Peu d'hommes, je
crois, ont été autant que moi dans le cas
de voir, d'approcher, de connoître intimement tant de personnages illustres, dont les
caractères se trouvent consignés ici, et qui
ne le seront peut-être jamais aussi fidèlement dans l'histoire. Dans les incidens de

ma vie qui me regardent uniquement, je me
suis étudié à parler de moi-même comme je
l'aurois fait si j'eusse parlé de quelque autre.
Les différentes situations dans lesquelles j'ai
été m'ayant mis à portée d'observer avec attention les différentes classes de la société,
il m'a paru que cette seule circonstance suffisoit pour justifier l'entreprise que j'ai faite
d'en examiner les individus; et, quoique
j'aie pris sur moi le soin de faire cette revue, j'ose me flatter que l'on ne m'accusera
pas d'avoir prétendu y jouer un rôle principal.

J'aurois pu rendre ces Mémoires plus piquans, si j'avois voulu donner l'essor à la
malignité naturelle à l'esprit humain. Loin
de là, après les avoir écrits, j'en ai retranché plusieurs morceaux, qui eussent sans
doute paru amusans à la plupart de mes lecteurs; mais je me suis aperçu que ces traits
eussent fait plus d'honneur à mon esprit
qu'à mon cœur, et je n'ai pas voulu permettre que l'un gagnât aux dépens de l'autre.
J'aurois été peut-être plus intéressant, si
j'avois publié tout ce qui est venu à ma
connoissance; plusieurs raisons m'ont porté

à refuser cette satisfaction à mon amour-
propre. Ce que je devois à la confiance de
mes amis, la crainte de faire de la peine à
des personnes estimables, l'obligation de
taire ce qui pouvoit nuire à d'autres qui vi-
vent encore, ou faire tort à la mémoire de
ceux qui ne sont plus; enfin la répugnance
que j'avois à dévoiler des foiblesses secrètes;
toutes ces raisons, dis-je, m'ont porté à
être circonspect sur la manière dont j'ai
parlé des particuliers, sans me croire obligé
cependant à avoir le même égard pour les
défauts ou les vices qu'ils ont plus que moi
dévoilés au public.

Si, malgré ces considérations, on vouloit
encore me blâmer d'avoit écrit ces Mémoires, que peut-on m'objecter à cet égard que
l'on ne puisse reprocher, avec plus de fondement, à tous ceux qui ont écrit avant moi
dans le même genre, et qui, outre l'égoïsme
qui règne dans leurs productions, y ménagent beaucoup moins que je ne l'ai fait ceux
dont ils ont parlé ? Combien de caractères,
dans les Mémoires du dix-septième siècle,
sont transmis avec ignominie à la postérité,
par un auteur qui se dit de leurs amis ?

Les Mémoires de Bassompière, de la Ro-
chefoucault, de Retz, de Joli, de madame
de Motteville, de Gourville, etc. fourmillent
de preuves de ce que j'avance. Si j'en avois
fait autant, je serois le premier à me con-
damner, au lieu de vouloir me disculper par
des exemples; mais on ne peut me faire avec
justice un tel reproche. J'ai traité au contraire avec indulgence les caractères de plusieurs personnes desquelles j'ai eu de fortes
raisons de me plaindre, et dont les procédés
envers moi eussent paru trop révoltans, si
je les eusse présentés avec toutes leurs circonstances. Si en lisant les faits, simplement
exposés, quelques-uns sont nécessairement
taxés d'injustice ou d'ingratitude par mes
lecteurs, que ceux-là ne s'en prennent qu'à
eux-mêmes de se trouver peints avec les
couleurs qu'ils ont choisies. Tout ce que
l'on pourra me reprocher, avec quelque
apparence de raison, sera d'avoir été trop
souvent la dupe d'une classe d'hommes que
j'aurois dû connoître plutôt que je n'ai fait,
et dont j'ai eu la foiblesse de rechercher
avec trop d'empressement la société, en dépit de tous les inconvéniens que j'y voyois,
et que mes amis m'indiquoient.

Malgré tant de raisons que je pourrois
alléguer pour justifier la composition de ces
Mémoires, je n'ai cependant pas encore pu
me résoudre à les publier depuis trente ans,
jusqu'à ce moment que je le fais; mais pressé
par mes amis de ne pas ensevelir dans l'oubli nombre d'anecdotes curieuses, j'ai pris
le parti de les rassembler et de leur donner
cette forme; j'ai consulté ensuite quelques
personnes d'un goût reconnu, qui en ont
porté un jugement favorable. Non content
de ces précautions, je les ai fait imprimer,
et j'en ai tiré seulement un très-petit nombre d'exemplaires, afin de recueillir plus
aisément les conseils de mes amis, et aussi
pour avoir occasion de sonder les gens in-
différens, en faisant tomber le livre entre
leurs mains, sans qu'ils se pussent douter
que j'en fusse l'auteur et le sujet. Je pouvois
espérer, par ce dernier moyen, d'entendre
la vérité, et d'obtenir un jugement libre et
impartial sur cet ouvrage. Cela m'a réussi,
comme j'avois lieu de m'y attendre. Je me
suis fait un devoir de suivre, les avis qui
m'ont été suggérés, avec toute la docilité
que doit avoir un homme qui désire non-
seulement d'acquérir l'approbation du pu-

blic, mais encore d'être utile à ceux à qui son expérience peut servir de leçon.

Un autre avantage à retirer de cette lecture est la réflexion que, dans les pas difficiles de la carrière que nous parcourons, nous n'avons pas de guide plus certain que la religion. On parle beaucoup de l'honneur et de la philosophie ; mais ce sont des mots vagues, que chacun interprète selon son humeur ou son intérêt.

Le Religion Chrétienne, au contraire, donne seule des règles sûres et constantes. Simple et pure, elle est un guide infaillible pour la conduite de chaque individu : à la portée de tous les hommes, elle instruit également le Roi et le paysan dans leurs devoirs ; enfin, en suivant exactement ses maximes, on travaille à son bonheur en cette vie, en l'assurant pour une vie à venir.

F I N.

TABLE

DES CHAPITRES.

~~~~~~~~

QUATRIÈME PARTIE.

~~~~~~~~

CINQUIÈME PARTIE.

Fin de la Table du second Volume.